KB086100

WORLD TEACHER
세 계 식 교 육 에 이 전 트

코이치 지음 Nardack 일러스트
1필 옮김

레우스 *Reus*

에밀리아 *Emilia*

시리우스 *Sirius*

······시리우스.

당신과 함께
지내면서,
즐거웠어
······.

피아 *Fia*

작달
언덕 위
바
쓰고
그 모습은
바람의 정령
착각할 정
환상적
아름다웠

월드 티처

이세계식 교육 에이전트

티처

네코 코이치 지음
Nardack 일러스트
천선필 옮김

10

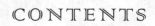

CONTENTS

《프롤로그》 7

《엘프의 숲으로》 12

《엘더 엘프》 43

《성수》 89

《누구보다 자유로운 존재》 127

《엘프의 미래》 177

《에필로그》 201

번외편 《한 자루의 검과 쌍검이 만났을 때》 205

번외편 《같은 길을 걷다》 230

후기 281

Illust : Nardack

《프롤로그》

　현재, 우리가 있는 아드로드 대륙에는 대륙의 절반 이상을 차지할 정도로 넓은 숲이 존재한다.

　그 넓은 숲에는 많은 마물들이 존재하며, 방향감각이 어긋나게 만드는 자연 미궁이기에 사람이 살기에는 매우 힘든 곳이다.

　어떤 검에 미친 변태는 숲 일부를 개간해서 살고 있긴 했지만, 그건 예외일 것이다.

　그런 숲속 안쪽에 피아의 고향인 엘프 마을이 있다.

　하지만…… 피아는 고향으로 돌아갈 수가 없다.

　왜냐하면, 때가 되면 다시 만나기로 약속한 나와 만나기 위해 엘프의 규칙을 어기고 고향에서 뛰쳐나왔기 때문이다.

　자세한 사정은 모르겠지만 100년 이상…… 적어도 내가 살아 있는 동안에는 고향으로 돌아갈 수 없다, 피아는 그렇게 말했다.

　그런 피아의 고향…… 엘프 마을 근처가 우리의 다음 목적지였다.

　정비된 길을 나아가고 있던 우리는 피아의 안내에 따라 중간부터 길이 없는 숲을 나아가고 있었다.

　당연하게도 숲속에서 마차를 타고 가긴 힘들어서, 숲속 중간에서 내려 잘 숨겨두고 난 다음에 출발했다.

　짐은 최대한 적게 챙겼고, 무거운 물건일 경우에는 호쿠토가 옮겨주었기에 우리는 무난하게 이동할 수 있었다.

숲속에서는 방향감각이 어긋나게 되지만 우리에게는 숲의 주민이기도 한 엘프, 피아가 있어서 길을 잃지는 않았다.

그녀의 안내를 받았지만, 가끔씩 습격하는 마물을 물리치면서 숲을 나아간 지 이틀이 지났을 무렵…… 우리는 숲을 가로지르는 듯이 흐르고 있는 커다란 강으로 나왔다.

강 주변에는 나무가 없어서 탁 트인 곳이었기에 이곳에서 일단 휴식을 취하기로 했다.

조금 감동하는 마음으로 근처 바위에 앉아서 주위를 바라보고 있자니 옆에 앉은 피아가 내게 미소를 지었다.

"저기, 시리우스. 여기…… 기억해?"

"그래, 정겨운데."

악당들에게 습격당하고 있던 피아를 구한 뒤에 여기서 나와 피아가 서로 능력에 대해 이야기를 나눈 뒤 친구가 되었다.

그 이후로 벌써 10년 가까이…… 시간이 참 빠르게 가는 것 같다.

피아와 다시 만난 건 최근인데, 몇 년 동안 함께 다닌 것 같은 느낌이 든다.

"신기하지. 당신하고 다시 만난 지 반년도 안 지났는데, 몇 년 동안 함께 지낸 것 같은 기분이야. 그만큼 즐거운 나날을 보냈다는 증거겠지."

"우연인데. 나도 그런 생각을 하고 있었어."

"후후, 그래도 앞으로는 더욱 즐거워지겠지? 기대하고 있을게."

"물론이지."

아직 알 수 없는 미래를 상상하며 피아와 이야기를 나누고 있자니 어느새 에밀리아와 리스가 이쪽을 흥미롭게 바라보고 있다는 걸 눈치챘다.

"아…… 미안해. 너희들을 따돌리고 이야기한 것 같네."

"아뇨, 추억에 젖는 것은 나쁜 게 아니니까요. 특히 시리우스 님과의 추억이라면 더더욱 그렇고요."

"혹시 시리우스 씨하고 피아 씨가 만난 게 여기야?"

"정확히 말하자면 숲속이긴 한데, 서로 비밀에 대해서 이야기를 나눈 곳이 여기야."

그리고 피아는 에밀리아와 리스에게 우리의 만남에 대해 이야기했다.

이미 어느 정도는 미리 설명하긴 했지만, 실제로 현장에 와보니 자잘한 것까지 생각났기에 두 사람은 흥미롭다는 듯이 귀를 기울였다.

하늘을 나는 법을 가르쳐주자 감동했고, 정령을 볼 수 있다는 것을 알게 되었고, 내 특수한 마법에 대해 가르쳐줬을 때 이야기를 피아는 즐겁게 계속했다.

"여기서 시리우스가 와이번을 쓰러뜨렸지. 그때는 어린애 뒷모습을 멍하니 바라보고 있었는데, 지금 생각하니 시선을 뺏겼다는 게 정확한 표현일지도 모르겠어."

"그 기분…… 이해해요! 시리우스 님하고 처음 만났을 때 보았던 그 뒷모습은 지금도 선명하게 떠올릴 수 있으니까요."

"나도 미궁이나 결혼식 때 구해주러 온 모습을 잊을 수가 없어."

그런 자랑 이야기를 흘려들으면서 물을 끓이고 있자니 검 휘두르기를 마친 레우스가 물었다.

"저기, 형님. 처음 피아 누나하고 만났을 때 형님은 피아 누나를 어떻게 생각했어?"

"그래…… 미인이라고 생각하긴 했지만, 당시에는 어린애였으니까 반했다거나 그런 느낌은 아니었지."

"그렇구나. 그럼 나하고 마찬가지인가?"

"마찬가지라니, 마리나 말이야?"

"아니, 마리나나 노와르에 대한 마음을 알고 나니까, 예전에 나는 노엘 누나를 좋아했었다는 걸 깨달았어."

"뭐라고?"

생각해보니 레우스는 친누나인 에밀리아와 비슷한 정도로 노엘을 따르곤 했었다.

어린애가 연상 누나에게 반한다는 이야기는 자주 듣곤 하지만, 레우스의 경우에는 그런 느낌은커녕 가족으로서 노엘을 사랑했을 거라 생각하고 있었다.

다시 말해 본인조차 눈치채지 못했으니 우리도 눈치채지 못했던 거지.

"노엘이 디하고 결혼했을 때는 어떻게 생각했는데?"

"어떻게라니…… 당연히 기뻤지. 노엘 누나는 디 형 말고는 어울리는 사람이 없다고 생각했으니까."

다시 말해 레우스는 노엘뿐만이 아니라 디도 비슷한 정도로 좋아했던 것 같다.

　게다가 원래 순진하기도 했고, 남녀 사이에 존재하는 사랑이라는 감정을 몰랐기에 레우스는 실연이라는 감정도 체험하지 못했던 거다.

　여러모로 복잡한 기분이긴 하지만, 매우 풀이 죽거나 질투하는 레우스를 보지 않아서 다행이라고 생각해야지.

　아니…… 잠깐만?

　혹시 레우스가 질투와 실연을 맛보았다면, 이렇게 순진한 남자로 자라지 않았을지도 모른다.

　"끄응……"

　"……착하다, 착해."

　뭐, 이제 와서 그런 생각을 해봤자 소용없겠지.

　지금은 레우스의 연인이 된 마리나와 노와르가 있고, 여자에 대한 마음을 눈치챌 정도로 성장했으니 괜찮을 거다.

　그런 생각을 하는 것만으로도 묘하게 피곤해졌기에 내 근처로 다가온 호쿠토를 쓰다듬으며 마음을 가라앉혔다.

《엘프의 숲으로》

그로부터 며칠에 걸쳐 숲을 계속 나아가 우리는 겨우 목적지에 도착했다.

울창한 숲이 갑자기 끊어지고 여기가 경계선이라고 주장하는 듯이 펼쳐진 이 초원이 바로 10년 전에 나와 피아가 헤어진 곳이다.

"어라?! 갑자기 나무가 사라졌는데?"

"신기한 곳이네. 그렇게 많이 있던 나무가 이 근처에는 전혀 없다니."

"마을을 뒤덮고 있는 숲이 생겨난 영향으로 만들어진 곳이라던데. 그리고 저기 보이는 숲 안쪽에 내 고향이 있어."

피아가 손가락으로 가리킨 초원 너머에는 지금까지 걸어온 숲과는 척 보기에도 다른 분위기가 감돌고 있는 숲이 보였다.

예전에 잠깐 설명을 들었던 이야기에 따르면 저 숲에는 침입자를 순식간에 감지하여 엘프가 아닌 존재를 헤매게 하는 결계가 쳐져 있다고 했었지.

그런 결계의 영향인지 '서치'의 반응이 이상하게 둔하다.

저 숲속에서는 마력이 항상 움직이고 있는 건지 뿜어낸 마력의 반사파가 정확하게 돌아오지 않는다.

내부의 상황을 알 수 없어서 기분이 좀 나쁘긴 하지만 지금은 저 숲으로 들어갈 예정이 없으니 쓸데없는 걱정일 것이다.

"처음 봤을 때도 느꼈는데, 정말 신기한 숲이야."

"만약 우리가 숲으로 들어가면 어떻게 되나요?"

"그래. 바로 어떤 방향으로 향하고 있는지 알 수가 없게 되고, 헤매던 동안 엘프가 포위하고 습격하겠지. 도망친 내 말을 들어주지도 않을 테니 절대로 들어가면 안 돼."

"그래도 시리우스 씨하고 피아 씨는 하늘을 날 수 있으니 마을로 직접 갈 수도 있을 것 같은데?"

"실제로 시험해본 적도 있긴 하지만, 하늘에서 보면 나무밖에 안 보이고, 엘프들이 날리는 화살이나 마법의 표적이 되기만 할 거야."

"다시 말해 위든 아래든 힘들다는 거구나. 그런데 피아 누나는 어떻게 할 생각이야?"

"바람의 정령에게 말을 전해달라고 해서 아버지에게 숲 입구까지 와달라고 할 생각인데 와주실지는 모르겠어……."

규칙뿐만이 아니라 엘프들에게 절대적인 존재인 성수의 소환 명령을 어기면서까지 마을을 뛰쳐나왔다.

다시 말해 피아는 죄인 같은 처지이기 때문에 가족을 불러내는 것이 껄끄러운 모양이었다.

"뭐, 급하게 정할 필요는 없잖아. 오늘은 여기서 야영을 할 거니까 그동안 천천히 생각하도록 해."

하늘을 보니 해가 지기 시작하고 있었기에 슬슬 야영을 준비하기로 했다.

지금 불러봤자 밤이 될 테니 오늘은 느긋하게 쉬는 게 나을 것 같다.

그리고 피아의 아버지가 동료들을 데리고 습격할 가능성도 있을지 모른다. 그런 만에 하나의 상황에 대비하기 위해서라도 내일 움직이는 게 낫다.

"그래, 내일까지 정할게. 다들 미안해. 사실 집으로 초대해서 대접해주고 싶은데, 엘프는 외부인에게 엄격하고, 무엇보다 지금 나는 마을로 들어갈 수가 없어서."

"저희는 신경 쓰지 않으셔도 돼요. 가족분들이 신경 쓰이는 마음은 이해가 되니까요."

"여기로 오면서 여러 가지 경치도 볼 수 있었고, 우리는 오길 잘했다고 생각하니까 신경 쓰지 마."

"후후, 고마워."

"이야기가 정리되었으니 각자 나눠서 준비를 시작할까."

내 말을 듣고 모두가 고개를 끄덕인 뒤 호쿠토 등에 실어두었던 야영도구를 내린 다음 빠르게 맡을 역할을 정했다.

"중간에 봤던 맛있어 보이는 새……, 아직 있을까?"

"이 근처에 강은 없지만 나이아는 건강한 것 같아. 나무가 물을 머금고 있어서 그럴지도 모르겠네."

"그쪽, 잡아당겨 줘."

"이 정도면 될까?"

"시리우스 님, 오늘 사용할 분량은 이 정도면 될까요?"

레우스는 좀 전까지 걸어왔던 숲으로 다시 들어갔고, 리스는 요리나 정리할 때 쓸 물을 휴대식 욕조에 부었고, 나머지는 간이 텐트를 설치했다.

그렇게 잘 곳을 확보했을 때 레우스가 사냥하고 돌아왔기에 빠르게 요리해서 저녁 식사를 마쳤다.

그런 다음 할 일이 딱히 없었기에 조금 이르지만 자기로 했다.

교대로 불침번을 서면서 밤을 지새우게 될 테니 모두가 푹 쉬기에는 딱 좋을 것 같다.

솔직히 우리보다 몇 배나 기척에 예민한 호쿠토가 있으면 불침번 같은 건 필요가 없을 것 같긴 하지만, 바깥에서 쉴 때는 딱히 이유가 있지 않으면 반드시 불침번을 세우게끔 하고 있다.

상황에 따라서는 호쿠토가 없을 경우도 있을 테고, 무엇보다 호쿠토에게 너무 의존하는 건 바람직하지 않을 것이다.

"그럼 나는 잘게, 형님."

"그래, 잘 자."

시간이 좀 지나자 좀 전까지 불침번이었던 레우스와 교대하고 모닥불 앞에 앉아있자니 근처에 누워 있던 호쿠토가 내 등에 달라붙으려는 듯이 몸을 기댔다.

내가 불침번을 설 때는 항상 이렇게 등을 기대게 해주는 귀여운 녀석이다.

그런 호쿠토를 쓰다듬으면서 나는 맑은 밤하늘을 멍하게 올려다보고 있었다.

"이세계라도 별빛은 마찬가지……인가. 그래도 별의 위치는 전혀 다르네."

"크응……."

"그래, 딱히 쓸쓸한 건 아니야. 별자리가 좀 신경 쓰이는 것뿐이거든."

사실 전생에 남겨두고 온 제자들을 생각하고 있었지만, 얼버무리려는 듯이 장작을 모닥불에 던져놓고 있자니 텐트에서 자고 있을 줄 알았던 피아가 나타났다.

피아 차례는 아직 멀었을 텐데, 나온 모습을 보니 뭔가 하고 싶은 이야기가 있는 모양이다. 상관없다는 듯이 내가 고개를 끄덕이자 피아는 미소를 지으며 내 옆으로 다가왔다.

"호쿠토, 몸을 좀 기댈게."

"크응……."

호쿠토에게 허락을 받고 내 곁에 앉으려는 줄 알았던 피아는 내 오른쪽 어깨에 머리를 기댔다.

그녀는 가끔 이렇게 응석을 부리기에 어떻게 해줬으면 하는지는 짐작이 되었다.

오른팔을 피아의 어깨에 두르고 안아주니 피아는 만족스러운 듯이 미소를 지으며 내 어깨에 볼을 비벼댔다.

"후후…… 역시 당신하고 붙어 있으니 안심이 돼."

"기대해주니 기쁘긴 한데, 무슨 일 있어?"

"음……, 딱히 없는 것 같은데?"

"이봐."

"농담이야. 좀……, 이런저런 생각을 해버리거든."

표정이 약간 어두워진 피아는 천천히 심정에 대해 말하기 시작했다.

엘프에게 절대적인 존재라 할 수 있는 성수의 명령을 무시해 버려서 아버지가 어떤 처벌을 받았을지도 모르니 불안한 모양이었다.

"아버지는 마을의 우두머리이기도 하니까 도망친 나를 받아들이면 안 되는 입장이고."

그럼에도 불구하고 자신이 좋아하는 길을 선택하라며 보내준 걸 보니 피아의 아버지가 딸을 사랑한다는 건 틀림없는 것 같다.

하지만 본심이 아니라 해도 대놓고 거절당한다는 생각을 하니 겁이 나는 모양이다.

"알고는 있지만, 가족에게 부정당한다는 건 좀……."

"……그렇지."

"아, 그래도 마을을 나온 건 후회하지 않아. 시리우스하고…… 아니, 여동생들이나 남동생하고 여행하는 건 정말 즐거우니까."

"너다운 말인데."

마음은 이해가 되지만 이건 그녀 자신이 정리해서 받아들여야만 하는 일이다.

그래서 나는 최대한 참견하지 않고 이야기를 들으며 그녀의 마음이 조금이라도 편해지게끔 어깨를 감싸고 있던 손으로 머리를 쓰다듬어주고 있었다.

"엘프는 수명이 길지만, 그만큼 출산율이 낮잖아? 그래서 손자 얼굴은 거의 못 보니까 언젠가 우리 아이를 아버지에게 보여주고 싶어. 하지만…… 내가 마을로 들어갈 때면 당신이 곁에 없을 가능성이 크거든."

"나도 네 아버지에게 제대로 인사를 해두고 싶긴 한데, 마음 대로 되진 않겠지."

적어도 내가 살아 있는 동안에 피아의 죄를 용서받지는 못할 테니 아이를 데리고 인사하러 갈 수는 없을 것이다.

그런 다음 잠시 성수에 대한 불평이 시작되었고, 남자애를 낳고 싶다는 식으로 이야기가 다른 곳으로 빠지기도 했지만, 대충 이야기를 하고 난 피아는 만족스러워 보이는 표정을 짓고 있었다.

"휴우…… 이야기를 하니까 마음이 시원해졌어."

"그거 다행이네. 다시 확인하는 건데, 내일 어떻게 할지 정했어?"

"그래. 망설이긴 했지만, 지금은 무사하다는 걸 확인할 수만 있으면 되니까 아버지를 부르지는 않을 거야."

"정말 그래도 되겠어?"

"딱히 본인하고 만나서 확인할 필요는 없으니까. 자세한 이야 기는 내일, 다들 일어나면 할게."

스스로 그렇게 정했다면 참견할 생각이 없었기에 나는 잠자코 피아를 안아주었다.

그런 이야기를 하고 있던 와중에 불침번을 교대할 시간이 되었는데……

"좀 자는 게 어때? 아직 교대할 때까지 시간이 남았잖아."

"그래, 왠지 안심했더니 졸리네. 좀 잘 테니 시간이 되면 깨워줘."

"알았어. 그대로 자."

"그럼 부탁할……게."

오늘 하루 내내 걸어서 피곤하기도 했고, 여러모로 떠안고 있던 것들이 해소된 덕분인지 피아는 금방 숨소리를 내며 자기 시작했다.

"불침번은 연장해야겠군. 호쿠토, 조금만 더 함께 있어줘."

"멍."

내일 제일 힘들 것 같은 사람은 피아니까. 내가 계속 불침번을 서야겠다.

천진난만한 표정으로 잠든 피아가 깨지 않게끔, 나는 모닥불에 장작을 넣으며 호쿠토를 쓰다듬었다.

다음 날 이른 아침…… 내 곁에서 잠들어 있었던 피아를 부러워하며 에밀리아가 내 어깨를 깨무는 사건이 발생하긴 했지만, 모두가 깨어나자 아침 식사를 하게 되었다.

오늘 아침 메뉴는 여러 가지 들풀에 향신료를 넣어 끓인 수프, 그리고 작은 빵을 한 사람당 세 개씩.

모두가 음식을 받고 잘 먹겠습니다라고 말했을 때, 레우스는 자신의 빵이 하나 줄어들었다는 것을 눈치챘다.

"어라? 내 빵이 없어졌어…… 아니, 형님. 어느새?!"

그리고 잠시 후, 레우스는 내 빵이 네 개로 늘어났다는 사실을 깨달았다.

빈틈을 타 레우스의 접시에서 가져온 건데, 딱히 내가 먹고 싶어서 그런 게 아니라 레우스의 새로운 훈련방식이다.

"방심한 모양이로군. 손 쪽이 텅 비었더라."

"젠장…… 어렵네."

식사 때라 해도 방심하지 않고, 평소에 최소한의 경계를 하며 기척을 탐지하는 훈련이다.

당연하게도 항상 신경을 날카롭게 하고 있으면 숨을 돌릴 수가 없다.

하지만 나는 마음을 완전히 놓기 일보 직전의 감각…… 다시 말해 매우 희미한 수준의 기척 감지를 익히게 하고 싶은 것이다.

"여기에 몸이 익숙해지면 쉬면서도 자신을 지킬 수 있게 되지. 천천히 해도 상관없으니까 확실하게 익혀야 한다."

솔직히 말해 터무니없는 이야기이긴 하지만, 이것을 익혔기에 나는 몇 번이나 살아남을 수 있었다.

최종적으로는 자신의 주위로 다가오는 적의에 무의식적으로 반응하여 방어…… 또는 요격할 수 있게끔 만들고 싶다.

그리고…… 나는 그나마 자상한 편이다.

내 스승님은 음식을 가져가는 것뿐만이 아니라 고무탄을 장전한 총으로 노렸으니까. 느긋하게 목욕하려다가 맞았을 때 느낀 그 아픔은 전생한 지금도 잊을 수가 없다.

그런 내 체험담을 들려주면서 빵을 돌려주려 했지만, 레우스는 고개를 저으며 거절했다.

"아니, 빵은 돌려주지 않아도 돼. 나 자신을 더욱 궁지에 몰아넣을 필요가 있을 것 같으니까."

"좋은 마음가짐이다. 하지만 나는 네 개나 먹을 필요가 없으니까 이건 리스에게 주도록 할까."

"그래! 그리고 하는 김에 누나들도 해봐. 그러는 편이 더 빨리 익힐 수 있을 테니까."

"좋은 마음가짐이네요, 레우스. 그럼 저도 돕도록 하죠."

"꽤 재미있을 것 같네. 그럼 나는 정령에게 부탁해볼까? 대상에게 들키지 않게끔 공중에 띄우는 연습으로…… 응, 내 훈련도 될 것 같네."

"냠냠……."

"…………어라?"

정신을 차리고 보니 레우스의 빵은…… 남은 게 없었다.

그리고 리스의 빵은 세 개.

다시 말해…….

"……리스 누나?"

"방심하면 안 돼, 레우스. 때로는 식사가 싸움이기도 하니까."

나는 사실 손을 뻗는 모습을 보고 있었는데, 정말 속도…… 아니, 기척을 없애는 솜씨가 매우 훌륭했다.

그런 리스의 진지한 표정을 보고 레우스는 아무 말도 할 수가 없었다.

"……자."

"형님……."

그래도 너무 불쌍했기에 일단 빵을 돌려주었다.

"자, 나도 돌려줄게. 앞으로는 조심해."

"리스 누나……."

리스가 빵을 돌려주자 레우스는 눈을 반짝이며 리스를 보고 있었다. 사이가 좋기도 하지만, 두 사람의 상하관계를 멋지게 나타내주는 광경이라 할 수 있을 것이다.

참고로 그 이후로 이어진 가족회의 결과, 식사를 할 때는 나혼자만 손을 대기로 정해졌다. 그녀들이 온 힘을 다하면 레우스의 몫이 사라질 가능성이 있기 때문이다.

아무튼 그렇게 다시 식사를 다시 시작하자 수프와 빵을 먹던 피아가 끙끙대는 듯이 소리를 내고 있었다.

"빵에 어울리게 스프를 만드니까 그냥 먹는 것보다 몇 배나 맛있네."

"으으……, 먼저 먹어버린 게 아까워."

이 세계에서 빵은 보존하다가 딱딱해져서 먹기 힘들어진 빵을 먹기 편하게 만들 때나 수프에 적셔 먹는다. 하지만 내가 만든 수프는 빵에 맞춰서 간을 조금 진하게 했기에 모두들 마음에 든 모양이었다.

그 광경을 만족스럽게 바라보며 식사를 하고 있자니 먼저 다 먹고 숲을 바라보고 있던 레우스가 피아에게 말을 걸었다.

"저기, 피아 누나. 그런데 어떻게 할 거야? 피아 누나의 아버지를 부른 게 아니지?"

"그래, 아버지를 부르면 골치가 아파질지도 모르니까 내 친구를 불러볼까 해."

"피아 누나에게 친구가 있었어?"

"실례잖아, 당연히 있지."

레우스가 말실수 때문에 피아에게 살짝 꿀밤을 맞았지만, 나도 잠깐 그렇게 생각해버렸기 때문에 레우스에게 뭐라고 할 권리는 없었다.

그건 그렇고 피아의 친구라.

"대범하고 그릇이 큰 사람이거나, 잘 돌봐주고 정말 착한 사람인가?"

"……이해가 되는 것 같아요."

"나도."

"왜 그럴 거라 단정하는 거야?"

피아는 일단 자유분방하니까.

재미있는 걸 보면 돌격하고, 터무니없는 일에 휘말려서 휘둘리곤 하니까 그런 사람이 아니면 친하게 지내는 것도 힘들겠다는 생각이 드는 거지.

"뭐, 됐어. 좀 전에 바람의 정령에게 내 말을 전해달라고 했으니까 슬슬 올 때가 된 것 같은데……"

"그 애는 숲에서 나와도 괜찮아?"

"나보다 어린 데다 관습 여행도 아직 떠나지 않았어. 근처라면 잠시 나와도 괜찮을 거야."

피아가 그렇게 말하니 문제는 없겠지.

그건 그렇고 피아와 로드벨에 이어서 새로운 엘프라.

잠깐 상상해보기도 하고, 대체 어떤 엘프일까 생각하고 있자니 내 옆에 앉은 피아가 몸을 기댔다.

"착각이 좀 심한 애라 자주 폭주하곤 하지만, 솔직하고 착한 애야."

"잠깐. 폭주라는 말이 나오는 시점에서 매우 수상쩍은데."

"엄청나게 대단한 당신과 비교하면 사소한 거야. 아, 마음에 들면 애인으로 삼아도 돼. 한 번 따르기 시작하면 진짜 귀여운 애니까."

"멋대로 정하지……."

정작 본인의 의사를 완전히 무시한 피아가 내 팔을 끌어안은 순간, 나는 '부스트'를 발동해 무언가를 잡아냈다.

"멍!"

"형님!"

내가 쥐고 있던 것은 나무로 만든 화살이었다.

그것을 확인한 것과 동시에 숲이 있는 쪽에서 다시 화살이 날아왔지만, 레우스와 호쿠토가 앞으로 뛰쳐나가 전부 쳐냈다.

"시리우스 님!"

"적이 온 거야?!"

에밀리아는 나이프 쪽으로 손을 가져가며 내 옆에서 대기했고, 리스는 놀라면서도 물덩이를 만들어내 전투태세를 갖추고 있었다.

그리고 내 팔을 끌어안고 있던 피아는 어이가 없다는 표정으로 한숨을 쉬고 있었다.

"뭐하는 거야!"

"꺄악?!"

피아가 팔을 휘두른 것과 동시에 거센 바람이 휘몰아치자 숲에서 무언가가 튀어나와 우리 앞으로 굴러왔다.

그것은…… 피아와 똑같은 특징을 지니고 있는 엘프 여자였다.

여러 번 땅바닥을 굴러와 우리가 있는 곳 조금 앞에 겨우 멈춘 그 엘프는 바로 일어서서 방금 보여준 꼴사나운 모습을 얼버무리려는 듯이 활을 겨누었다.

"거, 거기 있는 인간족! 어서 그 엘프에게서 떨어지세요!"

"아니, 내가 아니라 그녀가 달라붙고 있는 건데……."

"변명은 소용없습니다! 인간족은 엘프를 능욕하고 애완동물처럼 기르는 것을 당연하게 여긴다는 것을 저도 알고 있어요!"

"잠깐만, 좀 진정하라니까."

"인간족이 키우게 둘 바에는 차라리 제가 키우…… 끄윽?!"

다시 피아가 팔을 휘두르자 하늘 위에서 압축된 공기가 내려와 엘프를 땅바닥에 짓눌렀다. 힘조절은 한 것 같긴 한데, 얼굴부터 땅바닥에 부딪혀서 정말 아플 것 같다.

그동안 관찰해보니 그녀의 머리카락은 노란색이 섞인 녹색 단발이었고, 리스보다 키가 작아서 그런지 어린애라고 해도 될 정도였다.

잠시 후 고개를 든 엘프는 아파서 눈물을 글썽이며 원망스럽다는 듯이 피아를 올려다보고 있었다.

"어, 언니…… 어째서?"

"좀 진정이 됐니? 자, 잘 봐. 나는 내 의지로 이 사람에게 달라붙어 있고, 다른 애들은 다들 내 동료야."

"으…… 으으. 언니가…… 남자에게…….."

"안 듣고 있네. 다시 폭주하고 있어."

"피아…… 혹시 그녀가."

"그래, 이 아이의 이름은 아샤. 내 친구고, 마을에서는 여동생 같은 애야."

땅바닥에 엎드려서 분한지 눈물을 흘리고 있는 모습이 좀 한심하지만, 그것이 피아의 여동생 같은 존재인 아샤와의 만남이었다.

잠시 시간이 지나자 그제야 아샤가 진정하고 우리의 이야기를 들어주게 되었는데…….

"저기, 아샤. 우선 우리에게 할 말이 있지 않을까?"

"언니에 대한 사랑은 항상 속삭이고 있는데요?"

"그게 아니라, 아까 우리에게 화살을 날린 게 너지?"

"아니에요! 노린 건 언니를 덮친 어리석은 남자뿐이에요!"

"내가 언제 그런 짓을 당했다는 거야? 이제 좀 그렇게 한 곳만 보이는 눈을 어떻게 좀 해!"

처음으로 한 것은 잔소리였다.

우리는 완전히 따돌림당하고 있었지만, 그 이후에 진행된 피아의 설득으로 인해 계속 시야에 넣지 않았던 우리와 눈을 마주쳐주게 되었다.

하지만 아샤의 경계가 풀린 것은 아니었기에 조금이라도 사이를 진전시키기 위해 일단 차를 마시기로 했다.

모닥불에 물을 끓이고, 항상 그랬듯이 에밀리아가 홍차를 끓여 아샤에게 컵을 내밀었다.

"드세요. 입에 맞으실지는 모르겠지만요."

"감사합니다. 하지만 저는 외부인이 베푸는 동정을 받아들이지 않아요."

하지만 딱 잘라 거절해버렸다.

그래도 보통은 독을 타지 않았는지 경계할 테고, 그 때문에 받지 않을 거라고 예상은 했기에 에밀리아도 별로 마음이 상하진 않은 모양이었다.

"에휴…… 너도 여전하네. 에밀리아, 잠깐 그걸 줄래?"

"여기요."

에밀리아에게 컵을 받은 피아는 입김을 불면서 홍차를 조금 마신 뒤 아샤에게 내밀었다.

"언니가 입을 댄 거라면 마실 수밖에 없겠네요! 아뇨, 마셔야만 해요!"

좀 전까지 보여주던 진지한 표정은 어디로 갔는지, 아샤는 콧김을 거세게 내뿜으면서 컵을 받았다.

그렇구나, 저 아이에게 소중한 피아가 독이 있는지 먼저 마셔보았으니 마시지 않으면 실례라는 거겠지.

피는 이어지지 않은 것 같은데, 그만큼 피아와 아샤는 자매처럼 밀접한 관계를 맺고 있는지도 모르겠다.

"뜨거워?! 하지만 이건 분명히 언니에 대한 사랑을 시험받고 있는 거겠지!"

"……왠지 아닌 것 같아."

"이런 아이야. 하지만 나쁜 아이는 아니니까 안심해."

피아가 입을 댄 부분으로만 홍차를 계속 마시는 모습을 보고 있자니 꽤 안타까운 아이 같다는 생각이 들기 시작했다.

여러모로 반응하기가 곤란한 아이이긴 하지만, 피아가 신경 쓰지 않는다면 나도 신경 쓸 필요는 없겠지.

그대로 피아의 설득이 이어졌고, 우리가 적이 아니라고 인식해주게 되었다.

"정말 맛있는 홍차였어요. 언니가 마시기에 어울리는 맛이었네요."

"감사합니다. 마음에 드셨다면 한 잔 더 드셔도 되는데요. 우선 서로 자기소개를 하실까요?"

"그렇긴 하죠. 그럼…… 제 이름은 아샤라고 합니다. 피아 언니의 여동생이에요."

"여동생 같은 거야, 여동생 같은 거."

에밀리아가 이야기를 잘 유도해준 덕분에 서로 자기소개를 할 수 있었다.

홍차도 예상했던 것보다 더 마음에 들었는지 한 잔 더 달라고 한 걸 보니 순조롭게 마음을 터놓기 시작하고 있는 것 같다.

"에밀리아라고 합니다. 이쪽에 계신 시리우스 님의 시종을 맡고 있습니다."

"나는 리스. 피아 씨의 동료예요."

"잘 부탁드립니다. 그런데…… 두 분께서는 언니와 어떤 관계이신가요?"

에밀리아와 리스를 보는 아샤의 눈초리가 날카로웠고, 대답에 따라서는 덤벼들 것 같은 박력이 있었다. 잘 모르겠지만, 마치 굶주린 짐승 같다.

"피아 씨요? 음…… 제게는 언니 같은 분이고, 시리우스 님의 총애를 받으려고 서로 열심히 노력하는 라이벌 같은 분이기도 하시죠."

"어, 그러니까…… 같은 사람을 좋아하게 된 사람이니 가족…… 이 되려나? 아, 아무튼 언니 같은 존재야."

"언니의 여동생이 되고 싶다는 마음은 잘~ 알겠지만요, 첫 번째 여동생은 저…… 하윽?!"

"그래, 그래, 첫 번째 여동생은 참고 있어. 나도 너희를 여동생처럼 생각하니까."

에밀리아와 리스가 한 말이 기뻤는지 미소를 지은 피아가 두 사람을 두 팔로 끌어안으며 기뻐했다.

한편, 선배 여동생인 아샤는 얼굴에 바람의 충격을 맞아 끙끙대고 있는데, 좀 대우가 심한 거 아닌가 하는 생각이 든다.

"언니의 사랑이 아파요! 하지만…… 이것 또한 사랑인 거죠!"

……전혀 통하지 않네.

피아와 관련된 거라면 뭐든지 좋은 방향으로 보는 건가? 왠지 에밀리아와 비슷한 부분이 있는 것 같은데.

다음은 레우스가 자기소개를 할 차례인데, 이성이라서 무슨 일이 일어날지 짐작도 안된다.

뭐, 덤벼든다 해도 레우스라면 괜찮을 것 같지만.

"나는 레우스라고 해. 잘 부탁해, 아샤 씨."

"남자……인가요? 그래서, 당신은 언니와 어떤 관계죠?"

"응? 나한테 피아 누나는…… 피아 누나지. 은근슬쩍 우리를 지켜봐 주니까, 아무튼 믿음직스러운 누나라고 생각해."

"호오? 언니를 잘 알고 계시는군요. 잘 부탁드립니다."

그 순수하고 솔직한 말을 듣고 피아를 흑심이 섞인 눈으로 보지 않는다고 판단한 모양이다.

아샤가 정말 시원스럽게 미소를 지으며 손을 내밀었기에 두 사람은 악수를 했다.

어디까지나 피아 지상주의일 뿐, 남자가 싫은 건 아닌 모양이네.

"나는 시리우스야. 이 기회에 확실하게 말해두지만, 나는 피아의 애인이기도 해."

"그런가요? 당신이 언니의……."

애인이라는 말을 듣자마자 아샤가 살의를 품고 노려보았지만, 사실이니 숨기고 싶지 않다.

질투뿐만이 아니라 여러 가지 감정이 뒤섞인 살기를 정면으로 받아내고 있자니 피아가 끌어안고 있던 두 사람에게서 물러난 다음 이번에는 내 곁에 서서 팔을 끌어안았다.

"전에 설명했잖아? 이 사람이 나를 구해준 사랑스러운 사람이야."

"농담이라 생각하고 싶지만, 언니의 행복해 보이는 표정이 사실이라는 걸 알려주고 있어요. 저기…… 언니를 구해주셔서 감사합니다. 하지만 그래도 저는…….”

“그래, 갑자기 납득하라고 해도 힘들겠지. 하지만 조금이라도 좋으니 네가 시리우스에 대해 알아줬으면 해. 이 사람은 당신이 알고 있는 인간족과는 다르다는걸.”

그 말을 듣고 살기가 사그라들긴 했지만, 여전히 계속 노려보고 있었다.

내가 뭐라고 말을 해야겠다 싶어서 말을 걸려고 했지만, 그보다 먼저 아샤가 말을 걸었다.

“질문이 있습니다. 당신은 언니가 엘프라는 사실을 이해하면서도 함께 있는 건가요?”

“물론이지. 규칙을 어기면서까지 나를 선택해준 여자니까. 그녀를 행복하게 해주기 위해 힘껏 노력할 생각이야.”

“그럼 적어도 당신은 300년 정도는 살아야겠는데요.”

“300년이라. 그건 힘들겠는데.”

인간족인 나는 100년…… 아니, 자연스럽게 그때그때만 생각하는 삶을 살고 있으니 50년 넘게 살 수 있을지조차 모른다.

“흥…… 어이가 없네요. 엘프인 언니는 500년은 거뜬히 사는데요? 그런 언니를 내버려 두고 먼저 떠나버릴 당신이 행복하게 해준다는 말을 함부로 하지 말아주세요!”

수명에 대해서는 피아가 별로 이야기하려 하지 않았기에 나도 이야기가 나오지 않는 이상 말을 꺼낼 생각이 없었다.

하지만…… 눈을 돌리고 있는 건 아니다.

좀 전부터 피아가 끼어들지 않는 이유는 내가 아샤에게 확실하게 말해줬으면 하기 때문일 것이다.

피아를, 그리고 에밀리아와 리스를 번갈아가며 보면서 나는 확실하게 말했다.

"나 혼자서는 힘들겠지만 내 뒤를 이어줄 사람이 있어. 그러니까 피아는 불행하지 않을 거야."

"설마 남에게 떠넘기다니. 어차피 인간족이네요."

"남에게 맡길 수 있을 리가 없잖아? 뒤를 이어줄 사람은 내 아이들이야."

『나는 엘프잖아? 너는 언젠가 나를 두고 가게 된단 말이야.』

『하지만 자식이 잔뜩 있으면 쓸쓸하지 않을 거잖아? 때가 되면 열심히 자식을 낳을 거니까 나만 믿어.』

예전에 투무제에서 우승한 날, 피아는 내게 그렇게 말해주었다.

다시 말해 피아는 나뿐만이 아니라 아이, 손주, 증손주의 최후까지 지켜볼 각오를 하고 있었다.

그렇기에 나는 그 각오에 부응하고 싶다.

나는 그녀와…… 그리고 가족 모두와 웃으며 지낼 수 있게끔 온 힘을 다할 뿐이다.

"하지만 피아가 행복하다고 정할 수 있는 건 피아 자신이니까. 그렇게 생각해줄 수 있게끔 나는 그녀와 함께 지내면서 지켜낼 뿐이야."

이 말을 듣고 납득해줄지는 모르겠지만, 내가 할 수 있는 말은 전부 다 전했다.

아샤는 살기를 내뿜지는 않았지만, 내 진지한 말을 듣고 말문이 막힌 채 당황하고 있었다.

"다, 당신은 정말 언니를 행복하게…… 지켜줄 수 있는 건가요?"

"내 손이 닿는 한, 그녀는 반드시 지켜낼 거야."

"그렇다면…… 저를 쓰러뜨려 증명해보세요! 좀 전에는 힘을 조절했지만, 이번에는 온 힘을 다해 당신을 쏘겠어요."

"아니, 너를 쓰러뜨릴 필요는 없는 것 같은데……"

만약 피아의 아버지라면 따님을 주십시오 같은 느낌으로 싸울 수도 있겠지만, 여동생 같은 아이면 좀 망설여지는데.

피아가 나서면 막을 수 있을지도 모르겠지만, 저렇게까지 세게 나오니 정말 그럴지도 의심스럽다.

뭔가 막을 계기가 되지 않을까, 그렇게 생각하면서 제자들을 보았는데…….

"저는 남자애하고 여자애, 두 명이면 충분하다고 생각했는데, 역시 세 명은 있어야 할까요?"

"피아 씨를 위해서이기도 하니까, 나도 노력해서 두 명으로 할까?"

"형님……."

에밀리아와 리스는 볼을 붉히면서 망상의 세계에 빠져 있고,

레우스는 내가 싸울까? 그렇게 말하려는 듯이 검을 쥐고 있었다.

말리려 하는 기척조차 느껴지지 않았기에 역시 피아에게 부탁할 수밖에 없을 것 같다.

그렇게 생각하며 피아를 보니 바로 이해해준 그녀가 쓴웃음을 지으면서 고개를 끄덕여주었다.

"그만두렴, 아샤. 기습으로 날린 화살도 통하지 않았는데, 정면으로 도전해서 이길 수 있을 것 같아?"

"언니, 이건 제 오기예요. 실제로 싸워서 확인하지 않으면 저자신이 납득할 수 없어요!"

"에휴…… 어쩔 수 없네. 시리우스, 미안하지만 아샤와 대결해주지 않을래? 그게 저 아이에게 필요한 것 같으니까."

"……알았어."

이미 논리 같은 게 아닌 모양이다.

그녀는 피아의 여동생 같은 아이이기도 하니까 성이 찰 때까지 대결하도록 하지.

그렇게 나와 아샤가 싸우게 되었는데, 피아가 원래 목적이 떠올랐는지 승부 규칙을 정하는 동안 질문하고 있었다.

"아샤, 싸우기 전에 잠깐 괜찮을까? 내가 마을을 떠나서 아버지가 심한 일을 당하지는 않았어?"

"네? 네, 언니의 아버님은 건강하세요. 애초에 그 이후로 엘더님은 마을에 오시지 않으셔서 특별한 일은 딱히 없네요."

"……그래. 그럼 됐어."

피아는 아무 일도 없었다는 말을 듣고 안도의 한숨을 내쉬었지만, 왠지 우울한 기색을 띠고 있다는 것을 알 수 있었다.

역시 아버지와 직접 만나야 할 것 같으니 아샤와 문제를 해결한 다음에 설득해볼까 한다.

그리고 심판을 맡아준 에밀리아가 시작 신호로 팔을 내리려 한 그때…….

"그럼 시합을…….."

"…………어?! 그럴 리가…… 아버지?!"

갑자기 피아가 당황하며 소리치나 싶더니 우리가 말릴 틈도 없이 엘프의 마을이 있는 숲으로 들어가 버린 것이다.

평소에는 보여주지 않았던 그녀의 동요한 모습에 우리도 깜짝 놀랐지만 계속 멍하게 있을 수는 없었다.

나는 곧바로 정신을 차리고 여전히 멍하게 있는 아샤를 다그쳤다.

"아샤! 지금 당장 우리를 마을로 안내해줘!"

"네?! 무, 무슨 소리를…….."

"마을로 가지 않겠다고 하던 그녀가 아버지라고 소리치면서 숲으로 들어갔잖아? 내버려 둘 수는 없다고!"

냉정한 피아가 그렇게까지 당황하는 모습을 보였다.

그 모습으로 볼 때 피아의 아버지가 정말 위험한 상황에 빠졌는지도 모른다.

하지만 이 숲에서는 '서치'의 반응이 둔해서 아마 엘프의 안내를 받지 않으면 쫓아갈 수도 없을 것이다.

"하지만, 외부인을 들일 수는……."

"그럼 내게 협박당했다고 해! 악당이라면 얼마든지 해줄 테니까!"

"부탁해요! 아샤 씨! 착각으로 끝날 만한 일이 아닌 것 같아요."

"피아 씨의 힘이 되어주고 싶어! 그러니까 부탁할게!"

"부탁이야! 아샤 씨! 피아 누나를 이대로 내버려 둘 수는 없어!"

숲을 빠져나가려면 아샤의 협력이 반드시 필요하다.

우리가 필사적으로 부탁하는 모습을 보고 냉정해졌는지, 아샤가 우리에게 등을 돌리고 숲으로 걸어가기 시작했다.

"언니가 간 이상, 저는 마을로 돌아가야 해요. 하지만…… 급하게 가니까 뒤쪽을 신경 쓸 여유가 없겠죠."

"그렇구나. 그럼 우리는 피아를 위해 움직일 뿐이지."

"마음대로 하시죠. 참고로 이건 혼잣말인데요, 엘프가 아닌 사람도 특수한 길을 지나면 헤매임의 결계가 발동되지 않아요. 우연히 그 길을 지나가는 저를 바짝 붙어 따라오시면 엘프의 마을로 갈 수 있을지도 모르죠."

아샤가 이야기하는 동안 에밀리아가 필요한 물건만 가방에 담았고, 자신의 다리로는 따라갈 수 없겠다고 판단한 리스는 호쿠토의 등에 올라타 있었다.

그리고 나와 레우스는 그대로 가도 상관없기에 불과 몇 초만에 준비를 마친 우리는 활을 등에 메고 숲으로 뛰어가는 아샤를 따라나섰다.

올려다봐야 할 정도로 큰 나무의 가지와 잎이 햇빛을 가려서 그런지 숲속은 이상할 정도로 어두웠고, 지면으로 드러난 나무뿌리로 인해 발치가 매우 불안정했다.

마음껏 달릴 수 있는 곳이 아니었지만 아샤는 아무렇지도 않게 달려갔기에 우리는 필사적으로 쫓아갔다.

아무리 달려가도 똑같은 경치가 이어지는 와중에 아샤는 갑자기 방향을 틀거나 거대한 바위를 한 바퀴 도는 등, 알고 있지 않으면 결코 지나갈 일이 없는 길을 지나가고 있었다.

"어라…… 방금 왼쪽으로 돌았는데 또 왼쪽? 바깥으로 돌아가는 거 아닌가?"

"지금은 아샤 씨를 믿을 수밖에 없어요. 조용히 뛰어가세요."

이동하면서 '서치'를 여러 번 사용해봤지만, 여전히 반응이 좋지 않았기에 소용이 없는 것 같았다.

그렇다면 야생의 반응은 어떨까, 그렇게 생각하고 리스가 떨어지지 않게끔 조심하고 있던 호쿠토를 돌아보았다.

"……멍!"

"형님, 피 냄새가 느껴진다는데!"

"피아 냄새는?"

"크응…… ."

"호쿠토 씨라도 그건 알아낼 수 없는 것 같네요."

결계의 영향인지, 아니면 거리가 멀어서 그런지, 피 냄새를 맡을 수는 있지만 피아 냄새까지는 알아낼 수 없는 것 같다.

"피아…… 무사하면 좋겠는데."

"언니······."

숲으로 들어가기 전에 말했듯이 아샤는 우리를 전혀 신경 쓰지 않고 온 힘을 다해 계속 달려가고 있었다.

이런 곳에서 이동하는 건 아샤가 더 능숙하지만 신체 능력은 우리가 더 뛰어나기에 겨우 뒤처지지 않고 따라갈 수 있었다.

조급한 마음을 다스리면서 잠시 달려가다 보니 우리 앞에 나무로 만들어진 커다란 문이 나타났다.

문이 열려있었기에 아샤를 따라 문을 지난 순간······ 주변의 분위기가 크게 달라진 것을 깨달았다.

아마 저 문이 결계의 경계선일 것이라고 짐작했을 때, 앞이 탁 트인 공간으로 나왔다.

그곳에서 많은 사람의 기척과 냄새가 느껴졌고, 나무와 동화시키는 듯이 지은 집이 늘어서 있는 걸 보니 피아의 고향인 엘프 마을인 것 같다.

피아와 엘리시온에 사는 로드벨을 보면 전혀 그런 것 같지 않지만, 원래 엘프는 외부인을 싫어하는 종족이기에 멋대로 마을에 들어가면 직접적인 수단으로 내쫓으려 할 것이다.

하지만 그런 마을의 중심으로 외부인인 우리가 당당하게 들어왔는데도 불구하고 아무도 나타나기는커녕, 나올 기색조차 없었다.

처음 온 곳이긴 하지만, 척 보기에도 이상한 상황이었다.

"······왠지 이상한데. 이렇게 집이 많은데 엘프가 한 명도 안 보여."

"멍!"

"엘프 같은 냄새는 이곳저곳에서 나는데 다들 집안에 틀어박혀…… 있대."

"아샤, 여기는 항상 이래?"

"그럴 리가 없잖아요! 언니! 어디 계세요!"

아샤가 외치는 소리가 울려 퍼진 순간, 마을의 중심으로 보이는 방향에서 마력의 흐름이 느껴졌다.

그와 동시에 거센 파괴음도 들린 걸 보니 그쪽에서 전투가 벌어지고 있는 모양이었다.

상황을 볼 때 싸우고 있을 가능성이 큰 건…….

"형님! 저쪽에서 피아 누나의 냄새가 나!"

"서두르자!"

"언니…… 아니, 잠깐?!"

지금은 마을의 상황보다 피아가 중요하다.

이곳의 지면은 잘 다져져 있기에 문제없이 달릴 수 있게 된 우리는 아샤를 내버려 두고 전투가 벌어지고 있는 현장으로 향했다.

그리고 전투의 중심으로 보이는 곳에 도착한 것과 동시에 지면이 크게 흔들렸고, 흙먼지가 솟구쳐서 시야가 가려져 버렸기에 멈춰 설 수밖에 없었다.

"제게 맡겨주세요!『윈드 스톰』."

에밀리아가 날린 마법으로 인해 흙먼지가 날아갔고, 우리는 피아를 볼 수 있게 되었다.

"찾았다! 피아 씨, 대체 무슨…… 어?!"

"피아 누나?!"

하지만 겨우 찾아낸 피아는 험한 꼴이 되어있었다.

옷 이곳저곳이 찢어지고 몸 전체에 상처를 입어서 그런지 온몸이 피투성이였다. 그리고 얼굴이 창백해진 걸 보니 체력은 물론 마력 고갈 증상까지 보였다.

그래도 치명상을 입지는 않은 것 같았지만, 그녀는 아직 전투 중이었고 싸우는 상대가 여럿이라는 사실을 깨달았다.

우선 그곳으로 달려가려고 다리에 힘을 준 순간, 피아가 우리가 온 것을 눈치채고 돌아섰다.

"……시리우스."

어째서…… 웃고 있는 거야?

그런 힘없는 미소는 너답지 않잖아.

머릿속에서 경종이 거세게 울린 그 순간, 그것은 들고 있던 나이프를 휘둘러서…….

"당신과 함께 지내면서, 즐거웠어……"

피아의 가슴을 찔렀다.

《엘더 엘프》

"당신과 함께 지내면서, 즐거웠어……."

──나이프를 저격…… 불가능.

──찔린 위치는…… 심장 근처.

──아니, 조치만 제때 취하면.

──적의 숫자는 전부 합쳐서 다섯. 피아 곁에는 하나.

──호쿠토와 제자들은 한발 늦게 뛰어가고 있다.

──피아를 가장 먼저 확보.

──힘 조절은 필요 없음.

──거리 산출. 가속…… 감속…….

피아 가슴에 나이프가 날아든 순간…… 나는 '멀티 태스크'로 상황을 파악하며 온 힘을 다해 피아가 있는 곳으로 향하고 있었다.

나이프를 '매그넘'으로 튕겨내려 해도 피아가 있는 위치 때문에 저격이 힘들었고, 시간이 멈추지 않는 이상 제때 맞출 수도 없을 것이다.

그렇다면 할 수 있는 일을 해야 한다고 곧바로 판단한 나는 피아에게 달려드는 것과 동시에…….

"내 여자에게서 떨어져!"

기세를 죽여서 왼손은 피아의 등으로, 그리고 오른손은 피아를 찌른 상대를 향해 '임팩트'를 있는 힘껏 날렸다.

온 힘을 다해 날린 충격파는 전방 일대를 휩쓸면서 눈앞에 있던 상대를 포함하여 다섯 명을 전부 날려버렸다.

상대가 여럿이라고는 해도 정령마법을 사용할 수 있는 피아가 이렇게까지 당했다. 방금 그 공격으로 쓰러뜨리지는 못했겠지만, 시간은 벌 수 있었을 것이다.

그동안 피아를 부드럽게 안아 든 나는 '스캔'을 발동시키며 그녀의 얼굴을 들여다보았다.

"후후…… 당신은…… 역시 대단하네……."

"됐으니까 말하지 마! 금방 구해줄 테니까."

상대방의 공격이 빗나갔는지, 아니면 피아가 반사적으로 움직였는지는 모르겠지만 가슴에 꽂힌 나이프는 심장에서 약간 빗나갔다.

다른 상처도 입긴 했지만 가슴 말고는 그렇게까지 심하진 않았다.

적절한 조치만 취하면…… 구할 수 있어!

""피아 씨!""

"피아 누나!"

부담을 주지 않기 위해 피아를 지면에 눕히자, 따라온 제자들이 피아를 보고 달려들었다.

호쿠토 위에서 내린 리스는 바로 치료마법을 발동시켰지만, 어째선지 피아는 거절하려는 듯이 리스의 손을 잡고 말렸다.

"잠깐…… 치료는…… 나보다……."

"무슨 소리를 하는 거야?! 나이프에 찔렸으니까 바로 치료를 해야……."

"아니야. 나보다 아버지를…… 아버지를…… 부탁해……."

피아가 바라본 곳에 그녀보다 심하게 다쳐서 쓰러져 있는 엘프…… 피아의 아버지로 보이는 사람이 있었다.

곧바로 레우스가 데리러 갔지만, 피를 흘린 양으로 보니 이미 숨이 끊어진 것 같기도 했다.

하지만 그녀가 자신보다 우선시하려는 아버지다. 확인하지도 않고 포기할 수는 없다.

그리고 레우스가 데리고 온 피아의 아버지는 200살이 넘은 딸이 있는데도 불구하고 20대라 해도 믿을 것 같은 청년으로 보였다.

엘프의 신비함을 느끼면서 '스캔'을 발동시키려 하다가 이쪽을 향해 수많은 마법이 날아오고 있다는 것을 눈치챘다.

"멍!"

하지만 재빨리 앞으로 나선 호쿠토가 앞발과 꼬리를 휘둘러 마법을 전부 쳐내었다.

하지만 생각했던 것보다 적의 회복이 빠르다.

진단을 하면서 뒤늦게나마 어떤 상대인지 관찰해보니 다섯 명 모두 남자 엘프였다.

하지만 피아, 아샤와는 척 보기에도 분위기가 다른 엘프였다. 남자와 여자, 그런 뜻이 아니라 전체적인 분위기라는 점에서.

특히 가장 위화감이 느껴지는 건 감정일 것이다.

동족이나 마찬가지일 피아를 주저하지 않고 나이프로 찌르거나 내 마법으로 인해 날아갔는데도 표정의 변화가 전혀 보이지 않았다.

마치 기계처럼 차가운 인상인데, 멀리 있어도 느껴지는 방대한 마력으로 볼 때 아마 모두가 엘리시온의 학교장인 로드벨……아니, 그 이상의 마력을 지니고 있는 것 같다.

그렇군, 저게 말로만 들었던 엘더 엘프……라는 건가.

피아가 당할 만도 하다며 납득하고 있자니 엘더들은 앞쪽으로 세 명, 뒤쪽으로 두 명, 그렇게 나뉘어 우리를 포위하려는 듯이 이동하고 있었다.

"형님…….."

"시리우스 님…….."

"나도 알아. 하지만 함부로 움직이지 마."

방금 날렸던 '임팩트'를 이용한 광범위 공격을 경계하고 있는지 우리를 포위한 상태에서 움직일 기색을 보이지 않았다.

지금은 조금이라도 치료할 시간이 필요해서, 분노로 불타오르는 남매와 호쿠토에게는 먼저 공격하지 말라고 지시를 내렸다.

"아버지…… 대답…… 해…….."

"금방 치료해줄 테니 피아 씨도 진정해. 그런데 상처가 정말 심하네. 어째서 이렇게 온몸에 상처가…….."

"치명상을 입지 않을 만한 공격을 가하면서 농락하고 있었는지도 모르지."

진단한 결과, 아버지는 바람마법으로 온몸이 찢긴 것뿐만이 아니라 흙마법으로 인해 바위에 부딪혀서 생긴 타박상도 많이 보였다.

피도 매우 부족해서 내버려 두면 몇 시간도 안 되어 숨을 거둘 것이다.

하지만 다행이라고 해야 하나, 몸속에 있는 중요한 기관까지 다치지는 않았다. 리스의 치료마법을 사용하면 살아날 가능성은 충분히 있다.

"리스, 이 사람의 치료를 먼저 해!"

"그래도 그럼 피아 씨가……."

이 정도 중상이라면 집중해서 치료할 필요가 있으니 동시에 치료하는 건 힘들 것이다.

아버지만큼은 아니지만 피아도 내버려 두면 위험한 상태이기에 반드시 내가 조치를 취해야 하지만, 내 재생활성은 사람이 지니고 있는 치유력을 촉진시키는 것이라 중상을 입은 사람에게는 효과가 별로 없고, 시간도 오래 걸린다.

그리고 피아는 심장 근처의 중요한 혈관이 몇 개 끊어져서 치유력을 활성화시키는 게 문제가 아니었다.

그래도…….

"어떻게든 해볼게! 리스는 그 사람의 치료를 끝내는 것만 생각해!"

"아, 알았어!"

아버지의 치료가 빠르게 끝나면 그만큼 피아를 치료하는데 전념할 수 있다.

내 말을 듣고 고개를 끄덕인 리스는 이야기하는 동안에도 집중하고 있었던 마력을 해방시키며 그녀 근처에서 대기하고 있던 물의 정령…… 나이아에게 부탁했다.

"나이아, 힘을 빌려줘! 생명을 이어주는 물이여…… 여기에!"

리스의 목소리에 응답한 나이아가 힘을 해방하자 어디선가 생겨난 물이 피아 아버지의 몸을 감쌌고, 물 전체가 포근한 빛을 뿜어내기 시작했다.

몸속까지 치료 효과가 있는 물을 상처에 침투시킬 것이다.

하지만 물에 담긴 마력이 너무 강하면 몸이 거부반응을 일으킬 가능성이 있기에 리스가 바늘구멍에 실을 꿰는 것처럼 섬세하게 마력을 조작할 필요가 있다.

지금은 리스에게 맡길 수밖에 없기에 나는 그녀를 방해하지 않게끔 괴로워하며 숨을 쉬는 피아의 얼굴을 들여다보았다.

"미안해, 피아. 너를 지키겠다고 맹세해놓고 이렇게 험한 꼴을……."

"무슨 소릴…… 하는 거야? 이건 내가…… 멋대로 움직였기…… 때문이야……."

피아의 가슴에 손을 대고 마력으로 마취를 하는 동안 나도 모르게 사과했지만, 피아는 얼굴이 창백해진 상태인데도 웃어주었다.

"나야말로…… 미안……해. 아버지가…… 살해당할 것 같아서…… 당신들하고 숲을…… 시간이 아까……워서……."

엘프라면 숲을 가로지를 수 있지만, 우리 같은 외부인일 경우에는 좀 전처럼 특정한 길을 지나와야만 한다.

실제로 숲을 가로지른 피아와 아샤의 안내를 받고 온 우리는 수십 분 가까이 차이가 났다.

다시 말해 그 시간이 아까울 정도로 피아의 아버지가 위험한 상황이었을 것이다.

"이럴…… 생각이 아니었……는데. 나…… 뭐하는 건지…….."

"너는 가족을 지키려고 했을 뿐이야. 잘못한 건 없어."

피아의 가슴에 손을 얹고 계속 마취를 진행하자 수많은 마법이 우리에게 날아들었다.

엘더들이 기어코 공격을 가했지만, 나와 피아를 중심으로 이동한 남매와 호쿠토가 막아주었다.

"절대로…… 맞게 하지 않겠어요!"

"으랴아아아아아아아──!"

"멍!"

레우스와 호쿠토가 마법을 쳐내고 에밀리아가 주위에 바람을 일으켜 치료를 진행하고 있던 나와 리스를 지켜주었다.

하지만 엘더들의 공격이 치열해서 가끔 미처 막지 못한 마법이 바로 옆을 스쳐가곤 했지만, 나는 모두를 믿고 치료에 전념했다.

"당신이 칭찬해준 피부…… 이렇게…… 상처투성이…….."

"이제 됐어. 싸움이 끝난 다음에 반성할 시간을 줄 테니깐 지금은 살아나는 것만 생각해."

"······응."

마력을 이용한 마취가 끝났고, 지금부터가 진짜다.

지금부터 할 조치는 온 힘을 다해 '멀티 태스크'를 구사할 필요가 있기에 다른 것을 신경 쓸 여유가 전혀 없을 것이다.

"미안, 조금만 더 버텨줘!"

""네!""

"멍!"

믿음직한 대답을 들은 뒤, 나는 피아의 가슴에 꽂혀 있던 나이프를 쥐었다.

"알겠어? 피아. 이제 이걸 뽑아낼 거야."

"······그래. 당신에게······ 전부 맡길게."

나이프를 뽑아내면 피가 단숨에 뿜어져 나오기 때문에 준비가 될 때까지는 뽑을 수 없었다.

다른 신경이 다치지 않게끔, 똑바로, 신중하게······ 나이프를 뽑았다.

"좋았어! 다음은······."

예상했던 대로 피가 뿜어져 나왔지만, 곧바로 오른손으로 상처를 누르며 지혈했다.

흐른 피로 인해 손이 새빨갛게 물드는 와중에 나는 '스캔'으로 피아의 몸속을 머릿속에 투영하면서 오른손으로 가는 '스트링'을 수없이 만들어내 상처를 통해 손상된 부분으로 집어넣었다.

지금 시점에서 가장 먼저 대처해야 하는 상처는 나이프로 인해 끊어진 심장 주변의 혈관이기 때문에 뻗친 여러 '스트링'을 조작하여 끊어진 부분을 마력의 실로 봉합해서 이어나갔다.

곧바로 이은 혈관에 '스트링'을 통해 재생활성을 걸어 치유력을 일시적으로 높여서 원래 상태로 회복시켰다.

'스캔'과 '스트링'을 발동시키면서 다시 여러 '스트링'을 동시에 조작하여 재생활성을 걸기 위해 마력을 흘려보냈다.

전생의 의료기구를 참고한 치료법인데, '멀티 태스크'가 있어 가능한 작업일 것이다.

하지만…….

"크윽…… 큭……."

솔직히 말해 몸에 부담이 심하다.

꽤 무리한 탓인지 뇌에 부담이 엄청났지만…… 아직 괜찮다.

중간에 몸 전체에 가벼운 충격이 몇 번 느껴졌지만, 겨우 실수하지 않고 작업을 계속 진행할 수 있었다.

그리고 재생활성으로 모든 혈관을 치료한 다음 '스트링'을 하나씩 떼어내고 정상으로 돌아온 것을 확인한 다음 마력의 실을 없애기 시작했다.

치료에 전념하고 있어서 감각이 애매한데, 시간으로 따지면 아마 10분 정도일 것이다.

그렇게 찔린 부분의 치료를 마친 뒤, 나는 감고 있던 눈을 뜨고 크게 숨을 내쉬었다.

"휴우…… 좋아, 다음은……."

"시리우스 씨?!"

곧바로 다른 상처를 치료하려 했을 때, 리스가 허둥대며 내 곁으로 다가왔다.

보아하니 아버지의 치료가 실패한 것도 아닌 모양인데 대체 왜 그렇게 허둥대는 건지 알 수가 없어서 고개를 갸웃거리고 있자니 리스가 울상을 지으며 내 손을 잡았다.

"왜 그래? 저 사람 치료가 끝났으면 피아를 부탁할게."

"눈치 못 챘어?! 시리우스 씨도 많이 다쳤는데!"

그 말을 듣고 내 옆구리와 등을 만져보니 좀 전까지는 없었던 베인 상처와 피가 흐르고 있었다.

아마 남매가 막아내지 못한 마법에 맞은 모양이다. 치료하던 도중에 느낀 충격이 이거였나?

그리고 위화감이 들어서 얼굴을 만져보니 뇌를 혹사해서 그런지 코피도 나고 있었다.

상처를 입었다고 인식한 뒤에야 아픔을 느끼게 된 건 극도로 집중해서 통각이 마비되어 있었기 때문이겠지.

꽤 아프긴 하지만 맞은 마법이 바람의 칼날 같은 절단계 마법이라 다행인 것 같다. 만약 바위 같은 질량이 있는 마법에 맞았다면 몸이 흔들려서 치료가 실패했을지도 모르니까.

"아직…… 이야아아아아아——!"

"멍!"

한편…… 나를 계속 지키고 있었던 남매와 호쿠토는 힘든 상황에 처해 있었다.

레우스는 상처를 입으면서도 검으로 마법을 쳐내고 있었고, 호쿠토는 잔상이 생길 정도로 빠르게 요격하고 있었다.

그래도 막아내지 못한 마법은 에밀리아가 유지하고 있는 바람의 방어벽으로 막아내고 있지만, 그게 무너지는 것도 시간문제일 것이다.

"아샤 씨, 저쪽을 막아주세요! 더 이상 늘어나면 제 마법을 유지할 수가 없어요!"

"저도 알아요! 큭…… 그 화살도 튕겨내는 건가요!"

정신을 차리고 보니 에밀리아 옆에 아샤도 있었고, 마법을 계속 날리는 엘더를 향해 화살을 날리고 있었다.

그녀의 입장에서 보면 엘더 엘프는 존경할 대상일 텐데…… 정말 특이한 엘프다. 피아의 여동생 같은 아이이긴 하네.

아무튼 쓰러진 두 사람의 응급처치는 끝났으니 슬슬 반격에 나서볼까.

"아, 아직 움직이면 안 돼. 아직 상처가 아물지 않았으니까."

"나는 이제 괜찮아. 그러니깐 피아를 부탁할게."

꽤 많이 베이긴 했지만, 사실 표면만 베인 거라 그리 심한 상처가 아니니까.

치료마법을 걸어주려 하던 리스의 머리를 쓰다듬고 나서 일어선 나는 주위를 둘러보며 다시 상황을 확인했다.

피아의 아버지를 농락하던 것도 그렇고, 우리에게 날리고 있는 마법은 초급 마법에 가까운데, 가지고 놀겠다는 셈인가?

뭐, 그래도 상관없지.

그게…….

"너희들이 패배하는 원인이 될 테니까."

두 손을 좌우로 향하는 것과 동시에 '매그넘'을 연사하자 마력 탄환이 엘더의 마법을 맞췄고, 마법 틈새로 파고들어 엘더들의 가슴 쪽으로 향했다.

재빨리 위험하다는 것을 느낀 엘더들이 몸을 비틀어 피하거나 가지고 있던 나이프로 '매그넘'을 막으려 했지만…… 그건 이미 예상하고 있었다.

날린 탄환은 시간차로 '임팩트'가 발동되게끔 해두었기에 탄환이 적의 눈앞에서 파열되어 충격파로 엘더들을 모두 멀리 날려 보냈다.

그렇게 비처럼 쏟아지던 마법이 멈추자 모두의 시선이 내게 쏠렸다.

"시리우스 님……."

"허억…… 허억…… 형님?"

"멍!"

"어?! 대, 대체 뭐야?!"

"다들 잘 버텨줬어. 지금부터 반격하자!"

""네!""

충격을 제대로 맞았을 텐데, 엘더들이 아무렇지도 않다는 듯이 일어선 걸 보면 큰 대미지를 입지는 않은 것 같다.

처음 '임팩트'를 날렸을 때도 그랬고, 어설픈 공격으로는 효과가 별로 없는 것 같다.

'매그넘'을 직접 때려 넣거나 직접 나이프로 찌르는 것 정도는 해야겠는데.

사고의 스위치를 전투용으로 전환하고 치유력을 높여 몸에 난 상처를 아물게 하면서 애용하는 나이프를 쥐고 있자니 계속 말이 없던 엘더들에게 변화가 생겼다.

"……묘한 마법을 쓰는군."

나를 똑바로 바라보나 싶더니 감정도 없이 담담하게 말하기 시작했다.

솔직히 이 녀석들과는 별로 이야기를 하고 싶지 않지만, 남매를 조금이라도 쉬도록 말을 좀 섞어볼까.

"그런 힘을 지니고 있으면서 방금 그 마법을 이해하지 못한 건가?"

"주제넘게 굴지 마라, 외부인놈. 정말 묘한 공격이다만…… 그건 이미 겪었다. 두 번 다시 우리에게 통하지 않을 거다."

"과연 그럴까? 그런데 질문이 하나 있거든. 너희가 엘더 엘프 맞나?"

"그렇다. 우리는 위대한 성수님의 수호자다."

말없이 공격한 주제에 질문에는 대답하는군.

엘프에게 절대적인 존재인 성수라는 단어도 나왔으니 좀 더 질문을 해봐야지.

"성수……말이지. 정말 거창한 이름인데, 그게 어디 있다는 거지?"

"여기서 더 깊숙이 들어간 곳…… 외부인은 결코 넘을 수 없는 벽 너머에 존재하는 성스러운 나무이다."

"친절한 대답 고맙군. 그런데 그 수호자 양반이 성수라는 걸 내버려 두고 지금 뭐하는 거야?"

"죄인의 처벌이다."

그렇게 말하며 쓰러져 있는 피아와 아버지를 바라보는데, 여전히 무표정해서 화가 난 건지조차 알 수가 없다.

"성수님께 선정되는 명예를 얻었는데도 저 엘프는 소환에 응하기는커녕 숲에서 나가버렸다."

"대죄를 범한 자를 처벌하는 것은 당연하다."

"그리고 그걸 도운 엘프도 죄인이다."

"죄인은 처벌받을 뿐이다."

지역에 따라 풍습이나 규칙은 다른 법이고, 그걸 어겼으니 윗사람이 벌을 내리는 건 이해가 된다.

피아를 죄인으로 만든 원인인 내가 참견하는 것도 좀 그렇긴 하지만, 이렇게 농락하는 듯이 다치게 만드는 행위는 아닌 것 같다.

그 덕분에 피아와 그녀의 아버지를 제때 구할 수 있었다는 것도 아이러니하긴 하지만, 어찌 됐든 저런 녀석들을 용서할 수는 없지.

"너희들에게 아랫사람이긴 하지만 그래도 동족이잖아? 엘프 인구는 얼마 안 된다고 하던데, 함부로 다치게 하거나 처벌을 내리는 건 좀 아닌 것 같다만."

"이건 본보기다. 성수님에 대한 절대적인 신앙을 알리기 위해 필요한 일이다."

"애초에 우리와 엘프는 다른 존재다. 숫자가 다소 줄어든다 해도 성수님에게 큰 영향은 없다."

숲속에서 좀처럼 나오지는 않지만, 엘프를 업신여기지는 않는다, 피아는 그렇게 말했는데 그런 것 같지도 않다.

나는 상대방에게 들리지 않게끔 뒤에서 활을 겨누고 있던 아샤에게 작은 목소리로 말을 걸었다.

"아샤, 정말 저 녀석들이 엘더 엘프야? 피아에게 들은 이야기하고 좀 다른 것 같은데……."

"엘더님인 건 분명해. 하지만…… 100년 전에 본 엘더님은 아닌 것 같아. 그때 본 엘더님은 위엄이 있었고, 저렇게 심한 말도 하지 않았으니까."

아무리 높은 존재라 해도 사람과 마찬가지로 각자 성격이 다르다는 건가?

잘 알 수 없는 것투성이지만, 엘더들은 피아뿐만이 아니라 우리도 적이라고 판단했으니 싸울 수밖에 없겠지.

"……더러워져 버렸나. 돌아가면 소독해야겠군."

더욱 경계하는 우리와는 달리 엘더들은 넘어졌을 때 묻은 흙이 신경 쓰이는지 우아하게 흙을 털어내는 여유까지 보여주었다.

적 앞에서 참 느긋한 것 같은데, 그만큼 자기 실력에 자신이 있다는 증거이며, 그런 생각이 들 정도로 마법을 마구 쏟아내기도 했다.

나는 엘더들에게서 눈을 떼지 않고 어깨너머로 남매에게 말을 걸었다.

"너희들, 아직 싸울 수 있지?"

"당연하죠! 그건 그렇고 죄송합니다. 저희가 미처 막지 못한 탓에 시리우스 님께서 상처를……."

"미안, 형님."

"사과할 필요는 없어. 그렇게 많은 마법이 날아드는데 나와 리스의 작업을 중단하게 만들지 않았던 시점에서 성과는 충분해."

레우스가 필사적으로 막았고, 에밀리아가 바람으로 위력을 약하게 만들어주었기 때문에 피아의 치료를 무사히 마칠 수 있었고, 나도 별로 다치지 않았다.

하지만 가장 공격이 거세게 날아들었던 앞쪽을 호쿠토가 완벽하게 막아주었기에 남매는 분해서 어쩔 줄 모르는 것 같았다.

남매와 호쿠토의 머리를 쓰다듬으며 칭찬해주고 싶지만, 지금은 힘들겠지.

"지금부터가 진짜야. 나는 앞에 있는 세 명을 상대할 테니 너희는 뒤에 있는 두 명을 부탁한다."

"형님, 우리도 싸워도 되는 거지?"

"그래, 마음껏 싸우고 와. 피아를 이런 꼴로 만들어준 녀석들이야. 후회하게 해줘."

"시리우스 님…… 맡겨만 주세요!"

호쿠토에게 맡기는 게 제일 좋을지도 모르겠지만, 남매도 피아가 저런 꼴이 되자 화가 났다.

지금까지 방어만 하고 있었지만, 공세에 나선 남매라면 엘더를 상대하더라도 충분히 싸울 수 있을 것이다.

"아샤, 너는 어떻게 할래? 멈추려면 지금인데."

"이렇게까지 한 저한테 이제 와서 물어보지 마세요. 언니가 죄인이라면 저도 기꺼이 죄인이 될 거예요."

"고마워. 그래도 너는 피아 곁에서 떨어지지 말고 원호만 해줘."

"……분하지만 제 실력으로 직접 싸우기 힘들다는 건 알고 있어요. 걱정하실 필요 없다고요."

그렇다면 문제는 없다.

엘더들도 흙을 다 털어낸 모양이니 슬슬 시간이 된 것 같은데.

"호쿠토, 너도 물러나. 나설 필요 없어."

"멍!"

가장 걱정되는 건 전투를 벌이다 공격이 뒤쪽으로 날아드는 거지만, 호쿠토에게 맡겨두면 문제는 없을 것이다.

지시를 받고 물러나던 호쿠토가 내 앞에서 잠깐 멈췄기에 머리를 살짝 쓰다듬어주었다.

"리스와 피아를 지켜. 부탁한다."

"멍!"

그리고 호쿠토가 피아와 그녀의 아버지 앞에 선 것을 확인했을 때, 엘더들은 영창을 시작하며 공중에 수많은 마법을 만들어내기 시작하고 있었다.

"위대한 수호자께서 같은 전법만 쓰시네?"

"우리가 온 힘을 다하면 숲에 피해가 간다. 성수님의 숲에 상처를 입힐 수는 없지."

그리고 보니 공격이 치열한 것 치고는 주위에 있는 나무가

피해를 거의 입지 않았다. 날아든 마법이 지면을 헤집기는 했지만.

숲과 함께 살아가는 자 다운 배려인데, 나도 마찬가지 생각이다.

쓸데없는 피해는 최대한 줄여야겠지.

"죄인들이여. 여기서 썩어가며 숲의 양분이 되거라."

"그래? 하지만 썩어갈 사람은……."

자, 시작하자.

사고를 전투용으로 전환한 나는 하나 더 다른 스위치를 전환했고…….

———   ———

"너희들이다!"

그 말과 함께 깨어난 나(시리우스)는 공격에 전념하는 나를 보좌하기 위해 주위의 상황을 판단하기 시작했다.

눈앞에 서 있는 세 명의 엘더가 공중에서 마법을 날리기 전에 나는 넓은 범위로 '임팩트'를 날려 마법을 없앴다.

그리고 날아든 충격파로 인해 흙먼지가 거세게 솟구쳐서 시야가 가로막힌 것과 동시에 땅을 박차고 뛰어가기 시작했다.

──요격한 마법은 9할. 1할 남긴 했지만, 궤도를 보니 후방을 배려할 필요는 없음.

──마력 회복…… 완료와 동시에 '부스트'를 발동.

──적을 파악. 정면에 있는 검을 든 리더로 보이는 엘더와 오른쪽에 있는 세검을 든 장발 엘더, 그리고 왼쪽에서 활을 겨누고 있는 단발 엘더를 확인.

흙먼지를 가르는 듯이 달려가 접근전을 벌이려 했지만, 상대방도 예상했었는지 각각 무기를 꺼내 들어 나와 맞서려 하고 있었다.

우선 바깥쪽부터 공격하려고 오른쪽에 있는 장발 엘더에게 달려들었지만, 장발 엘더가 매우 빠르게 세검으로 찔러댔다.

그 일격은 달인의 영역에 닿을 정도로 예리했지만, 레우스의 검 정도는 아니다.

나는 냉정하게 나이프로 공격을 흘리면서 반대쪽 손으로 상대방의 가슴을 붙잡는 것과 동시에 다리를 후리고 지면에 내동댕이칠 기세로 던졌다.

"윽?! 묘한 기술을 쓰는군!"

하지만 장발 엘더는 일부러 기세에 저항하지 않고 공중에서 한 바퀴 회전하며 자세를 바로잡은 뒤 두 발로 착지했다.

던지기에 저항하려 하는 반사행동을 이용해서 던지는 기술인데, 저 엘더는 처음 봤는데도 제대로 대처했다. 그 반사신경이 놀랍긴 하지만 이 정도로 동요하면 전투에서 살아남을 수 없다.

곧바로 착지한 빈틈을 노리려 했지만, 뒤쪽에서 무언가가 날아오는 것을 느낀 나는 곧바로 검을 뽑아 그것을…… 단발 엘더가 날린 화살 몇 개를 쳐냈다.

"내 화살을 등지고……."

"아니, 우리도 가능할 거다."

날아오던 화살이 땅으로 떨어지기 전에 리더로 보이는 엘더가 검을 휘두르며 내 눈앞까지 다가와 있었다.

곧바로 몸을 비틀어 날아드는 검을 피했지만, 장발 엘더가 자세를 바로잡고 다시 세검으로 찔러댔다. 그 공격을 높이뛰기를 하는 듯이 뛰어서 피하자 공중에 있던 나를 노리고 다시 단발 엘더가 화살을 날렸다.

화살의 궤도를 곧바로 파악한 나는 '에어 스텝'을 발동시켜 공중을 박차고 화살을 피하며 단발 엘더를 향해 몸을 날렸다.

그러자 엘더들이 매우 동요하는 모습을 보였다.

"뭐?"

"공중을……."

표정은 전혀 변하지 않았지만, 엘더 엘프가 보기에도 공중을 박차는 건 비상식적인 행위인 모양이었다.

그럼에도 불구하고 공격을 늦추지 않은 것은 훌륭한 것 같지만, 그 약간의 동요가 치명적이다.

다시 날아든 화살을 나이프로 튕겨내며 단발 엘더에게 달려든 나는 반대쪽 손으로 상대방의 얼굴을 붙잡고 낙하하는 기세를 실으며 지면에 찍었다.

그대로 지근거리에서 '임팩트'를 사용해 얼굴을 날려버리려 했지만, 뒤쪽에서 나머지 두 명이 마법을 날렸기에 일단 그곳에서 물러나 마법을 피한 다음 일어나려 하던 단발 엘더를 해치우기 위해 다시 달려들었다.

머리를 있는 힘껏 찍어서 뇌가 흔들렸을 거다.

사람의 몸인 이상 판단력이 떨어졌을 거라 생각하고 검으로 찌르려 했지만, 상대방은 냉정하게 영창을 마치고 내게 마법을 날렸다.

"내게 다가오지 마라!"

"큭?!"

바람의 칼날과 바위를 날린다면 피할 수 있지만, 넓은 범위를 휩쓰는 압축된 바람을 날리면 피하기가 힘들다.

추격을 포기한 나는 공중을 박차고 옆쪽으로 크게 뛰어 거리를 벌리며 다시 공격을 가하기로 했다.

"인간족인데도 꽤 하네."

"우리의 공격을 그렇게까지 버텨낼 줄이야."

제각각 떨어져 있던 세 엘더가 합류했는데도 내 실력을 인정한 건지 곧바로 마법을 날리지는 않았다.

그건 그렇고 예상보다 더 강하다.

거의 무영창으로 수많은 마법을 날리고, 속도와 반사신경은 보통 사람을 훨씬 능가한다.

내 감각으로 따지면 강검과 매직 마스터 다음으로 강적일 것이다.

실제로 상대방의 공격을 완전히 피하지 못한 나는 팔과 다리에 자그마한 상처를 여러 개 입었다.

적어도 방금 그 공격으로 한 명 정도는 해치우고 싶었는데, 역시 세 명을 동시에 상대하니 힘드네.

호쿠토에게 도와달라고 할 수도 있겠지만, 저 녀석이 피아와 다른 사람들을 지켜주고 있기에 나는 온 힘을 다해 싸울 수 있다.

힘든 상황이긴 하지만 익숙해지면 어떻게든 될 것이다.

문제는 '임팩트'로 날려도 멀쩡하고, 저렇게 마법을 많이 날렸는데도 지친 기색이 전혀 보이지 않는다는 점이다.

그리고 완전히 머리를 박살 낼 기세로 지면에 찍었는데도 불구하고 뇌진탕을 일으킬 낌새는커녕 비틀거리지도 않고 일어선 걸 보니 뭔가 비밀이 있을 것 같다.

"통한 것 같긴 한데…… 회복한 건가?"

내가 마력을 단숨에 회복시킬 수 있는 것처럼, 엘더에게도 비슷한 능력이 있는 거 아닌가?

엘더 엘프는 숲에서 나오지 않는다고 하니 숲속에서는 마력뿐만이 아니라 체력도 빠르게 회복시킬 수 있는 능력을 지니고 있는 건지도 모르겠다.

그렇다면…….

"일격인가."

머리를 날리거나 재생할 수 없을 정도로 몸을 날려보도록 해야지.

두 손에 든 검과 나이프를 고쳐 쥐면서 숨을 고르고 있자니 엘더들이 마력을 끌어올리며 선언했다.

"하지만 네 움직임은 파악했다."

"다음 공격으로 끝내도록 하지."

말 그대로 끝낼 셈인지 세 엘더가 흩어져서 내게 달려들었다.

리더와 장발 엘더가 좌우에서 공격하고, 그 중간을 뚫는 듯이 단발 엘더가 화살을 날리는 동시 공격을 가할 모양이었다.

전투 기술은 내가 더 뛰어난 것 같지만, 세 명을 동시에 처리할 수 있을 정도로 차이가 나지는 않았고, 엘더들도 내 움직임을 간파했다고 선언했다.

'매그넘'에 대처하려 했던 반사신경을 감안하면 방금 한 말은 허세가 아닐 것이다.

지금부터가 진짜 승부겠는데.

"그렇지…… 슬슬 끝내자고."

피아를 혼내고 그녀의 아버지에게 인사도 해야 한다.

'부스트'를 발동시킨 나는 엘더들의 공격을 받아내기 위해 마력을 해방시켰다.

─── 에밀리아 ───

앞에 서 있는 두 엘더 엘프를 바라보면서 저는 떠올리고 있었습니다.

"누나, 마력은 어때?"

"충분해요. 아직 싸울 수 있어요."

"알았어. 그건 그렇고…… 그때가 생각나네."

"그렇죠……."

역시 남매라 그런지 똑같은 생각을 하고 있었던 모양입니다.

떠올린 것은 엘리시온 학교에서 미궁에 들어갔을 때.

살인귀라 불리던 모험자들에게 우리가 손도 써보지 못하고 당했고, 시리우스 님께서 홀로 적과 맞섰던 씁쓸한 추억입니다.

"그때 저희는 시리우스 님의 뒷모습을 바라볼 수밖에 없었죠."

"……응. 하지만 지금은 그때와는 달라."

몇 번 마법을 막아내지 못해서 시리우스 님이 상처를 입게 해버리거나, 모든 마법을 막아낸 호쿠토 씨에게 질투하기도 했지만, 저희도 분명히 성장했습니다.

그리고…… 엘더 엘프를 상대하는 건 호쿠토 씨에게 맡기면 확실할 텐데, 시리우스 님께서는 저희가 싸우는 걸 허락해주셨습니다.

저희에게 소중한 사람인 피아 씨를 다치게 만든 상대와 싸우는 걸 허락해주신 게 무엇보다 고맙습니다.

"시리우스 님께서 저희를 믿어주셨어요. 레우스, 절대로 질 수 없다고요."

"당연하지!"

마력을 끌어올리고 뒷바람을 받는 것처럼 바람을 두르고 있자니 옆에 서 있던 레우스가 약간 망설이면서 말을 걸었습니다.

"그런데 말이야, 누나는 괜찮아? 나는 한 명이라면 어떻게든 할 수 있을 것 같은데……."

누나라서 윗사람 입장이긴 하지만, 전투 면에서 제 실력은 레우스보다 뒤처지니 당신이 걱정하는 마음도 이해가 되네요.

실제로 제가 엘더 엘프보다 뛰어난 점은 거의 없겠죠.

일대일로 싸우면 질 가능성이 크긴 하지만…….

"쓸데없는 걱정이에요. 저는 당신 누나거든요? 당신의 버릇이나 움직임에 맞추는 건 식은 죽 먹기예요."

이번에 저는 혼자 싸우는 게 아니니까요.

그리고 함께 싸우는 사람이 친동생인 레우스니까, 아무리 상대가 강적이라 해도 저희 남매에게 충분히 승산이 있습니다.

"그러니 저는 신경 쓰지 말고 온 힘을 다해 싸우세요. 그리고 미리 말해두는데, 당신은 오른쪽에 있는 엘더 엘프를 상대하세요."

"알았어. 그런데 왜 오른쪽이야?"

"날리던 마법이 주로 흙속성이었으니까요."

마법을 베려고 한다면, 투명한 바람보다 눈에 보이는 바위가 더 대처하기 편하겠죠.

그 사실을 이해한 레우스는 검을 겨누었고, 저도 숨을 고르면서 나이프를 겨누었습니다.

피아 씨를 저렇게 만든 자세한 이유는 모르겠지만, 시리우스 님의 확실한 적이 된 이상, 제게도 적입니다. 무엇보다 저희에게 언니, 누나 같은 피아 씨를 다치게 만든 건 용서할 수 없으니까요.

정령마법을 사용할 수 있는 피아 씨를 몰아붙인 상대이니 끝까지 방심은 금물이겠네요.

"레우스! 가요!"

"응! 가자! 누나!"

한데 뭉쳐 있으면 마법이 집중적으로 날아올 테니, 우리는 좌우로 나뉘어서 엘더 엘프에게 달려들었습니다.

저는 뒷바람을 받으며 단숨에 가속해서 접근했지만, 그럼에도 불구하고 엘더 엘프가 발동시킨 마법이 더 빨랐던 것 같습니다.

"우리에게 도전하는가."

"꼴사납게 도망치면 좋았을 것을. 어리석군."

수많은 마법들이 쏟아졌지만, 양쪽으로 나뉜 우리에게 실질적으로 날아오는 건 그의 절반입니다.

"같은 수법이 계속 통할 거라 생각하지 마세요!"

"이 정도라면 돌파해주지!"

제가 날아드는 마법을 전부 피하고, 레우스가 검으로 베어내며 엘더 엘프에게 달려들자 상대방도 마법을 멈추고 무기를 겨누었습니다.

그리고 제가 맡은 푸른 머리 엘더 엘프가 저를 노리고 들고 있던 세검으로 찔렀지만, 저는 몸을 비틀어 아슬아슬하게 피했습니다.

겨우 피하기는 했지만…… 예상했던 것보다 공격이 날카롭네요.

마법뿐만이 아니라 접근전 실력도 뛰어난 것 같은데요.

"하지만 시리우스 님과 레우스의 속도와 비교하면……."

항상 보고 있는 시리우스 님과 비교하면 군더더기가 많고, 예리함도 레우스가 휘두르는 검보다 떨어지는 것 같습니다.

하지만 지금 저에게 힘든 상대라는 건 마찬가지입니다.

연속으로 날아드는 공격을 겨우 계속 피하고는 있지만, 피할 때마다 제 머리카락이 몇 가닥씩 흩날리거나 완전히 피하지 못해서 팔과 다리에 작은 상처가 늘어나고 있습니다.

"왜 그러지? 죄인이여. 기세 좋게 달려들기만 한 건가?"

"멋대로…… 지껄이세요!"

그럼에도 불구하고 공격의 빈틈을 노려 나이프를 휘두르고는 있지만, 검에 튕겨 나가거나, 빗나가버려서 스치지도 못했습니다.

척 보기에도 엘더 엘프에게는 여유가 있어서 농락당하고 있는 건지도 모르겠지만, 여기서 포기할 수는 없습니다.

"그렇다면 이걸로…… '에어 샷건'."

"윽?! 바람이여!"

그때 시리우스 님의 마법을 모방한 바람의 산탄을 지근거리에서 날리자 상대방도 허를 찔렸는지 제대로 맞고 날아가 버렸습니다.

하지만 재빨리 마법으로 바람의 막을 만들었는지 위력이 경감되어서 별로 효과가 없는 것 같네요.

땅바닥을 구르는 엘더 엘프에게 제가 '에어 샷'을 날려 추격타를 가했지만, 상대방은 굴러가면서도 마법을 날려 요격했습니다. 적이라고는 해도 반사신경과 대처능력이 훌륭하네요.

예상했던 대로 처음 보는 마법에는 반응이 둔한 것 같습니다. 역시 그걸 노려야겠죠.

작전을 계속 생각하면서 상대방과 거리를 좁히던 저는 조금 떨어진 곳에서 싸우고 있던 레우스의 상황을 확인해보았습니다.

『돌격밖에 할 줄 아는 게 없는가. 짐승이나 마찬가지로군.』

『내게서 도망치는 녀석이 말은 잘하네!』

접근전이 불리하다고 느꼈는지 엘더 엘프는 레우스와 거리를 벌리며 마법을 계속 날리고 있었습니다. 나무가 있는 쪽으로 도망치지 않는 걸 보니 나무를 베는 걸 피하려는 모양입니다.

레우스의 실력이라면 한 번 맞부딪힌 시점에서 상대방의 힘을 파악했을 테니, 접근전이라면 승산이 있다고 본 것 같네요.

그래서 레우스가 필사적으로 쫓아가고 있습니다만, 날아드는 마법을 쳐내고 있기도 해서 그런지 따라잡을 수가 없는 모양입니다.

제가 원호해서 잠깐이나마 상대방의 발목을 잡아두고 싶지만요…….

"나를 날려 보낸 정도로 이긴 줄 아느냐? 바람이여! 찢어발겨라!"

"그렇게 어설프게 보진 않아요! '에어 슬래시'."

저도 눈앞에 있는 엘더 엘프를 상대하는 것만으로도 벅차니까요.

재빠르게 자세를 바로잡고 날린 마법을 상쇄시켰지만, 여전히 상대방의 마력이 바닥날 것 같은 낌새는 보이지 않습니다.

아마 엘더 엘프는 저보다 마력을 몇 배는 더 많이 지니고 있겠죠. 제 마력이 다 떨어지기 전에 어떻게든 해야 하는데.

재빠르게 결단을 내린 저는 옆으로 크게 뛰어서 바람의 칼날을 피하며 손가락을 뻗었습니다.

"다시 한번…… '에어 샷건'."

"쓸데없는 짓을. 그건 이미…… 윽?"

당신들의 반응속도는 이미 충분히 알고 있습니다.

그래서 마법을 엘더 엘프가 아닌 그의 발치를 노리고 날려 흙먼지를 피어오르게 해서 시야를 가로막는 방법으로 전환했습니다.

"단순한 수법이군. 그걸로 모습을 감추려 하는 건가?"

하지만 엘더 엘프는 전혀 동요하지 않고 흙먼지를 바람으로 날려 보낸 다음 바람의 칼날을 날렸습니다.

곧바로 피하면서 요격하기 위해 마법을 날렸지만, 중간에 하나를 피하지 못해 왼쪽 어깨가 약간 베여버렸습니다.

하지만…… 이제 준비는 다 갖춰졌습니다.

저는 어깨의 통증을 견뎌내면서 레우스에게 소리쳤습니다.

"한 그릇 더야! 레우스!"

"알았어! 으랴아아아아아아──!"

'한 그릇 더'란 시리우스 님이 저희에게만 알려준 호령의 일종으로 이번에는 왼쪽으로……라는 뜻이 있습니다.

미리 정한 대로 제 호령을 들은 레우스는 쫓아가던 엘더 엘프에게 일직선으로 충격파를 날려 휩쓰는 '충파'를 날리고 상대방을 일부러 왼쪽으로 피하게 만들……, 아니, 어떤 곳으로 유도했습니다.

"그 정도 공격으로…… 아니?!"

"큭! 비켜라!"

유도한 곳에는 저를 향해 마법을 날리던 푸른 머리 엘더 엘프가 서 있었습니다.

각자 상대방에게 집중하던 상태라 갑자기 동료와 부딪힐 뻔하게 되면 빈틈을 보일만도 할 텐데, 두 사람은 냉정하게 움직이며 충돌을 피했습니다.

"아군들끼리 공격하는 걸 노린 건가? 그렇다면 어설픈 생각……으윽!"

"크헉?!"

그리고 두 엘더 엘프가 움직임을 멈춘 순간, 그들의 발치에서 압축된 공기가 폭발하여 거센 충격을 가했습니다.

서로 위치에 신경 쓰느라 발치에서 불어닥친 바람에 대처하지 못하고 충격파에 제대로 맞은 엘더 엘프들은 우리를 향해 날아오기 시작했습니다.

물론 방금 그 바람은 제가 사전에 준비해두었던 '에어 임팩트'로 인해 생겨난 바람입니다.

이것은 시리우스 님에게 배운 '스트링'을 통해 타이밍에 맞게 발동시킬 수 있는 기술입니다.

그렇습니다…… 좀 전에 그 흙먼지는 눈을 가리려 한 것이 아니라 이 마법을 준비하기 위한 포석이었습니다.

'에어 임팩트'는 다른 마법과 비교하면 날아가는 속도가 느리고, 지금 저는 하나를 날리는 게 한계니까요.

레우스의 움직임에도 맞춰서 기회가 오기를 기다리는 게 매우 힘들었지만, 덕분에 엘더 엘프들의 여유를 무너뜨릴 수 있었네요.

"이 정도! 바람이여! 찢어발겨라!"

"우리에게는 통하지 않는다! 흙이여! 뚫어라!"

몸이 공중에 뜬 상태로도 엘더 엘프들은 저희를 향해 마법을 날리기 시작했습니다.

하지만 그때 저는 어떤 마법을 날리기 위해 마력을 집중하고 있었기에 날아드는 마법을 피할 수가 없는 상황이었습니다.

하지만…… 피할 필요는 없습니다.

"너희 마법은 이미 파악했다고!"

제게는 함께 싸우는 레우스가 있으니까요.

굳이 지시할 필요도 없이 제 앞에 선 레우스는 날아드는 마법을 전부 베어내고 곧바로 공격을 가하기 위해 검을 옆으로 들었습니다.

그리고 다가오는 엘더 엘프를 한꺼번에 베기 위해 레우스가 검을 휘둘렀지만, 상대방은 발치를 향해 마법을 날려 그 반동으로 궤도를 변경해 억지로 검을 피했습니다.

"아쉽지만 그건 이미 예상했습니다!"

그때 저는 레우스 뒤에서 뛰어나와 검을 피한 푸른 머리 엘더 엘프를 향해 오른손에 담아두었던 마법을 발동시켰습니다.

발동시킨 것은 시리우스 님께 이야기를 들은 제가 독자적으로 개발한 마법.

상상한 바람은, 얇고…… 날카롭고…… 모든 것을 베는 칼날.

"······풍인섬."

오른손을 휘둘러 날린 것은 힘이 아니라 속도와 기술로 벤다는 카타나라는 것을 본떠 만든 바람의 칼날입니다.

그 바람의 칼날을 엘더 엘프가 바람의 마법으로 막으려 했지만, 칼날은 견고한 바람의 막을 가르는 것뿐만이 아니라 푸른 머리 엘더 엘프의 왼팔과 왼쪽 다리까지 잘라냈습니다.

동료가 당했다는 사실에 깜짝 놀라면서도 나머지 엘더 엘프가 이쪽을 향해 마법을 날리려 했지만, 저는 그 모습을 보고도 나서지 않고 그 자리에서 몸을 웅크렸습니다.

왜냐하면······ 저희 공격은 아직 끝나지 않았으니까요.

"으랴아아아아아아아——!"

제가 몸을 웅크린 것과 동시에 레우스의 검이 머리 위를 스쳐 지나갔습니다.

레우스는 검을 가로로 휘두른 기세를 그대로 살려 회전했고, 그대로 한 바퀴 회전하며 다시 검을 휘둘렀습니다.

상대방은 제게 정신이 팔려서 레우스의 공격을 피하지 못했고, 두 다리가 잘린 데다 검으로 인해 발생한 풍압으로 인해 뒤쪽에 있던 나무로 날아가 버렸습니다.

"끄윽······ 내······ 팔이."

"이, 이게······ 뭐지?"

몸의 일부를 잃자 두 엘더 엘프도 동요하면서 나무에 몸을 기댄 채 움직이지 않게 되었습니다.

체력과 마력은 무한한 것 같지만, 절단된 팔다리를 재생할 수는 없는 것 같네요.

만약 재생까지 한다면 정말 기분이 나쁠 것 같으니 다행입니다. 호쿠토 씨의 도움은 받지 않아도 될 것 같아요.

"어때, 나와 누나의 일격이!"

"말도…… 안 돼."

"우리보다 뒤떨어지는 자에게…… 이럴 수가…….."

"저희가 당신들보다 뒤떨어질지도 모르죠. 하지만 결과는 보신 것과 같습니다."

저는 계속 관찰하고 있었습니다.

에리나 씨의 움직임부터 시작해서 시리우스 님의 버릇과 호흡, 그리고 필요한 물건을 달라고 말씀하시기 전에 먼저 내드리는…… 시종으로서 필수이기에 단련한 관찰능력으로 당신들을 계속 관찰하고 있었던 겁니다.

아무리 상대방이 모든 면에서 뛰어나다 해도 앞을 내다볼 수 있다면 대처할 수 있습니다.

제 나름대로 관찰한 결과, 엘더 엘프의 단점은 상대방을 알려고 하지 않는 점이네요.

뛰어난 반사신경이나 능력을 과신해서 무슨 일이 있더라도 대처할 수 있다고 생각하기에 경계도 제대로 하지 않고, 익숙하지 않은 행동을 보이면 판단이 약간 늦어지는 겁니다.

"우리가 더…… 강할 텐데……."

"이해하려 하지 않으니 당신들이 땅바닥에 쓰러져 있는 겁니다. 패배로부터 배울 게 많거든요."

"우리는 아직 지지 않았다. 바로 동포가 너희를 처벌할 것이다."

"세 명에게 혼자서 맞서다니. 진정한 어리석음이란 바로 저런 것이지."

"어리석음……이라고요."

저 엘더 엘프들이 말한 사람은 저희 뒤쪽에서 싸우고 있는 시리우스 님이겠죠.

저희도 고전한 엘더 엘프를 세 명 동시에 상대하고 있으니 그들이 그렇게 생각하는 것도 당연할지 모르겠습니다.

하지만…… 당신들은 모르고 있어요.

"아뇨, 정말 어리석은 건 당신들입니다."

"그래. 형님이 질 리가 없잖아?"

당신들의 동료가 상대하고 있는 사람은 저희에게 살아갈 힘과 싸우는 방법을 가르쳐주신 시리우스 님이시니까요.

레우스가 한 말대로 시리우스 님이 질 거라는 생각은 전혀 들지 않습니다.

그건 그렇고 이 사람들은 어떻게 할까요?

몸의 일부를 잃었다고는 해도 무리를 좀 하면 마법을 날릴 수 있는 힘은 남아 있을 겁니다.

피아 씨를 다치게 만든 상대이긴 하지만, 물어보고 싶은 것도 많으니 어떻게든 구속시키려고 생각했을 때…… 뒤쪽에서 굉음이 울렸습니다.

저희가 반사적으로 돌아보았을 때, 시리우스 님의 전투는…….

"하지만 네 움직임은 파악했다."

"다음 공격으로 끝내도록 하지."

앞쪽을 막아서고 있는 두 엘더와 그 너머에서 활을 겨누고 있는 단발 엘더 앞에서 나는 계속 생각하고 있었다.

좀 전에 공격을 가했을 때 숫자를 줄이고 싶었지만, 역시 두 사람의 공격을 버텨내면서 한 명을 해치우기는 힘들었던 모양이다.

그리고 엘더들은 내 움직임을 간파했다고 말했다.

저 녀석들의 신체능력을 감안하면 허세가 아닐 것이다.

시간을 오래 끌면 불리해지기만 할 테니, 마음을 굳게 먹고 공격할 필요가 있을 것 같다.

"그렇지…… 슬슬 끝내자고."

나는 마력을 끌어올리면서 '부스트'를 있는 힘껏 사용해 엘더 두 사람 사이를 뚫고 지나가기 위해 땅을 박찼다.

그저 똑바로 달려가기만 하면 바로 잡힐 테니 중간에 보폭을 바꾸면서 감속과 가속을 반복하며 속도를 변화시켜 타이밍을 어긋나게 해보았는데…….

"잔재주인가. 하지만 보인다."

"우리의 눈에서 벗어날 수는 없다."

엘더들은 내 움직임을 완전히 읽고는 양쪽에서 나를 협공하려는 듯이 달려와 무기를 휘둘렀다.

그리고 리더로 보이는 엘더의 검이 목을, 장발 엘더의 세검이 내 심장을 뚫었다.

사람의 몸이었다면 치명상을 입을 일격이었을 것이다.

하지만…… 내 움직임은 멈추지 않았다.

무기를 휘두르는 틈을 타 두 명의 엘더 엘프 사이를 뚫고 지나가, 나이프로 날아오는 화살을 튕겨 단발 엘더를 향해 달려들었다.

"이유는 모르겠지만 이번에는 간단히……."

두 사람 사이를 쉽사리 뚫고 온 나를 보고 단발 엘더가 놀라면서도 얼굴을 잡혀 찍혔던 경험이 있어서 그런지 이번에는 활과 함께 나이프까지 들어 접근전에 대비하고 있었다.

거리를 보고 한 발 더 날릴 수 있다고 판단했는지 단발 엘더가 나이프를 든 채 활시위를 당겼지만, 나를 조준하다가 한순간 움직임이 멎었다.

"이, 이게 뭐야?!"

동요하면서도 화살을 날렸지만, 그 약간의 빈틈이 치명적이었다.

이미 나는 화살의 사선에서 벗어나 네 옆으로 이동했으니까.

"이놈!"

단발 엘더는 옆으로 돌아서면서 나이프를 휘둘렀지만, 이미 나는 옆을 스쳐 지나간 뒤 거리를 크게 벌리면서 검을 휘두른 뒤였다.

"……어째……서."

"간파했다고 하던데, 너희는 착각한 거야."

그리고 검에 묻은 피를 털어낸 것과 동시에⋯⋯ 단발 엘더의 머리가 떨어져 땅바닥에 굴러갔다.

만에 하나를 대비해 '매그넘'을 때려 넣으려고 손을 들었지만, 움직일 기색은커녕 생명의 고동이나 마력도 느껴지지 않았다.

체력과 마력을 회복할 수는 있지만, 목이 날아가면 부활할 수 없는 모양이군.

"⋯⋯어떻게 된 거지?"

"내 검이 확실하게 잡아냈을 텐데⋯⋯."

나머지 엘더들은 동료가 죽었는데도 슬퍼하는 모습을 전혀 보이지 않았고, 내가 더 신경 쓰이는 모양이었다.

"박정한 녀석들이네. 동료가 죽었잖아?"

"그게 어쨌다는 거지?"

"죽은 건 약하다는 증거다. 슬퍼할 필요는 없다."

"그건 그렇고 어째서 네가 살아 있지?"

자신의 검으로 목을 베고, 세검으로 심장을 찔렀는데도 내가 살아있다는 것이 신기한 모양이다.

내 움직임을 완전히 포착한 것 같긴 하지만, 너희가 공격한 건 환상⋯⋯ 다시 말해 내 잔상이었다.

정확히 말하자면 '라이트'를 이용해 빛을 조절해서 상대방의 시각을 일그러뜨리고 마력을 온몸으로 내뿜어 내 잔상을 그곳에 한순간 남긴 것이다.

투무제 때 베이올프가 사용했던 기술과 레우스의 애인인 마리나의 능력을 참고해 제자들과 모의전을 벌이면서 실험을 거듭해 완성시킨 기술이다.

나는 '미라쥬'라고 부른다.

"어째서 살아 있냐니, 너희가 공격한 게 내가 아니었기 때문이지."

그때, 뚫고 가려던 내게 무기가 날아드는 순간을 노려 나는 '미라쥬'를 발동시키면서 몇 발자국 물러나 있었다. 중간에 몇 번 속도를 줄인 것은 앞으로 나가는 기세를 죽이기 위해서이기도 했다.

그리고 잔상만 그 자리에 남았고, 그 덕분에 내가 물러났다는 것을 눈치채지 못했던 엘더들은 필살의 일격을 날려버린 것이다.

"……좀 전부터 묘한 기술하고 마법만 쓰는군."

"하지만 그것도 이미 파악했다. 다음부터는 속지 않는다."

무표정하면서도 승리를 확신하는 분위기를 내뿜으며 무기를 겨누고 있는데, 나도 한마디 해야겠다.

"그래서? 파악한 게…… 어쨌다고?"

배우는 건 좋지만, 새로운 전법을 볼 때마다 희생이 늘어나는 건 실패라고밖에 할 수 없다. 살아남아야 배울 수도 있는 거니까.

하지만 종족도 다르고 죽음에 대한 감각도 다르니 지적할 생각은 없다.

이야기하는 동안 마력 회복도 끝났기에 나는 그렇게 말하면서 땅을 박차고 두 엘더에게 달려들었다.

다시 '미라쥬'를 발동시키고 좌우로 움직이며 달려가니 상대방은 분신으로 보였을 것이다. 실제로 좀 전에 단발 엘더도 이걸 보고 동요했다.

나머지 두 명은 파악했다는 말이 거짓말은 아닌지 동요하지는 않았지만, 함부로 공격하는 것이 위험하다고 판단했는지 견제하듯 마법을 날리며 내가 달려들어 오기를 기다리고 있었다.

"여러 명으로 보이더라도 상대는 한 명."

"움직임을 간파한 우리에게 패배는 없다."

"정말…… 내 움직임을 간파한 거야?"

나는 마법을 피하면서 리더로 보이는 엘더에게 달려들어 검을 거세게 부딪히며 물었다.

"무슨 소릴 하나 싶었는데. 우리보다 뒤떨어지는 외부인의 움직임을 간파하지 못한다는 건가?"

"내가 너희들보다 뒤떨어지긴 하겠지만……."

마력은 물론이고 신체 능력도 엘더들이 더 뛰어날 것이다.

그냥 싸우면 확실히 지게 될 정도로 실력 차이가 있지만, 나는 그 차이를 '부스트'와 지금까지 단련한 기술로 때우면서 싸우고 있는 거나 마찬가지다.

하지만 내게는 너희에게 절대 뒤처지지 않는 것이 있다.

그것은…… 경험이다.

수백 년이나 살아가는 종족이 보기에 나는 애송이나 마찬가지 겠지만, 스승님과 모의전을 벌이며 단련된 전투경험은 너희들보다 훨씬 뛰어나다고 딱 잘라 말할 수 있다.

게다가 너희는 숲속에서 좀처럼 나오지도 않고, 실력만 좋아서 그런지 죽음에 대한 위기의식이 희박하다.

다시 말해 생사를 가르는 전투경험이 부족하기에 잘 알 수 없는 재생능력과 회복능력이 없다면 우리뿐만이 아니라 피아에게도 이기지 못했을 것이다.

그런 너희와 내 관찰능력을 비슷한 거라 생각하면 곤란하지.

"힘과 마력이 강한 것만으로는 승패가 갈리는 게 아니니까."

그리고 내 움직임을 간파했다고 했는데, 그건 표면적인 움직임 아닌가?

상대방의 호흡, 발놀림, 손목, 시선의 움직임…… 나는 그 모든 것으로부터 정보를 읽어내야만 간파했다고 할 수 있는 거라 생각한다.

그리고 나는 읽어낸 정보를 '멀티 태스크'로 처리하고 있기에 거의 미래 예지에 가까운 기술로 승화시켰다.

좀 전과는 전혀 달라진 내 움직임을 보고 리더로 보이는 엘더가 당황하기 시작했다.

"뭐……지?"

"이놈!"

리더로 보이는 엘더와 검을 맞부딪히고 있자니 뒤쪽에서 장발 엘더가 세검으로 찔렀지만, 나는 뒤쪽을 확인하지도 않고 피했다.

세검 특성상, 면보다 점을 이용한 찌르기를 주로 하게 되기에 약점을 찌르지 못하면 치명상을 입힐 수 없다. 그래서 노릴 곳은 정해져 있기에 피할 방향도 예상하기 쉬운 것이다.

"큭…… 노렸는데!"

그리고 '미라쥬'로 잔상을 계속 남기며 피하고 있기에 엘더들의 시야는 일그러졌을 거다. 잔상이라는 것을 알고 있을 테지만 눈으로 내 움직임을 따라잡기는 힘들 것이다.

하지만 이런 상황에도 불구하고 엄청난 속도로 날아드는 두 사람의 공격을 나는 미리 읽으며 두 손에 들고 있던 검과 나이프로 튕겨내고, 흘리고, 피하면서 기회가 오기를 기다렸다.

"설마…… 상대가 한 명인데?"

"그렇다면 막을 수 없는 공격을 날린다!"

그리고 초조해진 리더로 보이는 엘더가 두 손으로 쥐고 있던 검에서 한쪽 손을 떼고 마법을 날리기 위해 내게 뻗었다.

날리려 하는 마법은 아마 넓은 범위를 휩쓰는 마법일 것이다.

하지만…… 나는 그걸 기다리고 있었다.

상황을 타개하기 위해 검의 움직임이 둔해지는 순간을.

기다리던 순간이 오자 나는 마법이 날아드는 것보다 먼저 나이프를 휘둘러 리더로 보이는 엘더의 오른손을 잘라냈다.

곧바로 발로 리더로 보이는 엘더의 배를 차며 거리를 벌리고 있자니 그동안 눈앞으로 달려든 장발 엘더가 세검으로 나를 찌르려고 했다.

"잡았다!"

피하려 해도 지금은 한쪽 팔과 한쪽 다리를 들어 올리는 불안정한 자세라 힘들다.

다른 한쪽 손으로 쥐고 있는 검으로 흘리는 게 편하겠지만, 걸어찬 엘더가 떨어져 있을 때 이쪽 엘더를 해치우고 싶다.

상대방의 무기가 세검이고, 실제로 받아낸 감각으로 볼 때…… 가능할 것 같다.

순식간에 세검의 속도와 방향을 파악한 나는…….

"하얏!"

들고 있던 팔과 걸어찬 발을 세검에 맞춰서 움직여 팔꿈치와 무릎을 이용한 칼날 잡기…… 아니, 약간 위치를 움직여 세검의 칼날을 부수는 데 성공했다.

재질은 내 나이프와 마찬가지로 튼튼한 미스릴이겠지만, 세검은 그 이름대로 칼날이 가늘어서 다른 무기보다 약한 법이니까.

그리고 칼날에 닿는 것과 동시에 무릎과 팔꿈치로 '임팩트'를 날렸기에 미스릴이라 해도 견디지 못한 모양이다.

그리고 무기가 부러져서 동요하며 약간의 빈틈을 보인 장발 엘더의 가슴을 내 검이 뚫었다.

"커억?! 커……헉."

"얕은가? 그럼……."

하지만 검에 뚫린 채로도 마법을 날리려 했기에 나는 검을 더욱 밀어 넣으며 장발 엘더를 땅바닥에 쓰러뜨리고 상대방의 눈을 들여다보면서 손바닥을 내밀었다.

"너희는 동료의 죽음을 가볍게 보고 있는 것 같은데, 자신의 죽음은 어떻게 생각하지?"

"어리석은 질문이군. 우리에게 죽음이란 성수님의 곁으로 돌아가는 것일 뿐. 죽음 따윈 두려워하지 않는다."

"……그러냐."

이야기를 좀 더 듣고 싶긴 하지만, 아직 적이 남아 있다.

죽이려고 달려든 이상, 나도 사정을 봐줄 생각은 없다.

나는 상대방의 가슴에서 검을 뽑아내면서 주저하지 않고 '안티 마테리얼'을 장발 엘더에게 날렸다.

그리고…….

"이제 두 명……인가."

남은 것은 상반신이 흔적도 없이 날아간 장발 엘더와 바닥이 보이지 않을 정도로 깊게 뚫린 구멍뿐이었다.

나무가 없는 마을의 광장이긴 하지만 이렇게 깊은 구멍을 뚫어버려서 약간 죄책감이 느껴졌다.

"좀 지나쳤나? 아니, 철저하게 해둬야지."

나머지 부분에서 재생할 가능성도 고려해서 내가 다시 손을 들었을 때, 장발 엘더의 하반신이 풍화되는 것처럼 무너지기 시작했다.

최종적으로 몸은 모래가 되어 사라져버렸는데, 내가 보기에는 지면으로 흡수된 것 같기도 했다.

죽으면 성수의 곁으로 돌아간다고 했는데, 저게 그건가? 엘더 엘프는 성수님이라는 녀석의 일부 같은 건지도 모르겠네.

신경 쓰이긴 하지만 지금은 생각해봤자 소용이 없고, 아직 적도 남아 있다.

리더로 보이는 엘더를 심문해서 정보를 얻으려고 날아간 그 녀석 쪽으로 다가갔지만…… 왠지 상황이 이상하다.

"……도망쳤나."

내게 걷어차여서 약간 떨어진 큰 나무에 등을 부딪힌 것까지는 확인했지만, 그곳에 있는 것은 사람을 본떠 만든 식물 덩어리뿐이었다.

식물 덩어리에서 마력 반응이 있었기에 마법으로 만든 것 같았다.

설마 미끼를 남겨두고 도망칠 줄이야. 그 녀석들 성격으로 볼 때 간단히 도망칠 것 같지는 않아서 뜻밖이었다.

"형님!"

"시리우스 님, 죄송합니다. 거의 다 이겼는데 적이 도망쳐버렸어요."

생각하고 있던 와중에 적과 싸우고 있던 남매가 합류했는데, 그쪽에서도 나와 똑같은 결과였던 모양이다. 아마 도망친 엘더들은 계속 이야기하던 성수님이라는 녀석에게 보고하러 돌아갔을 것이다.

"우리는 아직 싸울 수 있는데, 쫓아가는 게 나을까?"

"됐어. 숲속에서는 우리가 아무리 발버둥 치더라도 저쪽이 더 유리하니까."

쫓아가다가 너희까지 위험에 처하게 하고 싶지 않아.

피아와 그녀의 아버지를 구할 수 있었으니 물리친 것만으로도 충분하겠지.

어찌 됐든 우리는 엘더 엘프뿐만이 아니라 성수라는 존재를
적으로 만든 건 분명하니까.

"지금은 이걸로 충분해. 너희가 무사해서 정말 다행이다."

"시리우스 님…… 우후후."

"헤헤!"

분해하던 남매의 머리를 쓰다듬어주고 나서 우리는…….

── 시리우스 ──

……우리는 피아를 계속 치료하고 있던 리스에게 갔다.

《성수》

"응…… 아?"

"……정신이 들었어?"

"시리……우스? 여기는…… 나는?"

"여긴 피아네 집이고, 너는 살아 있어."

피아는 자기 침대에서 깨어났지만, 아직 완전히 정신을 차리지는 못했는지 내 모습을 보고도 확실한 반응을 보이지 않았다.

하지만 바로 자신의 상황이 어떤지 생각났는지 눈을 크게 뜨며 윗몸을 빠르게 일으켰다.

"잠깐?! 그 이후로 대체…… 윽!"

"무리하지 마. 상처가 아물긴 했지만, 체력은 회복되지 않았어."

피아는 피를 많이 흘려서 그런지 얼굴이 창백했고, 조금 움직인 것뿐인데 비틀거려서 나는 진정시키기 위해 그녀의 어깨에 손을 얹었다.

그런 내 진지한 표정을 보고 조금 냉정해졌는지 피아는 얌전히 침대에 누워서 미안하다는 듯이 이불로 얼굴을 반쯤 가리고 있었다.

"……미안해. 폐만 끼치네."

"이 정도는 상관없어. 먼저 말해두는 건데, 네 아버지는 무사해. 지금은 리스가 간병하고 있어."

"그래, 다행이다."

안심했는지 한숨을 쉰 피아의 손을 잡아주니 그녀가 기쁜 듯이 미소를 지으며 맞잡아주었다.

"하고 싶은 말이 많긴 하지만 먼저 이 말부터 할게. 시리우스…… 구해줘서 고마워."

"당연한 거지. 그 말은 다른 사람들에게도 해줘."

"물론이지. 어렴풋하게나마 모두가 지켜주었다는 건 기억나. 그런데…… 내가 잠든 사이에 무슨 일이 있었는지 알려줄래?"

나는 피아가 찔린 뒤에 무슨 일이 있었는지 설명했다.

엘더 엘프들과 싸우게 되어, 남매가 두 명의 엘더에게 치명상을 입히고 내가 두 명을 처치한 것에 대해 말했다.

"결과적으로 세 명은 놓쳤지만, 물리치는 건 성공했어. 지금은 보복에 대비해서 경계하고 있는 참이야."

"당신들도 엘더 엘프님들을 적으로 만들어버렸구나. 그럼 우리 집이 아니라 숲 바깥으로 도망치는 게……."

엘더 엘프의 무한한 마력과 재생능력은 마치 숲에서 힘을 흡수하는 것 같은 느낌이기도 했다.

그들은 숲에서 결코 나오지 않는다니, 피아를 데리고 숲에서 나가면 여기보다 안전할지도 모르겠지만…….

"치료하긴 했지만, 너와 네 아버지는 함부로 움직일 수 없는 상태였어. 무엇보다 네 아버지를 멋대로 데리고 나가는 것도 그렇고, 여기에 그냥 두고 갈 수도 없으니까 내일까지는 기다리려고 했지."

적어도 며칠 동안은 깨어나지 못할 아버지를 어떻게 할지, 가족인 피아가 결정해줬으면 했다.

나는 아직 시간은 있으니 나중에 다시 물어보겠다고 말한 다음 다시 설명하기 시작했다.

"뭐, 그렇게 엘더들을 물리친 다음에 너와 네 아버지를 여기로 데리고 와서 쉬게끔 한 거야."

참고로 피아의 친가로 올 때는 아샤에게 안내해달라고 했다.

그 이후로 시간이 좀 지나서 전투로 인해 손상된 광장의 구멍을 마법으로 메꾸고 있자니 주위에 있던 집에서 엘프들이 나왔다.

엘더들과 싸우고 해치운 광경을 보고 있었던 모양이다. 엘프들은 우리를 무서워하며 멀리서 바라보기만 할 뿐, 다가오지는 않았다.

계속 신세만 지는 것 같았지만, 아샤에게 부탁해서 엘프들에게 사정을 설명해달라고 했다.

그녀가 잘 설명해준 덕분인지 엘프들은 외부인인 우리를 싫어하면서도 내쫓으려 하지는 않았기에 다행이라 생각했다.

"아샤에게 이야기를 들어보니 족장의 목숨을 구한 게 결정적이었던 모양이야. 다들 네 아버지를 잘 따르는 것 같은데."

"그야 내 아버지니까. 그런데 내가 얼마나 잤어?"

"한나절 정도. 내일 아침 일찍 움직일 예정이니까 지금은 뭐라도 조금 먹고 자도록 해."

이미 밖은 어두웠지만, 방안에는 램프처럼 빛을 비추는 식물이 있어서 충분히 밝았다.

피아는 피를 많이 흘려서 허약해진 상태였기에 일단 영양분을 섭취하고 쉬어야 할 것이다.

이 집에서 만든 수프가 있었기에 그것을 가져오려고 일어서려 하니 갑자기 피아가 내 소매를 붙잡았다.

"……왜 그래?"

"저기, 조금만…… 얼굴을 이쪽으로 가까이 해줄래?"

"알았어."

피아가 원하는 대로 그녀 쪽으로 얼굴을 가져다 대자 그녀가 두 손으로 내 얼굴을 감싸는 듯이 끌어안았다.

그리고 조금 떨리는 목소리로 내 귓가에 속삭였다.

"나 말이지…… 여행을 하면서 위험한 일을 여러 번 겪었지만, 그렇게 죽음을 가깝게 느낀 적은 처음이었어."

"넌 정말 위험한 상황이었으니까. 무서웠겠지."

"무서웠어. 하지만 지금은 그런 의미로 무섭지는 않아. 나 때문에 당신들을 휘말리게 해버린 게 무엇보다 무섭고…… 면목이 없어. 미안해…… 시리우스."

"신경 쓰지 마. 우리는 스스로 선택해서 온 거니까."

"응…… 고마워."

피아는 나를 끌어안은 채 혼자서 숲으로 들어온 뒤에 있었던 일을 이야기해주었다.

그때…… 숲 바깥에서 나와 아샤가 싸우기로 했을 때, 아버지가 살해당할 것 같다고 정령이 가르쳐주었다고 한다.

"당신이라면 함께 올 수 있었을지도 모르겠지만, 정령들이 소란을 피우는 걸 보니 정말 아버지가 위험하다는 걸 알 수 있어서 당황했고, 정신을 차리고 보니 혼자서 뛰어가고 있었어."

모두를 두고 왔다는 것을 깨달았을 때는 이미 숲속이었기에 우리가 따라올 때까지 시간을 벌면 되겠다고 판단한 모양이다.

만약 무슨 일이 생겨서 우리가 오지 않더라도 휘말리지 않을 거라 생각해 포기했다고 한다.

참 기특하긴 하지만…… 우리가 보기에는 말도 안 된다.

냉정하지 못해서 그랬겠지만, 이것만은 확실하게 말해둬야겠는데.

"당신하고 만난 뒤로 많이 성장했고, 정령마법을 사용할 수 있는 나라면 어떻게든 될 거다…… 그렇게 생각했었나 봐. 정말…… 바보 같지."

"그래, 정말 바보로구나. 그러니까 이제 두 번 다시 이런 짓을 하거나 살아가는 걸 포기하려는 생각은 하지 말아줘."

"……응."

힘이 제대로 들어가지 않을 텐데, 피아는 떨어지지 않겠다는 듯이 필사적으로 끌어안고 있었기에 나는 잠시 그녀가 하는 대로 내버려 두었다.

그대로 머리를 쓰다듬고 있자니 피아는 그제야 진정된 모양이었는데, 갑자기 내 얼굴을 붙잡더니 진지한 표정으로 눈을 들여다보았다.

"응? 또 뭔데?"

"저기, 내가 나이프에 찔렸을 때 뭐라고 했었지? 그때는 잘 안 들렸으니까 다시 한번 말해줬으면 좋겠어."

"……그거 말이지."

엘더들에게 화가 나서 반사적으로 해버린 말이다.

내가 생각해도 조금 창피한 말이지만 내 진심이었고, 그걸 원한다면 대답하도록 하지.

"내 여자에게서 떨어져……였나? 상대를 무시하는 말처럼 들리니까 개인적으로는 별로 좋아하는 말은 아니지만."

"후후, 여자는 가끔 억지스러운 말에 약한 법이야. 그게 당신이라면 더더욱 그렇고……."

그리고 그녀는 적극적으로 입맞춤을 하기 시작했지만, 중간에 숨 쉬는 게 힘들어졌는지 내게서 바로 물러났다.

"휴우…… 역시 더 이상은 힘들 것 같아. 건강해지면 보답을 제대로 할게……."

"정열적인 건 싫지 않지만, 몸이 안 좋을 때는 얌전히 있어줘."

"그건 안 되지. 내 여자라는 말을 들어버렸는데, 참을 수 있을 리가 없잖아."

그리고 피아는 다시 입맞춤을 하기 시작했지만, 이번에는 살짝 닿는 듯한 느낌으로 끝냈다.

피아가 묘하게 응석을 부리는 건 죽을 뻔한 위기에 처했고, 우리를 휘말리게 해버려서 미안하다는 마음에 정신이 약해졌기 때문일 것이다.

좀 전에 대답했던 것처럼 우리는 전혀 신경 쓰지 않지만, 본인의 문제이기 때문에 시간을 들여서 받아들일 수밖에 없을 것이다.

그러니 지금은 마음대로 하게 해주자, 그렇게 생각하고 피아의 입맞춤과 포옹을 받아들이고 있자니…….

"언니, 물을 가져왔어…….."

……하필이면 가장 보여주고 싶지 않은 사람이 왔다.

게다가 피아는 정신없이 포옹하느라 눈치를 채지 못했는지 내가 밀어내도 떨어지려 하지 않았다.

음, 아샤가 어떻게 나오려나…….

"……언니가 무사히 깨어난 것 같아서 다행이네요. 그리고 당신은 언니를 지키기 위해서 엘더 엘프님과 맞서면서도 한 발자국도 물러나지 않았죠."

"…………."

"그러니 저는 이제 당신과 싸울 생각이 없어요. 분하지만 당신을 인정할 수밖에 없을 것 같네요."

"말과 행동이 전혀 일치하지 않는 것 같은데?"

피아에게서 겨우 물러난 나는 활을 겨눠 화살을 날리려 하고 있던 아샤에게 태클을 걸었다.

피아는 그제야 아샤가 있다는 걸 눈치챘지만, 전혀 신경 쓰지 않는 것 같았다. 저 여유…… 그만큼 아샤에 대해 잘 알고 있다는 증거겠지.

"미안해, 아샤. 걱정을 끼친 모양이구나."

"언니가 무사하다면 아무런 문제도 없어요! 그건 그렇고 목은 안 마르시나요? 물을 가져왔어요."

"그래…… 그럼 조금 마실까?"

"네! 아, 언니는 움직이지 않으셔도 돼요. 제가 먹여드릴 테니까요!"

아샤는 내가 있던 위치를 빼앗으려는 듯이 파고들어서 물이 담겨 있는 컵을 피아에게 내밀며 먹이고 있었다.

피아도 고맙다고 하면서 아샤의 머리를 쓰다듬고 있었기에 매우 사이가 좋은 자매로 보인다. 아샤가 코로 숨을 거칠게 내쉬고 있지만 않았다면 말이지만…….

"시리우스 님. 피아 씨는……, 앗?!"

"오오! 피아 누나, 깨어났구나!"

"피아 씨, 다행이야……."

그 뒤를 이어 남매와 리스도 방으로 들어왔기에 피아는 바로 엘더와 싸우는데 휘말리게 한 것에 대해 사과했다.

예상했던 대로 아무도 신경 쓰지 않았고, 모두가 피아가 무사한 것을 기뻐하기만 했다.

"아버지의 호흡이 안정되었으니까 당분간 쉬면 깨어날 거야."

"리스가 그렇게 말하니 괜찮을 것 같네. 정말…… 모두에게 갚지 못할 은혜를 입어버렸어."

"그런 건 신경 쓰지 마."

"그래요. 저희에게 그렇게 체면을 차릴 필요는 없어요."

"후후…… 고마워. 하지만 내 마음이 편하지 않으니까 언젠가 반드시 은혜를 갚을게."

피아가 약속이라 말하며 손을 내밀자 남매와 리스가 그 손을 잡고 기쁜 듯이 웃었다. 사이가 좋아서 다행이다.

그 이후로 피아를 위해 만든 수프를 차려온 다음 앞으로 어떻게 할지 이야기를 나누기로 했다.

일어나 있는 것만 해도 힘들어 보이는 피아에게는 미안하지만, 상황이 좋다고는 할 수 없으니 지금 상황을 확인할 겸 미리 이야기를 끝내두고 싶었다.

"지금까지는 평화롭지만, 분명히 엘더 엘프들이 보복하러 오겠지."

"성수님……이었나? 정체는 모르겠지만 그 엘더 엘프들은 그곳으로 간 거지?"

"성수님께서 계신 곳은 여기서 얼마나 떨어져 있나요?"

"아버지도 모르고, 나도 몰라."

"저도 몰라요. 아마 이 마을에 있는 엘프는 아무도 모를 거예요."

예전에 피아에게 들은 이야기에 따르면 성수에게 오라고 명령받은 엘프는 아무도 돌아오지 않았다고 한다.

그리고 이 숲은 지평선이 보일 정도로 넓어서 근처에서 하늘을 나는 연습을 했던 피아도 숲의 가장자리는커녕 성수 같아 보이는 것조차 본 적이 없는 모양이었다.

엘더들은 부상을 입었으니 적어도 한나절 만에 왕복할 수 있는 거리는 아닐 것이다.

"아마 오늘 밤까지는 안전할 거야. 내일 아침 일찍 숲을 나가기로 하자."

어쩌다가 전투를 벌이게 되어버렸지만, 피아와 그녀의 아버지가 무사했고, 개인적인 복수도 마쳤으니 우리는 그 녀석들과 더 이상 싸울 이유가 없다.

하지만 상대방은 팔과 다리가 잘리고, 두 명이나 죽었다.

화를 내는 모습을 보여주지는 않았지만, 우리를 용서해줄 것 같지도 않았기에 도망치는 것이 제일 바람직한 선택일 것이다.

"그런데 형님, 그 녀석들은 엄청 강한 데다 이상한 녀석들이잖아? 금방 돌아올지도 몰라."

"네가 한 말도 충분히 일리가 있긴 하지만, 밤에 숲을 빠져나가는 건 위험해. 무엇보다 피아와 아버지는 좀 더 쉬게 해줘야해. 특히 아버지는 더 그렇고."

호쿠토에게 태워달라고 해도 체력이 거의 한계까지 떨어져 있기에 함부로 움직일 수가 없다.

그래서 강행군을 하는 것은 마지막 수단으로 남겨두고 지금은 조금이라도 몸을 쉬게 해야 한다.

집 밖에서는 호쿠토가 경계해주고 있기에 우리가 기습당할 일은 없을 테고.

"피아. 다시 묻겠는데, 네 아버지를 어떻게 할지 정했어?"

"……데리고 가자. 이 일로 아버지에게 미움을 받는다고 해도, 살아계셨으면 하니까."

"알았어. 너와 같이 호쿠토에게 태워달라고 하자."

애인의 아버지와 함께 여행……이라.

멋대로 데리고 나온 것까지 포함해서 당분간 껄끄러운 관계가 될 것 같지만, 그건 나중에 생각하자.

"그리고 아샤, 그 이야기는 모두에게 했어?"

"물론이죠. 떨떠름한 태도를 보이는 사람도 있긴 했지만, 다른 방법이 없을 것 같으니 다들 이해해줬어요."

다른 문제는 이 마을에 사는 다른 엘프들이다.

직접 도와주지는 않았지만, 우리가 머무르는 걸 허락한 시점에서 공범으로 몰려 피아의 아버지처럼 위험에 처할 가능성이 있다.

그래서 엘프들에게는 내게 협박당해서 어쩔 수 없이 따랐다고 말을 맞췄고, 우리가 마을을 나가기 전에 엘더들이 나타나면 망설이지 말고 우리를 공격하라고 아샤에게 말을 전해달라고 했다.

"이런 사태가 된 건 나 때문이니까. 이미 늦은 것 같긴 하지만 더 이상 쓸데없는 피해를 보게 만들고 싶지는 않아."

"시리우스 님의 책임이 아니에요."

"우리 모두 때문이지. 애초에 말이야, 피아 누나의 마음을 생각하지도 않고 부른 상대방도 잘못한 거잖아."

"……그렇죠. 언니를 방해하는 자는 모두 적이에요!"

일치단결한 모두의 사기가 매우 높아서 정말 믿음직스러웠다.

하지만 상대하게 될 엘더 엘프들은 실력자들만 모였고, 숫자는 얼마나 될지 모르기 때문에 불안한 점도 많다.

그래도 상대방이 나설 때까지 기다릴 수밖에 없기에 우리는 소극적으로 나설 수밖에 없다.

그래서 나는 앞으로 생길 만한 일들을 몇 가지 간추려서 대책과 대처법을 모두 함께 정한 뒤 쉬었다.

다음 날 이른 아침…… 피아네 집 거실에서 모포를 덮고 자던 나는 조용히 눈을 떴다.

주위의 기척을 보니 아무래도 엘더들은 나타나지 않은 모양이었고, 근처에서 자고 있던 제자들은 아직 깨어나지 않았다.

어제는 강적들과 전투를 벌였고, 계속 긴장했을 테니까. 지금은 조금이라도 더 쉬었으면 좋겠다.

방에 있는 소파에서 서로 몸을 기대고 잠든 에밀리아와 리스, 그리고 근처에서 모포를 덮고 자고 있는 레우스가 깨지 않게끔 나는 조심조심 집 밖으로 나갔다.

"……멍."

바깥으로 나오자 앉아서 주위를 경계하고 있던 호쿠토가 나를 보자마자 꼬리를 흔들면서 다가왔다. 물론 자고 있는 사람들이 깨지 않게끔 작은 울음소리를 내면서.

"안녕, 호쿠토. 별일 없었던 모양이구나."

"멍!"

"너한테 떠넘기기만 해서 미안해. 이리 와, 빗질하자."

"크응……."

그리고 내 앞에서 드러누운 호쿠토의 털을 빗겨주는 동안 나는 갑자기 정겨운 느낌이 들었다.

"그러고 보니…… 전장으로 가기 전에는 항상 네게 빗질을 해줬지."

전생에서 스승님의 말을 따라 각지에서 벌어지는 분쟁에 뛰어들던 무렵이다.

당시 나는 아직 미숙해서 자신의 몸을 지키는 것도 벅찼다.

이 전투에 참가하면 죽을지도 모른다…… 그렇게 생사가 걸린 전장으로 향하기 전날에는 자주 호쿠토에게 빗질을 해주곤 했다.

그리고 지금, 엘더들의 움직임에 따라서는 도망칠 틈도 없이 살해당할지도 모른다.

그런 과거와 지금 상황이 비슷하기에 정겨운 느낌이 드는 거겠지.

"멍!"

"하하, 나도 알아. 무슨 일이 있더라도 끝까지 포기하지 않을 거고, 살아남을 거야. 그것만은…… 싫증이 날 정도로 단련했으니까."

전생에서 스승님에게 여러 가지를 배웠지만, 가장 많이 단련한 것은 무슨 일이 있더라도 살아남으려 하는 생존본능일 것이다.

죽을 고비도 셀 수 없을 정도로 많이 넘겼다. 내가 생각해도 정말 나와 호쿠토는 그 지옥에서 잘도 살아남은 것 같다.

과거를 떠올리며 자연스럽게 먼 곳을 바라보고 있자니 방금까지 기분 좋게 있던 호쿠토가 떨고 있다는 것을 눈치챘다.

보아하니 스승님을 떠올리자 계속 맛봐왔던 공포까지 떠올려 버린 모양이었다.

"크응……."

"뭐야. 그렇게 크고 강해졌는데, 아직 스승님이 무서워?"

"멍!"

"그래, 네게는 공포의 상징이니까. 마음은 이해가 되지만, 이제 넌 그 무렵하고는 달라. 그렇게까지 겁먹을 필요는 없어."

진정시키기 위해 호쿠토의 머리를 부드럽게 쓰다듬고 있자니 제자들도 깨어났는지 하품을 억누르며 밖으로 나왔다.

"안녕히 주무셨어요, 시리우스 님."

"흐아…… 잘 잤어? 형님."

"아직 좀 졸리긴 하는데, 그것보다 배가 고프네."

좀 졸린 것 같긴 하지만, 제자들의 컨디션은 완벽한 것 같다.

그리고 아침 인사를 나눈 뒤, 가볍게 몸을 푼 나는 제자들을 바라보며 말했다.

"좋아…… 아침 식사를 마치고 피아와 아버지의 몸 상태를 확인한 다음에 출발하자."

"그럼 집에 있는 식재료는 전부 써버려도 돼. 어차피 아무도 안 남을 테니까."

그 목소리를 듣고 돌아보니 아샤에게 부축을 받으며 걸어오는 피아가 있었다.

아직 안색이 좋지는 않지만, 어젯밤과 비교하면 많이 회복된 것 같았다. 여담이지만, 아샤는 피아가 자신에게 몸을 기대자 황홀한 표정을 짓고 있어서 최대한 시야에 들어오지 않게끔 했다.

"피아, 벌써 일어나도 괜찮아?"

"그래. 걸어 다니는 것 정도는 괜찮아."

"그렇다고 해서 딱히 무리해서 걸으려 할 필요는……."

"아직 호쿠토에게는 고맙다는 인사를 못 했으니까. 호쿠토, 지켜줘서 고마워."

"멍!"

다가온 호쿠토를 피아가 쓰다듬고 있자니 엘더들이 사라진 방향을 바라보고 있던 레우스가 중얼거렸다.

"그 녀석들…… 올 기색이 전혀 없네. 정말 오긴 하려나?"

"글쎄요? 엘프와 저희는 시간 감각이 다르니까 며칠 뒤에 올 가능성도 있을 것 같네요."

"이대로 안 오는 게 제일 좋긴 한데……."

"계속 생각해봤자 피곤하기만 할 거다. 적의 습격에 대비해서 서로 위치를 항상 확인해두기만 해."

불안하긴 하지만 지금은 소극적으로 움직일 수밖에 없으니 그렇게 어느 정도 포기할 필요도 있을 것이다. 중요한 것은 허를 찔리는 상황에서도 냉정하게 행동할 수 있는지 여부니까.

그렇게 된 관계로 아침 식사 준비를 하기 위해 피아네 집 식재료를 보관하고 있는 창고로 왔는데…….

"지금 보니 처음 보는 식재료가 잔뜩 있네요."

"오, 이 과일은 마을에서 본 적이 있어. 그런데 크기가 전혀 다르네, 이게 더 맛있을 것 같아."

"식재료는 마음껏 써도 돼. 아, 그쪽에는 아버지의 비장의 와인이 들어 있으니까 전부 꺼내줘."

"……두 병만 가져가도록 해."

이런 상황에서도 술에 대한 집착을 잊지 않는 피아를 보고 쓴웃음이 나왔다.

하지만 평소의 모습이 돌아오기 시작했다는 증거이기도 했기에 우리는 비교적 온화한 분위기로 아침 식사를 마칠 수 있었다.

그리고 빠르게 정리를 마치고 피아의 아버지 몸 상태를 확인하려 했을 때였다.

"아우우우우우우――!"

바깥에서 호쿠토의 울음소리가 울려 퍼졌기에 나와 레우스는 곧바로 무기를 들고 집을 뛰쳐나왔다.

'서치'를 이용한 탐지는 여전히 써먹을 수가 없기에 호쿠토가 바라보고 있는 쪽을 공기나 소리를 이용한 기척 탐지로 조사해보았는데, 좀 뜻밖의 반응이었다.

"한 명……인가? 레우스 쪽은 어때?"

"나도 형님하고 마찬가지야. 그런데 냄새로 보니 어제 온 녀석이 아니라는 건 분명한 것 같아."

한 명만으로도 충분할 정도로 실력자인지도 모르겠다.

하지만 적의가 전혀 느껴지지 않을 뿐만이 아니라 오히려 알아차리라는 듯이 자신의 존재를 숨기지도 않고 다가오고 있다.

그리고 도망칠 준비를 마친 에밀리아와 다른 사람들이 집에서 고개를 내밀자 그것이 숲에서 나타났다.

"보아하니 엘더 엘프인 것 같은데……."

"하지만 어제 온 녀석들하고는 전혀 다른 것 같아."

서로 모습이 보이는 상황에서도 전투를 벌일 의사가 느껴지지 않았기에 나는 조금 앞으로 나서서 상대를 관찰하고 있었다.

하얀 단발에 연미복 같은 옷을 입고 키가 큰 엘프인데, 분위기로 보아 엘더 엘프인 건 분명할 것이다.

하지만 저 엘더는 어제 온 녀석들과는 확실히 다른 존재인 것 같다. 노련하다고 해야 하나, 오랫동안 살아온 무게가 느껴진다.

무기를 들고 있지 않아도 자연스럽게 긴장하게 만드는 상대를 경계하고 있자니 갑자기 멈춰선 엘더가 항복한다는 듯이 두 손을 들었다.

"한 가지 묻겠습니다만, 당신들이 제 동포와 싸운 자들 맞습니까?"

"그렇다면…… 어떻게 할 거지?"

"그렇다면 좋습니다. 저는 당신들과 싸우러 온 게 아니라 이야기를 하러 왔습니다만, 그쪽으로 더 다가가도 괜찮겠습니까?"

적의가 없다 해도 함부로 다가오게 하는 건 위험할지도 모르겠지만, 말을 듣지 않으면 물러나지 않을 것 같은 굳은 의지가 느껴졌기에 나는 상관없다는 듯이 고개를 끄덕였다.

무표정하긴 했지만, 왠지 만족스러워하는 듯이 손을 내린 엘더는 우리가 있는 곳에서 몇 발자국 앞까지 걸어와서 왼손을 가슴에 대며 정중하게 인사했다.

"처음 뵙겠습니다. 저는 성수님을 모시고 있는 8호라고 합니다."

"……시리우스다. 그건 그렇고 할 이야기가 있다던데, 정말 괜찮겠어? 우리는 그쪽 동료를 해치워버렸는데……."

"그건 전혀 문제가 없습니다. 성수님께서 용서하셨으니까요."

부하 같은 존재라 해도 그렇게 간단히 용서할 수가 있나?

나는 무심코 고개를 갸웃거렸지만, 자신을 8호라고 소개한 엘더는 아랑곳하지 않고 계속 이야기를 해나갔다.

"제가 이곳에 온 이유는 성수님께서 계신 곳으로 여러분을 안내하기 위해서입니다. 숲을 좀 걸어가게 될 테니 준비를 해주십시오."

적대시한 우리를 초대하겠다고?

함정치고는 너무 어설픈 것 같기도 한데…….

"거절하면?"

"상관없습니다. 여러분의 생각에 맡기겠다고 하셨으니 만약 거절하신다면 저는 볼 일을 마치고 성수님께 돌아갈 겁니다."

"그럼 질문을 좀 해도 될까? 그런 다음 판단하고 싶은데."

"마음껏 하시죠. 가능한 범위 내에서는 정보를 공개하도록 허가를 받았으니까요."

싸웠던 엘더 엘프들과 마찬가지로 기계 같은 느낌이었지만, 대답해준다니 다행이다.

모두에게 공격하지 말라고 시선으로 신호를 보낸 뒤 나는 상대방의 눈을 보면서 질문하기 시작했다.

"어제 우리와 싸웠던 녀석들은 어떻게 되었지?"

"그들에 대해서는 성수님께서 직접 설명하고 싶으신 모양이니 자세히 말씀드릴 수 없습니다. 지금 제가 말씀드릴 수 있는 건 그자들은 두 번 다시 당신들에게 손댈 수 없다는 것뿐입니다."

"처리당한 건가?"

"그렇다고도 할 수 있습니다."

아무리 얼굴을 봐도 감정의 변화가 전혀 보이지 않았지만, 거짓말을 하는 것 같지는 않았다.

따져봤자 더 이상 말할 것 같지는 않았기에 다음 질문으로 넘어갔다.

"성수가 피아를 부른 이유와 그 명령을 어기고 도망친 건 어떻게 생각하지?"

"그녀가 부름을 받은 이유는 제가 말씀드릴 수 없습니다. 한 가지 말씀드릴 수 있는 게 있다면 적어도 성수님께서는 화가 나시지 않았다는 점이죠."

"어째서 피아가 습격을 당하게 된 거야?"

"그녀가 습격당한 것은 그자들이 제멋대로 행동했기 때문입니다. 저희도 성격 차이가 있으니까요."

부하들의 교육이 부족했거나 정의감이 폭주해서 그렇게 된 모양이다. 엘프의 상위 존재라 해도 그런 부분은 인간하고 마찬가지네.

그렇다고 해서 그런 이유로 죽을 뻔했던 우리는 그냥 넘어갈 수 없었다.

"다행히 그쪽에서 돌아가신 분은 안 계시지만, 당신들이 화를 내는 건 당연하겠죠. 사죄하는 의미로 성수님께서 이걸 전해주라고 하셨습니다."

그런 다음 고개를 크게 숙인 8호가 내민 것은 자그마한 나뭇잎 두 개였다.

아무리 봐도 근처에 있는 나뭇잎처럼 보이는데, 보고 있으면 무심코 긴장이 될 정도로 이상한 마력을 내뿜고 있었다.

"이걸 입에 머금으면 다친 엘프가 곧바로 회복될 겁니다."

"대단한 거라는 건 알겠는데, 정말 피아 누나가 낫는 거야?"

"엘프라면 확실하게 효과가 있을 겁니다. 하지만 다른 사람에게는 독이 될 수도 있으니 먹어서 확인하는 건 추천해드리기 힘듭니다."

……선수를 치는군.

하지만 함부로 저걸 먹으면 몸에 악영향이 생겨도 이상하지는 않을 것 같다.

독이라면 호쿠토가 위험하다고 알려줄 텐데…….

"크응……."

"왜 그래? 설마 독이 들어있는 거야?"

"음…… 독이 들어있지는 않지만, 왠지 기분 나쁜 마력이 느껴진대."

정작 호쿠토가 왠지 모르겠지만 내 뒤에 숨어있다.

그래서 정말 피아에게 줘도 될지 망설이고 있자니 집안에 있던 피아가 아샤의 부축을 받으며 내 곁으로 와버렸다.

"피아?! 왜 나온 거야."

"미안해. 그래도…… 그걸 꼭 가까이 와서 보고 싶었어."

"저, 저도요. 설마 언니와 비슷할 정도로 눈을 돌릴 수 없는 게 존재하다니……."

"당신들이라면 당연하겠죠. 이건 성수님의 일부니까요."

성수라는 건 칭호 같은 거고, 실제로는 엘더 엘프의 장로 아닐까, 그렇게 생각하고 있었는데 보아하니 그 이름대로 정체가 나무인 모양이다.

게다가 피아가 명령을 거역했는데 화가 나지 않았다니, 점점 의아해지는데.

"성수님의 명령을 거역한 제가 정말 받아도 되는 건가요?"

"사양하실 필요는 없습니다. 이걸 받으시더라도 뭔가 요구할 생각은 없으니까요."

엘프라서 알아보는 건지, 피아는 전혀 신경 쓰지 않고 나뭇잎을 들었다.

그리고 내 불안한 마음을 떨쳐내려는 건지 살짝 미소를 지은 다음 주저하지 않고 그것을 입에 머금었다.

효과가 바로 나온다던데…… 왠지 상황이 이상하다.

"……흐악?!"

"언니?!"

"피아 누나?! 이봐! 대체 어떻게 된 거야!"

"에휴…… 그분도 참, 또 이런 짓을."

입가를 누르며 끙끙대기 시작한 피아를 보고 두 사람이 당황했지만, 눈앞에 있는 엘더는 한숨을 쉬며 머리를 감싸고 있었다.

나는 곧바로 피아에게 달려가 '스캔'으로 진찰해보았지만, 몸에 이상은커녕 그렇게 약해져 있던 몸이 완전히 나았다는 것을 알게 되었다.

몸에 영향이 없는 가벼운 상처나 내장의 사소한 피로조차 사라져서 그야말로 다시 태어났다고 해도 과언이 아닐 정도로 완전히 회복되었다.

피아를 보고 달려온 에밀리아와 리스에게 그녀를 맡긴 뒤, 나는 따지려는 듯이 8호를 보았다.

"그래서, 이게 대체 무슨 농담이야?"

"그냥 장난이겠죠. 그분은 가끔 의미가 없는……, 정말 쓸데없는 짓을 자주 하시니까요."

"장난으로 끝날 일이야? 봐, 피아 누나가 괴로워하고 있잖아!"

"콜록…… 괘, 괜찮아. 조금…… 아니, 엄청 신맛이 났을 뿐이니까. 리스, 미안한데 물 좀 줄래?"

8호에게서는 감정 같은 게 전혀 느껴지지 않았지만, 지금은 매우 어이가 없다는 표정을 보여주고 있었다.

"원래 그런 효과는 없을 텐데, 장난을 치려고 일부러 나뭇잎을 변이시키신 모양이네요. 정말 쓸데없이……."

"대체 어떤 존재야? 당신들의 성수님이라는 양반이."

"이렇게 쓸데없는 짓을 하는 장난꾸러기 같으신 분입니다."

성수의 사자로서 쓰고 있던 가면이 벗겨졌는지, 약간 인간다운 감정이 보이기 시작하고 있었다. 충성심이 있긴 하지만 손이 많이 가는 아이에게 질린 아버지 같은 분위기가 느껴졌다.

아니, 좀 전에 빗질을 할 때도 그렇고, 왠지 낯익은 기분이 든다.

"왠지 다른 의미로 갈 생각이 없어지는데."

"그게 현명할 거라고 말씀드리고 싶긴 하지만, 여러분께는 성수님에게 가시는 걸 추천해드립니다. 특히…… 엘프인 그녀를 생각하신다면요."

적어도 8호는 나보다 엘프에 대해 더 잘 알고 있으니 그가 한 말에 대해 진지하게 생각해보는 게 좋을 것 같다.

솔직히 말해 성수는 수상쩍은 존재이긴 하지만, 피아를 완전히 회복시키는 것을 넘어서서 예전보다 건강하게 만들어주었으니 적은 아닌 것 같다.

알 수 없는 것들도 여러 가지로 알아낼 수 있을 것 같으니 만나봐야 할지도 모르겠지만…….

"저기, 시리우스. 만나러 가보는 게 어떨까?"

"……그래도 괜찮겠어? 가게 되면 돌아오지 못할지도 모르잖아."

"이대로 아무것도 알지 못하고 있으면 답답하잖아. 걱정 없이 여행을 계속하게 될 수 있을지도 모르고."

그렇긴 하지…… 여기까지 와버렸으니까.

장본인인 피아가 망설이는 내 등을 밀어주고 있으니 각오를 다지고 가볼 수밖에 없을 것 같다.

"알았어. 하지만 무슨 일이 생기면 너를 안고서라도 도망칠 거야."

"그래, 그때는 부탁할게. 엘더 엘프님, 저희를 성수님께 안내해주실 수 있을까요?"

리스에게 물을 받고 숨을 돌린 피아가 한 말을 들은 엘더는 주위를 둘러보면서 왔던 길을 손가락으로 가리켰다.

"이제 성수님께 혼나지 않아도 되겠군요. 다시 한번 말씀드리지만, 숲속에는 정비된 길이 없으니 준비를 마치고 나서 출발하시는 게 좋을 겁니다."

"원래 도망칠 예정이었으니 준비는 이미 다 됐어. 언제든지 출발할 수 있다고."

나와 피아가 둘이서 간다고 정해버렸지만, 제자들도 분명히 같이 가려 할 것이다. 세 사람 모두 이야기를 하던 도중에 우리들이 있는 곳을 떠나 집으로 돌아간 뒤 짐을 옮기기 시작하고 있으니까.

피아도 완치되었고, 갈 거면 빨리 가는 게 좋다고 하니 출발하려 했는데……

"성수님께서 부르신 건 그녀와 바깥에서 온 분들뿐입니다. 당신은 부르지 않았어요."

"윽?! 하지만 언니가 가는데 제가 안 갈 수는."

몰래 따라오려 했던 아샤가 걸렸다.

피아의 팔에 달라붙어서 떨어지려 하지 않았기에 어쩔 수 없는 아이라는 듯이 웃은 피아가 8호에게 나머지 나뭇잎을 받았다.

"아샤. 아버지가 깨어나면 이걸 먹여드려. 그리고 무슨 일이 있었는지 사정도 설명해줬으면 좋겠어."

"으……."

"아직 관습 여행도 가지 않은 네가 성수님의 심기를 건드려서 여기에 있을 수 없게 되면 안 돼. 그리고 내 여동생인 너니까 안심하고 아버지를 맡길 수 있는 거고…… 알겠지?"

"……알겠습니다."

마음속으로는 이해하고 있었던 모양인지 이를 악물면서도 고개를 끄덕인 아샤는 성수 나뭇잎을 받은 다음 피아네 집 앞으로 걸어갔다.

이제 피아의 아버지는 괜찮을 테니 걱정 없이 출발할 수 있을 것 같다.

"언니가 무사히 돌아오길 기도할게요!"

그리고 울상을 지으며 손을 흔드는 아샤의 배웅을 받으면서 우리는 성수가 있는 곳으로 향했다.

앞장서서 가는 8호 말에 따르면 성수가 있는 곳까지는 한나절 정도 걸린다고 한다.

지평선까지 뻗어 있는 넓은 숲인데 한나절만 걸어서 도착한다니, 정말 가깝다는 생각이 들었는데, 성수의 신기한 힘으로 거리를 일그러뜨리고 있는 모양이었다.

실제로 걸어가면 반년 정도는 걸린다고 하니 성수와 엘더 엘프에게 인정받지 못하면 도착하는 게 불가능에 가까울 것이다.

성수가 있는 곳으로 가는 숲속 길은 아샤 뒤를 필사적으로 쫓아가던 숲속 길이 귀엽게 여겨질 정도로 걸어가기 힘들었다.

발치가 불안정한 곳을 나아가는 것은 훈련을 하면서 익숙해졌지만, 숲에서 살아가는 엘더 엘프…… 8호보다는 서툴러서 그가 걸어가기 편한 길로 앞장서서 가주지 않았다면 한나절은 훨씬 넘게 걸렸을 것 같다.

"그야말로 수해라는 말이 딱 어울리는 숲인데."

"처음 보는 식물이 많네요. 사람의 손을 전혀 타지 않은 것 같아요."

주위에서 마물의 기척이 느껴졌지만, 8호가 손을 흔들 때마다 기척이 멀어지는 걸 보니 이 숲에서 엘더 엘프가 정점에 가까운 존재라는 것을 알 수 있었다.

마물에게 습격당하지 않아서 약간 따분한 느낌이 들기도 하지만, 길이 험해서 여유는 별로 없다. 훈련하며 몸을 단련한 리스가 뒤처질 것 같아서 중간부터 호쿠토에게 태워달라고 한 상황이니까.

한편…… 우리 중에서 가장 기운이 넘치는 사람은 피아였다.

마치 춤을 추는 듯이 나무뿌리를 박차고 나아가면서 기분 좋게 콧노래까지 흥얼거릴 정도였다. 좀 전까지 걷는 거조차 힘들었던 모습이었는데 말이다.

"꽤 기분이 좋아 보이네. 역시 숲속이라 그런가?"

"그래, 걸어가기만 하는데도 기분이 정말 좋아. 특히 이 숲에서는 힘이 계속 솟아난다고 해야 하나? 지금이라면 바람으로 모두를 옮겨다 줄 수 있을 정도로 기운이 나."

"성수님께 다가가고 있으니 당연하겠죠. 그런데…… 그렇군요. 성수님께서 당신을 부르실 만도 하겠어요."

걸어가면서 돌아본 8호가 몸을 들썩이기 시작한 피아를 보고 이해가 된다는 듯이 고개를 끄덕이고 있었다.

"평범한 엘프라면 힘이 조금 솟아나는 정도일 텐데, 당신은 은혜를 몇 배나 더 받고 있는 것 같군요."

"파장이 맞는다……고 생각하면 되는 건가?"

"그렇겠죠. 하지만 저희보다는 훨씬 부족합니다."

"흠…… 역시 엘더 엘프는 성수에게 힘을 받아서 그렇게 강한 거야?"

"네. 이 숲 부근에서는 저희가 성수님의 가호를 받아 무한한 힘을 얻을 수 있습니다."

외부에서 마력을 얻는다는 거나 숲을 나가면 쫓아오지 않을지도 모르겠다는 우리 예상이 맞았던 것 같다.

왠지 약점인 것 같은 이야기를 아무렇지도 않게 하고 있는데, 그만큼 우리와 싸울 생각이 없다는 증거일지도 모르겠다.

그렇게 잡담을 하면서 길이 없는 곳을 계속 나아간 다음 커다란 나무에 뚫린 천연 터널을 여러 개 지나자 우리 앞을 거대한 절벽이 막아섰다.

"예상했던 것보다 일찍 도착했습니다. 여러분의 움직임이 그만큼 뛰어나다는 거겠죠."

"아니…… 그건 상관없는데, 이 벽은 대체 뭐야?"

"봐, 꼭대기가 안 보여."

하늘을 찌를 듯이 똑바로 솟구친 절벽은 구름까지 뻗어 있는 것 같았고, 마치 세계의 끝인 것처럼 보였다. 아마 내 '에어 스텝'으로도 넘어가는 건 힘들 것이다.

위쪽뿐만이 아니라 옆쪽으로도 엄청나게 넓은데, 8호가 그 끝없는 벽을 따라 걸어가기 시작했기에 우리는 멍하게 바라보면서도 뒤를 따라갔다.

그대로 잠시 걸어가다 보니 거대한 나무뿌리가 벽을 뚫고 나온 곳이 있었고, 그곳에서 8호가 멈춰 섰다.

"저기, 누나. 이 뿌리…… 뭔가 이상하지 않아?"

"그렇네요. 이 뿌리의 크기로 볼 때 나무도 꽤 크겠죠."

"성수님의 뿌리입니다. 그리고 여기가 입구입니다."

이게…… 성수의 뿌리라고?

우리 다섯 명이 손을 잡고 서도 모자랄 정도로 큰데. 남매가 이야기했던 것처럼 뿌리가 이 정도라면 성수 자체는 엄청나게 클 것 같다.

우리가 깜짝 놀라고 있자니 8호가 뿌리에 손을 대고 한 마디 중얼거리자 막대한 질량을 지닌 뿌리가 천천히 움직이기 시작했다.

그리고 뿌리가 완전히 벽 안쪽으로 사라지자 거인도 지나갈 수 있을 정도로 큰 입구가 생겨났다.

"보신 대로 성수님의 허가가 없으면 들어갈 수 없게 되어있습니다."

"와…… 대단하네! 그런데 이 뿌리를 베거나 태우면 들어갈 수 있는 거 아니야?"

"불가능합니다. 성수님을 태울 수 있는 불꽃은 존재하지 않고, 함부로 손을 대면 저희가 곧바로 모여서 공격할 겁니다. 농담이라 해도 이제부터는 그런 말씀을 하지 않게끔 주의해주십시오."

"그, 그래! 주의할게……."

우리와 싸운 녀석들처럼 엘더 엘프들도 성격이 다양하고, 농담으로 받아들이지 못하는 엘더 엘프도 있는 것 같다. 말과 행동에는 주의해야겠는데.

그건 그렇고 이 정도로 활력이 넘치는 뿌리를 본 건 처음이다. 아예 식물은커녕 바위라고 해도 이상하지 않을 뿌리이기에 태우지 못한다고 해도 납득이 된다. 자르려 해도 아마 라이오르 영감님 정도의 검이 아니면 힘들 것 같다.

한없이 뻗어 있는 절벽에 성수의 뿌리로 막힌 입구.

이것이 바로 자연으로만 만들어진 철벽의 요새일 것이다.

"이곳으로 들어가면 성수님께서 계신 성역이 나옵니다."

"드디어…… 말이지."

"그래. 마음을 다잡고 가도록 하자."

싸우러 온 건 아니지만, 상대방의 진지에 발을 내딛는 거니까.

확인하기 위해 모두에게 눈짓을 보내고 서로 고개를 끄덕인 뒤 어둑어둑한 동굴을 지난 우리 눈에 들어온 것은…… 거대한 나무였다.

여기서 밑동까지 거리가 꽤 되는데도, 올려다봐야만 나뭇잎이 보일 정도로 컸다. 지금까지 봐왔던 나무가 어린애 같아 보일 정도인데.

"그럼 갈까요. 저쪽 밑동에서 성수님이 기다리십니다."

햇빛은 절벽과 성수의 나뭇가지, 나뭇잎으로 인해 가려져 있지만, 주위에 희미한 빛을 내뿜는 마력 구슬이 수없이 떠 있어서 대낮처럼 밝았다.

그 신비로운 광경을 보니 마치 다른 세계에 와버린 것 같다.

그리고 부드러운 마력으로 가득 차 있어서 매우 마음이 편한 공간이기도 했다. 이런 상황이 아니었다면 낮잠이라도 자고 싶어지는 곳이네.

밑동 쪽으로 가면서 주위를 둘러보니 8호 말고 다른 엘더 엘프들과 그들이 살고 있는 것 같은 집이 드문드문 보였다.

"별로 많지 않은 것 같은데, 엘더 엘프는 모두 합쳐서 몇 명이나 되지?"

"100명 정도입니다. 볼 일이 없으면 다들 여기서 대기하죠."

"주위에 밭 같은 게 안 보이는데, 뭘 먹고 사는 걸까?"

"과일이 열리는 나무가 있긴 하지만, 그것만으로는 부족할 것 같네요."

"저희는 식사를 할 필요가 없습니다. 저 나무는 성수님께서 개인적으로 마련하신 겁니다."

백랑이 대기의 마력으로 활동하는 것처럼, 엘더 엘프는 성수에게 받는 마력만으로도 충분한 모양이었다.

호쿠토는 이곳을 어떻게 생각할까, 그렇게 생각하며 돌아보았는데 왠지 모르겠지만 호쿠토가 매우 겁을 먹은 듯이 내게 몸을 기대고 있었다.

"보아하니 주위의 분위기에 휩쓸린 건 아닌 것 같은데."

"네. 호쿠토 씨가 이렇게 겁을 먹은 모습은 처음 봤어요. 그런데 사실 저도 기분 나쁜 느낌이 들어서……."

"나도 마찬가지야. 아까부터 귀하고 꼬리가 따끔거려서 진정이 안 돼."

"그래도 바람의 정령은 조용한데?"

"응, 나이아도 괜찮다고 하니까."

야생의 감이 위험하다고 호소하는데 정령들은 문제가 없다고 하는 건가.

실제로 나도 기분 나쁜 예감이 드니까 저곳에 터무니없는 존재가 있다는 건 분명할 것이다.

하지만…… 이번 예감은 평소와는 다르다고 해야 하나, 아무튼 만나는 걸 피해야 한다는 생각은 들지 않는다.

"모두가 볼일이 있는 게 아니니까 무리하지 말고 여기서 기다려도 되는데."

"아뇨, 저는 시리우스 님 곁에서 떨어질 생각이 없어요."

"그래! 이런 건 형님의 진짜 실력과 비교하면……."

"멍!"

용기를 내는 남매와 호쿠토의 머리를 쓰다듬어주면서 계속 걸어가자 성수 밑동에 도착했다.

그곳에는 엘더 엘프 몇 명이 대기하고 있었고 감정이 없는 눈으로 조용히 우리를 바라보았는데, 그중에 우리와 싸우다 도망친 엘더들도 있었다.

하지만…… 무기를 뽑을 필요는 없을 것 같은데.

"아, 아아……."

"끄윽…… 살려……."

"우리가…… 이런 꼴을……."

왜냐하면 그 세 엘더는 지면에서 튀어나온 수많은 뿌리에 온몸이 뒤덮여 있었고, 얼굴만 보였기 때문이다. 8호가 말했던 것처럼 저래선 우리에게 손을 댈 수 없을 것 같다.

그리고 안내를 마친 8호는 우리가 있는 곳을 떠난 뒤 성수 밑동으로 다가가서 무릎을 꿇었다.

"성수님. 그자들을 데리고 왔습니다."

『……수고했다.』

들린 것은 여자의 맑은 목소리였다.

근처에서 대기하고 있던 엘더 엘프들이 일제히 무릎을 꿇은 걸 보니 이 목소리의 주인이 성수인 건 분명한 것 같다.

모두가 의아해하며 성수를 바라보던 와중에 어떤 사실을 눈치챈 나는 마력을 집중하며 전투를 준비하고 있었다.

마치 빠져 있던 퍼즐 조각이 들어맞은 것처럼, 지금에 이르기까지 품고 있었던 의문이 단숨에 해소되었기 때문이다.

내 모습이 이상하다는 것을 에밀리아가 곧바로 눈치챘지만, 그와 동시에 성수가 내뿜은 빛이 우리 앞에 모여들기 시작했고, 사람 형태를 이루려 하고 있었다.

"크응……."

보아하니 호쿠토도 눈치챘는지 꼬리와 귀를 힘없이 늘어뜨리며 내 뒤로 도망쳐왔다.

그리고 빛이 사그라들었을 때…… 그곳에 서 있던 것은 빛나는 금발을 나부끼는 여자 엘프였다.

"와아……."

"오, 오오……."

"……완벽하다는 게 이런 거겠지?"

"누구라 해도 저는 시리우스 님이 더 멋지다고 생각해요."

그 미모는 남녀를 불문하고 매료시킬 정도였고, 여자에게 흥미가 별로 없는 시리우스조차 넋이 나가게 만들었다.

단정한 얼굴뿐만이 아니라 남자를 유혹하는 듯한 멋진 몸매 또한 피아가 말한 것처럼 완벽이라는 말이 어울릴 것 같았다.

그런 미녀 엘프가 우리를 둘러보는 것 같더니, 눈을 가늘게 뜨고 웃으면서 이렇게 말했다.

그렇다…… 시작 신호를.

『그럼…… 바로 사투를 벌여보자고.』

—— 에밀리아 ——

『그럼…… 바로 사투를 벌여보자고.』

　성수라는 나무에서 나타난 여자 엘프는 우리에게 그렇게 말했습니다.

　너무나도 갑작스러웠고, 그 말과 함께 뿜어낸 위압감 때문에 저희 몸이 완전히 굳어버려서 잠시 무슨 말인지 이해하지도 못한 채 멍하게 서 있었습니다.

　단 한 명을 제외하고…….

　"하우스다!"

　그 한 명인 시리우스 님께서는 저희에게 대기하라고 명령하시면서 그녀에게 돌격하셨습니다.

　이곳에서는 시리우스 님의 뒷모습만 보이지만, 평소에 보여주시던 여유가 전혀 없는 진지한 분위기가 느껴졌습니다. 다시 말해 그만큼 저 여자가 강적이라는 증거겠죠.

　대기하라는 명령을 받긴 했지만, 무슨 일이 생겼을 때를 대비해 무기 쪽으로 손을 뻗으려 했는데 몸이 마음대로 움직이지 않았습니다.

　인정하고 싶지는 않지만, 저는 저 엘프가 내뿜은 위압감으로 인해 완전히 겁을 먹은 것 같습니다.

　"시리우스 님……."

　"형님……, 혼자서……, 젠장!"

"보고 있는 것뿐인데…… 숨이…… 막힐 것 같아…….'

"저게 성수님……이야?"

시리우스 님의 살기와 위압감에 익숙해진 레우스도 저와 마찬가지인 모양이었고…….

"크응…….'

호쿠토 씨조차 움직일 수 없게 되었습니다.

어떤 적이라 해도 용감하게 맞서왔던 호쿠토 씨가 겨우 여자한 명에게 겁을 먹은 것입니다.

그렇게 저희가 필사적으로 용기를 내고 있는 동안, 시리우스 님과 여자 엘프의 싸움이 치열해졌습니다.

시리우스 님께서는 온 힘을 다해 나이프를 휘두르셨고, 엘프도 마찬가지로 어느새 쥐고 있던 목제 나이프로 맞섰기에 주위에 강철이 부딪히는 것 같은 소리가 여러 번 울려 퍼지고 있었습니다.

그리고 시리우스 님께서는 '에어 스텝'을 힘껏 발동시키면서 공중을 박차고 위아래로 가하는 공격을 늘리며 성난 파도 같은 기세로 공격을 가하고 계십니다.

저라면 금방 당해버렸겠지만, 놀랍게도 엘프는 모든 공격을 종이 한 장 차이로 피하는 것뿐만이 아니라 시리우스 님에게 접근해서 팔을 붙잡았습니다.

그대로 휘둘러서 지면에 내동댕이치려 했지만, 시리우스 님께서는 공중에서 억지로 회전해서 팔을 뿌리치신 것과 동시에 지근거리에서 '매그넘'을 날리셨습니다.

그것도 다섯 발을 동시에…… 힘조절 같은 건 전혀 하지 않으시네요.

『홋. 재미있는 마법을 만든 모양이네.』

"맞지 않으면 의미가 없어!"

온 힘을 다해 날린 그 마법은 쇠조차 쉽사리 뚫는데…… 여자가 나이프를 휘둘러 쉽사리 쳐내버렸습니다.

저희와는 레벨이 전혀 다릅니다.

저 엘프 여자는 대체…….

『하! 죽은 뒤에도 버릇은 별로 안 바뀐 모양인데!』

"그쪽이야말로. 여전히 엉망진창이잖아! 스승님!"

어…………, 시리우스 님의…… 스승님?

《누구보다 자유로운 존재》

스승님……, 긴 금발을 나부끼며 남자를 매료시키는 미모와 육체를 지니고 있으며 인간 수준을 뛰어넘은 지식과 전투능력을 갖추고 있는 최강의 미녀이다.

이름은 본인이 잊어버렸다고 해서 스승님이라고 불렀는데, 그녀를 한마디로 설명하자면…… 괴물이다.

여자에게 할 말은 아니지만, 스승님에게 맞는 표현은 그것밖에 없다.

그런 스승님은 전생에서 죽을 운명이었던 나를 거두어준 사람이고, 은인이기도 했다.

그러니 감사해야 할 사람이기도 하지만, 나를 너무 조잡하게 다루었기에 솔직하게 고맙다는 인사를 할 수가 없는 상대이기도 하다.

나를 거둔 이유에 대해 물어보자 의아하다는 듯이 고개를 갸웃거리면서 잠시 생각하다가 한 말이…….

『이유…… 뭐였더라? 처음에는 배가 고파서 짐승을 잡을 미끼로 쓰려고 했던 것 같기도 하고…… 아, 내가 심심해서 그랬던 건지도 모르지.』

……라고 했다.

다시 말해 변덕으로 거두어서 그런지 기본적으로 내게는 방임주의였고, 굳이 말하자면 잘 곳을 제공해준 동거인 같은 느낌이기도 했다.

그런 스승님의 집안일 능력은 괴멸적이었고, 특히 요리는 병기라고 할 수도 있을 정도로 심했다. 그래서 나는 살아남기 위해 집안일을 익힐 필요가 있었다.

언제부턴가 스승님이 사는 집에서 청소, 빨래, 그리고 식사 준비는 내가 하게 되었지만…… 나를 거두어준 사람이니 불만은 전혀 없었다.

다른 사람이 보기에는 차가운 관계라고 생각했겠지만, 스승님과 만나기 전까지는 고아원에서 자라, 부모의 얼굴은커녕 부모의 애정이라는 것을 아예 몰랐기에 다른 사람과의 관계가 원래 그런 거라며 적당히 납득하고 있었다.

그리고 당시 나는 부모가 없었고, 살던 고아원이 파괴되면서 부조리한 일들에 휘둘리고 있었기에 무조건 강해지고 싶다는 생각을 하고 있었다.

그래서 스승님에게 강하게 만들어달라고 부탁한 것도 당연한 흐름이지만…… 그게 지옥의 시작이었다.

스승님은 심심하니까 도와주겠다고 간단히 받아들였는데, 원래 성격도 그래서 정말 대충대충이었다.

매일 모의전을 벌이면서 죽을 뻔하거나…….

짐승들이 우글거리는 산속 깊은 곳에 혼자 남겨지거나…….

분쟁이 벌어지고 있는 전장으로 내몰리거나…… 그렇게 너무 나도 터무니없는 방법만 썼기에 내가 스승님을 얼마나 저주했는지.

정말…… 나도 그 지옥에서 용케도 버텨낸 것 같다.

지는 걸 싫어하는 성격 덕분이기도 하지만, 아마 당시의 나는 스승님에게 이길 수 있다면 무슨 일이 있더라도 살아갈 수 있을 거라 믿고 있었기 때문일 것이다. 나쁜 말로 하자면, 당시 나는 꽤 단순하고 바보였다.

그렇게 기묘한 동거생활이 10년 이상 이어졌고, 내가 어른이라 불리는 나이가 되었을 무렵…… 우연인지 기적인지는 모르겠지만 내가 처음으로 스승님에게 일격을 맞출 수 있었다.

드디어 해냈다. 그렇게 매우 기뻐했던 다음 날…… 스승님은 편지를 남겨두고 자취를 감춰버렸다.

그리고…….

『호오, 총을 재현한 건가? 하지만 내게 그런 건 안 통하지!』

"원래 총보다 위력이 몇 배는 더 강하지만 말이야!"

이세계에 전생한 내 앞에…… 스승님이 나타났다.

어째서 여기 있는지, 성수님이라 불리는 이유는 무엇인지, 그런 건 제쳐두자.

상대방이 싸우자는 이야기를 꺼낸 이상, 이 싸움을 끝내지 않으면 스승님이 이야기를 제대로 해주지 않을 테니까.

만나자마자 사투를 벌이다니, 오랜만에 다시 만난 제자에게 할 행동은 아닌 것 같은데, 스승님과 함께 지내다 보면 그런 건

일상다반사고. 그 말도 놀자고 하는 것처럼 가벼운 느낌으로 한 말이다.

다시 말해 이건 새끼고양이들끼리 서로 장난을 치는 거나 마찬가지다.

스승님에게는…… 그렇겠지만.

어찌 됐든 이건 죽을 가능성이 있는 진짜 놀이이고, 전생의 나는 여러 번 죽을 뻔했다. 애초에 모의전이라는 단어가 스승님의 사전에는 존재하지 않는다.

힘조절에 실패한 스승님이 내 심장을 멈추게 만든 적도 여러 번 있었고, 그때마다 스승님의 힘으로 되살아나게 되었다.

그래서 만약 이 싸움에 제자들이 난입해버리면, 스승님이 자기도 모르게 일을 저질러 버릴 가능성이 있어서 내가 제자들에게 대기하라고 명령한 다음 싸우기 시작한 것이다.

다행히 제자들은 스승님의 위압감에 눌려서 움직이지 못해서 나도 싸움에 전념할 수 있었다.

나는 공격을 피하면서 상대방의 목을 노려 나이프를 휘둘렀지만, 스승님은 피부에 닿을까 말까 할 정도로 아슬아슬하게 피한 뒤 내 정수리를 뚫으려는 기세로 목제 나이프를 찔러댔다.

고개를 비틀어 피하긴 했지만, 스승님이 재빠르게 손을 뒤집어 연속으로 찌르기를 날려댔기에 나이프를 휘둘러 튕겨냈다.

그대로 잠시 접근전을 벌이게 되었고, 나이프 칼날이 부딪힐 때마다 불꽃이 튀었다.

"크윽…… 대체 어떻게 된 거야? 그 나이프!"

『무슨 소릴 하는 거야? 보면 알겠지만, 목제 나이프인데.』

"미스릴 나이프하고 부딪혀서 불꽃이 튀는 게 무슨 목제냐고!"

『그야 내 일부니까 그렇지!』

다시 말해 틀림없이 흉기라는 뜻이다.

맞으면 쇠조차 쉽사리 뚫린 것 같은 느낌이 들었기에 필사적으로 나이프를 튕기고, 피하고, 흘리면서 계속 피하고 있자니 스승님이 입을 크게 벌리며 웃고 있었다.

『좋은데…… 좋다고! 이렇게까지 강해질 줄이야, 뜻밖인데!』

"나도 스승님의 힘을 잘 알겠어!"

이렇게 정면으로 맞붙어 보니 알 수 있을 것 같다.

전생의 나는 완전히 놀아나기만 했고, 스승님의 실력을 전혀 발휘하게 만들지 못했다는 사실을.

이 절망적인 차이를 당시의 내가 알고 있었다면 강해지는 것을 포기했을지도 모른다.

그리고 서로 맞찌른 나이프 끄트머리가 부딪히자 힘이 맞서면서 양쪽의 움직임이 한순간 멈췄다.

하지만 곧바로 두 나이프가 튕겨 나가 공중에 떴고, 나는 곧바로 한 발짝 앞으로 내디디며 스승님의 목을 오른손으로 붙잡았다.

이제 그대로 짓누르면 이기겠지만, 스승님도 마찬가지로 내 목을 붙잡은 상황이었고, 반대쪽 손도 서로 상대방의 가슴에 대고 언제든 마법을 날릴 수 있는 자세였다.

그리고 날아간 나이프 두 자루가 땅바닥에 꽂히자 나는 숨을 살짝 내쉬면서 말했다.

"무승부……인가. 이번에는 이길 수 있을 줄 알았는데……."

『아니, 이 몸은 임시로 쓰는 거라서. 만약 운 좋게 나를 쓰러 뜨린다 해도 다음의 내가 너를 죽일 거야. 다시 말해 내 승리는 확고하다는 뜻이지.』

"무서운 말 하지 마. 아니, 어른스럽지 못하잖아."

정말…… 전혀 변한 게 없네.

성수에서 새어 나온 빛으로 나타난 걸 보니 눈앞에 있는 스승님은 마력으로 만든 임시 몸인 것 같다. 거짓말은 아닌 모양이다.

결판이 나자 나와 스승님은 서로 목에서 손을 뗐고, 살짝 주먹을 맞부딪혔다.

그렇게 스승님과 장난치는 것이 끝나자 나는 제자들이 있는 곳으로 돌아왔다. 그런데 누구보다 먼저 호쿠토가 내 가슴으로 달려들어 코끝을 비벼댔다.

"어이쿠?! 정말…… 그렇게 겁먹지 않아도 된다니까."

"크응……."

강아지였을 때 공포가 깊숙이 새겨졌고, 스승님의 터무니없는 힘을 생각하면 어쩔 수 없을 것이다.

진정시키기 위해 호쿠토의 머리를 쓰다듬어주고 있자니 멍하게 싸우는 모습을 바라보고 있던 제자들도 당황해하면서 움직이기 시작했고, 일제히 내가 있는 곳으로 다가왔다.

아직 스승님의 위압감과 살기 때문에 움직임이 딱딱한 것 같긴 하지만, 그중에서 가장 빠르게 몸을 추스른 에밀리아가 진지한 표정으로 내게 물었다.

"저기…… 시리우스 님? 잘못 들은 게 아니라면 저분을 스승님이라고……."

"그래. 들은 대로 그녀가 내게 싸우는 방법과 살아가는 방법을 가르쳐준 스승님이야. 전생…… 아니, 어렸을 때 헤어졌는데 설마 이런 곳에 있을 줄은 몰랐어."

"……그게 저희를 거두어주시기 전인가요?"

오랜만에 스승님과 싸워서 흥분한 탓인지 전생의 스승님이라고 할 뻔했다.

하지만 에밀리아는 내 변화를 놓치지 않았는지, 걱정스러운 듯이 나를 바라보고 있었다.

"여러모로 신경 쓰이긴 하겠지만, 나도 모르는 게 많아. 나중에 말해도 될까?"

"……죄송합니다. 주제넘은 짓을 했네요."

내 마음을 이해해준 에밀리아의 머리를 쓰다듬고 나서 돌아보니 스승님이 땅바닥에서 돋아난 나무뿌리로 만든 의자에 앉아 있었다.

그리고 거만하게 몸을 뒤로 젖히고 있는 스승님을 보고 나는 무심코 태클을 걸었다.

"스승님, 처음 보는 사람도 있는데 예의가 아니잖아."

『이런이런, 오랜만에 만난 스승에게 할 소리야? 잔소리까지 죽어도 여전한 모양이네.』

"스승님이 너무 한심해서 몸에 밴 거야. 굳이 따지자면 당신 때문인데."

『그래? 뭐, 서서 이야기하기도 뭐하니 이쪽에 앉아서 이야기하지.』

불리해지면 흘려넘기는 모습도 여전하다.

스승님은 내게 죽어도 여전하다고 하는데, 내가 보기에는 스승님이 더 여전한 것 같다.

크게 한숨을 쉬고 있자니 스승님을 중심으로 나무뿌리가 점점 돋아나 커다란 테이블과 사람 수에 맞게 의자가 생겨나고 있었다.

『자, 너희들도 앉아. 푹신하진 않겠지만.』

"저기……."

"그래도 될까? 형님."

"앉지 않으면 오히려 시끄럽게 굴 거야."

내가 사양하지 않고 앉는 모습을 보고 제자들도 조심조심 다른 의자에 앉았다.

정신을 차리고 보니 주위에 대기하고 있던 엘더 엘프들이 어디론가 사라졌고, 남아 있는 건 우리를 안내해온 8호와 뿌리에 잡혀서 움직일 수 없는 세 명의 엘더뿐이었다.

그리고 스승님은 기지개를 켜면서 8호에게 사람 수에 맞게 홍차를 달라고 했다.

좀 전까지 뿜어내던 살기는 대체 뭐였는지, 그렇게 느긋한 모습을 보고 제자들이 당황했지만 앉아있던 동안 점점 진정하기 시작했다.

『자, 우선 홍차라도 마시면서 숨을 돌리자고. 8호, 오늘은 67번으로 부탁해.』

"알겠습니다."

"67번? 무슨 번호인가요?"

『내가 차를 마시려고 여기 심은 나무 번호야. 1부터 158번까지 있지.』

오던 도중에 제자들이 본 과일나무도 홍차를 끓이는데 쓰는 모양이었다.

홍차에 대한 정열이 훨씬 진화했구나, 그렇게 생각하니 어이가 없었다. 그런데 레우스가 조금 기분이 나쁘다는 표정을 짓고 있는 걸 깨달았다.

"홍차는 이해가 되지만 말이야. 왜 저 사람까지 번호로 부르는 거지?"

『다들 비슷하게 생긴 녀석들이니까. 일일이 이름을 붙여주는 것도 귀찮고.』

"그래도 그런 이상한 이름이 아니라 제대로 된 이름을……."

『뭐어?』

"히익?!"

"깨갱?!"

확실히 말해 스승님은 이름을 잘 기억하지 못한다.

실제로 자신의 이름조차 잊어버려서 스승님이라 부르라고 할 정도니까.

그런데 이름이 이상하다고 함부로 따지면 왠지 모르겠지만 방금처럼 성질을 낸다.

좀 전에 뿜어내던 것보다 더 강한 위압감으로 인해 레우스뿐만이 아니라 함께 휘말린 호쿠토까지 같이 내 뒤에 숨었다.

『이런이런. 다들 덩치가 큰 주제에 한심하기는.』

"내 제자를 괴롭히지 말고 얼른 본론으로 들어가지? 물어보고 싶은 게 잔뜩 있는데."

『그래, 우선 그 엘프 쪽 볼일을 먼저 끝낼까? 일단 이쪽 때문에 폐를 끼쳐버린 모양이니까.』

"뭐……라고?!"

내가 죽을 뻔한 경우에도 사과하기는커녕 미안해하지도 않았던 스승님이…… 잘못을 인정했다고?!

나도 모르게 하늘을 올려다보았는데, 성수의 나뭇가지가 가로막고 있긴 하지만, 해는 확실하게 동쪽에서 뜬 것 같았다.

피아는 수상쩍어 보이는 행동을 하는 나를 무시하고 갑자기 자기 이야기가 나오자 긴장한 표정으로 물어보았다.

"저기…… 성수님. 8호님에게 듣긴 했는데, 제가 당신의 명령을 어긴 것에 대해 화가 나시진 않으셨나요?"

『그래, 화 안 났어. 오히려 나를 무시하고 숲을 뛰쳐나간 배짱을 보고 감탄했는데.』

"그렇다면 저를 부르신 이유는 뭔가요? 외람된 부탁이라는 건 이해하고 있습니다만, 저는 앞으로도 시리우스 일행하고 바깥 세계를 돌아다니고 싶으니 여기에 남는 것만은……."

『딱히 남으라는 말은 안 해. 성수라는 건 말이지, 조건을 만족시킨 엘프에게 어떤 걸 줄 의무가 있거든.』

스승님은 그렇게 말한 뒤 손바닥에서 작고 동그란 것을 만들어내 동전 던지기를 하는 듯이 손가락으로 위쪽을 향해 튕겼다.

『이건 내 씨앗이야. 사정은 모르겠지만 이 숲으로 돌아온 네게 주려고 120호 일행에게 데리고 오라고 했는데, 아무래도 조정을 잘못한 모양이라서…….』

그 120호 일행이 바로 우리가 싸웠던 엘더 엘프인 모양이다.

살아남은 세 명은 성수 뿌리에 휘감겨서 괴로워하고 있지만, 동정할 생각은 전혀 없었다.

『내 명령에 거역한 녀석은 죄인이라 생각하는 거만하고 고집스러운 바보가 되어버렸거든. 다시 조정을 할까 생각도 했지만, 아직 태어난 지 2년 정도밖에 되지 않으니 상황을 지켜보자고 생각했던 게 실수였던 모양인데.』

"""2년?!"""

그 사실에 제자들이 일제히 놀랐다.

오래 사는 엘프에게도 수십 년에 걸친 어린이 시절이 있는데, 우리가 싸웠던 엘더들은 아무리 봐도 성인 같았기 때문이다.

『엘더 엘프라는 건 자신을 지키기 위해서 성수 자신이 만들어낸 존재니까. 필요한 건 곧바로 전력이 될 병사인데 어린이 시기와 필요가 없는 감정은 무의미하잖아.』

"지, 질문을 해도 괜찮을까요? 어떻게…… 만들어내신 건가요?"

『이렇게, 뿌리에서 툭……. 미안하지만 만들어내는 건 주기가 있어서 지금은 보여줄 수 없으니 포기해.』

간단히 예를 들자면 여왕개미와 비슷한 모양이었다. 물론 규격이나 규모는 압도적으로 차이가 나지만.

『평소에는 저기 있는 8호 같은 게 태어나는데, 가끔 내 기억이 섞여서 특수한 개체가 생겨날 경우도 있거든.』

엘더 엘프들의 감정이 희박한 점과 습격당한 이유는 알게 되었다.

그다음으로 피아에게 주려고 하는 것에 대해 물어보려 하자 스승님은 씨익 웃으면서 다시 씨앗을 손가락으로 튕겼다.

『그래. 거기 있는 강아지에게 묻겠는데, 120호 일행이 강하던가?』

"강아지라니…… 나?! 음~, 매우 강했……습니다."

『성수를 지키는 병사니까 당연하겠지. 하지만 말이야, 120호 같은 애들은 어디까지나 내 가호가 미치는 범위 안에서만 능력을 발휘할 수 있어.』

여기로 오기 전에 8호가 간단히 설명해주었는데, 스승님은 더 자세히 설명해주었다.

가호가 미치는 범위는 피아의 고향에 들어오기 전에 야영했던 그 초원까지인 모양이었다.

성수의 가호를 받을 수 있는 범위 안에서는 체력과 마력이 순식간에 회복되고, 내가 해치운 것처럼 목을 치거나 완전히 소멸시키지 않으면 쓰러뜨릴 수 없다고 한다.

그렇게 반칙에 가까운 능력을 지니고 있는 대신, 가호 범위 바깥으로 나간 엘더는 급속도로 쇠약해지고, 며칠도 지나지 않아 죽어버리는 모양이었다.

 하지만 어째서 그걸 설명하는지 고개를 갸웃거리고 있자니 스승님이 준다는 것이 머릿속에 떠올랐다.

 『눈치챈 모양이구나. 그래, 엘더 엘프뿐만이 아니라 일반적인 엘프들도 성수의 가호가 없으면 살아갈 수가 없어.』

 "하지만 피아 씨는 숲 바깥에서도 아무렇지도 않게 살고 있는데요?"

 "응. 우리 마을에도 잘 살고 있는 엘프가 있고."

 『그야 8호 같은 아이들과는 다르게 엘더의 피가 연하니까 그렇지. 10년 정도는 괜찮아.』

 먼 옛날에 가장 강한 감정을 지니고 태어난 엘더 엘프가 다른 종족과 사랑에 빠졌고, 두 사람 사이에 태어난 아이가 엘프였다고 한다.

 엘프의 새로운 사실이 차례차례 밝혀지고 있는 와중에 피아가 흥미로운 듯이 고개를 끄덕이며 중얼거리고 있었다.

 "여행을 떠나고 나서 10년 뒤에 돌아가야만 하는 건 그런 이유 때문이었구나. 그런 다음 10년 동안 숲에서 나가면 안 되는 것도……."

 『잃어버린 내 가호를 회복시키기 위해서지.』

 피아의 이야기를 들어보니 관습 여행을 떠난 뒤 돌아오지 않은 엘프가 몇 명 있었다고 한다.

그중 절반 이상은 마물이나 사람에게 습격당했겠지만, 돌아오지 못하고 쇠약해져 죽은 엘프도 있을 것이다.

바깥에서 엘프를 좀처럼 볼 수 없는 이유 중 한 가지를 알게 되었구나.

"스승님, 그 씨앗을 준 사람이 또 있어?"

『내 대에서 주는 건 이번이 처음이야. 성수라는 건 때가 되면 새로운 존재가 이어받게 되니까.』

"전임자에게 들은 이야기입니다만, 200년 정도 전에 남자 엘프가 받았다고 합니다. 호기심이 왕성한 아이였고, 분명 이름이…… 로드벨이었을 겁니다."

8호가 정겨운 이름을 말하네.

엘프면서도 100년 이상 엘리시온에서 현역으로 활동하는 이유도 이해가 된다.

그런데 지금은 로드벨보다는 그 씨앗에 대해 자세히 알고 싶다.

"스승님. 그 씨앗을 받은 피아는…… 어떻게 되는 건데?"

『이 씨앗은 유지하기 위한 거니까. 8호처럼 마력이나 체력이 끝없이 솟아나게 되는 건 아니지만 몸이 변하거나 의식을 **빼앗**기지는 않을 테니 안심해.』

"그래도 뭔가 있을 거 아냐."

『당연하지. 이 씨앗을 받은 엘프는 죽음을 맞이하기 전에 성수와 동화해서 나처럼 다음 대 성수가 될 거야. 씨앗을 받아들이는 건 성수라는 존재에 다가가기 위해서이기도 하지.』

역시 이야기가 좋은 쪽으로만 가는 건 아니로군.

하지만 그건 인간족인 내 시점이고, 엘프인 피아가 어떻게 생각하는지가 가장 중요할 것이다.

참고로 피아는 의아하다는 듯이 고개를 갸웃거리면서 스승님을 바라보고 있었다.

"그런데 어째서 저죠?"

『보아하니 여러 지식과 경험이 성수에 좋은 영향을 주는 모양이라서. 호기심이 왕성하고 바깥 세계를 즐기며 돌아다니는 아이가 적합하기 때문이지.』

"호기심이 왕성……하다고요. 그야말로 피아 씨를 나타내는 말이네요."

"그래. 자랑은 아니지만, 바깥 세계를 즐기는 것에 대해서는 자신이 있어."

"피아 누나, 자랑할 일이 아닌 것 같은데."

『여행을 하고 돌아온 뒤에도 바깥 세계에 절망해서 숲에 틀어박히는 엘프가 많으니까. 뭐, 널 선택한 이유는 그런 부분 때문이지.』

스승님의 친근한 말투로 인해 모두들 긴장이 풀리기 시작하는 것 같다. 아니, 오히려 긴장감이 너무 없는 것 같기도 한데.

보아하니 피아는 씨앗을 받을 생각인 것 같은데…… 정말 괜찮을까?

"피아, 정말 씨앗을 받을 생각이야? 성수를 이어받으면 앞으로 어떻게 될지조차 모르잖아?"

『그렇게 어려운 건 아니야. 성수는 눈여겨본 엘프에게 씨앗을 주고, 자신을 지킬 엘더를 만들고, 바보 같은 짓을 하는 녀석이 있으면 종족에 상관없이 날려버리기만 하면 되니까.』

그래도 너무 가볍게 말하잖아.

아니…… 스승님이 너무 낙관적인 거겠지.

문득 옆을 보니 홍차를 준비하며 이야기를 듣고 있던 8호가 크게 한숨을 쉬고 있기도 하고.

"더 중요한 게 있는 거 아니야? 아무리 봐도 성수는 꽤 중요한 존재 같은데……."

『성수가 세계에 필요한 존재이긴 해. 하지만 평소에는 적당히 감시하는 정도로도 충분하다고. 질리면 다음 엘프를 찾아서 떠맡겨버리면 되지.』

이제 거의 아르바이트 같은 식으로 말하고 있다.

피아의 장래니까 안심이 되는 이야기를 듣고 싶은데.

나도 모르게 몸을 앞으로 내밀고 있었던 내 손을 피아가 살며시 잡았다.

"걱정해주는 건 기쁘지만 나는 괜찮아. 그야 불안하지 않다고 하면 거짓말이겠지만, 이건 엘프에게 명예로운 일이야. 그러니까 나는 받을 생각이야."

"……그렇구나. 네가 결심했다니 내가 더 이상 따질 수는 없겠지."

"그리고 말이지, 저걸 받지 않으면 정기적으로 돌아와야만 하잖아. 성수님이 되는 것도 몇백 년 뒤 이야기일 테니 망설일 이유는 없어."

성수의 가호를 회복하는 동안 우리가 엘프 마을에 사는 방법도 있긴 하겠지만, 피아가 10년 가까이 묶어두는 것은 싫다고 고개를 저었다.

"그런데 성수는 평소에 뭘 하는 거야?"

『기본적으로는 자기만 하고 이상이 없으면 수십 년에 며칠만 깨어나는 느낌이지. 그래서 얼마 전에 뿌리를 통해 네 존재를 알게 되었는데…….』

얼마 전이라고 하는데, 피아가 적합자라고 정한 것은 그녀가 고향으로 돌아간 뒤 9년이 지난 무렵이었던 것 같다.

『정신을 차리고 보니 숲에서 떠나버려서 뭐, 상관없겠다 싶어서 포기했었지. 그런데 다시 네가 다가오는 반응을 무의식적으로 느꼈거든, 그래서 이틀 전에 깨어난 거야.』

이상이 생긴 경우 말고도 씨앗을 주기 위해 일부러 깨어날 때도 있는 것 같다.

그런데 마력을 감지할 수 있더라도 성격까지는 볼 수가 없을 텐데 어떻게 피아 같은 엘프를 찾았는지 물어보자 엘더를 몰래 파견해서 관찰하고 있는 모양이었다.

『말하는 걸 깜빡했는데, 반드시 성수를 이어받게 되는 게 아니야. 너 말고 다른 엘프들에게도 씨앗을 줄 예정이니까 그중에서 적당히 골라야지.』

"먼저 그렇게 말해!"

"아, 아하하. 그럼 마음 편히 받을 수 있겠네."

그렇게 피아는 씨앗을 받기로 결심하고 의자에 앉아서 자세를 바로잡은 뒤 스승님에게 고개를 숙였다.

"성수님. 저…… 셰미피아는 그 씨앗을 공손히 받도록 하겠습니다."

『그래? 자.』

진지하게 받으려고 하는 피아에게 사과해.

그건 그렇고, 이 상황은 설마…….

"하앗!"

스승님의 손이 흔들린 순간, 나는 반사적으로 피아의 앞으로 손을 뻗어 주먹을 쥐고 있었다.

갑작스러운 움직임을 보고 모두가 놀랐지만, 내가 손을 펴자 그 위에 스승님이 가지고 있던 씨앗이 있다는 걸 보고 납득했다.

"정말, 주려면 그냥 주라고. 너무 대충 넘기잖아!"

『먹으면 똑같으니 이러는 편이 더 빠르지 않나?』

"지탄으로 날리지 마! 목을 뚫을 셈이야?"

별로 단단하지 않은 씨앗이긴 하지만 스승님의 힘이라면 철갑탄처럼 날리더라도 이상하지는 않으니까.

잡아챈 감촉으로 봐서 힘조절은 한 모양이지만 간담이 서늘해지니 그러지 말았으면 좋겠다.

내가 스승님을 노려보면서 쓴웃음을 짓고 있던 피아에게 씨앗을 건네주고 있자니 나와 스승님이 이야기하는 모습을 보고 있던 에밀리아가 갑자기 웃음을 터뜨렸다.

"우후후…… 평소에는 볼 수 없는 신기한 시리우스 님의 모습이네요. 성수님께서는 정말 시리우스 님의 스승이신가봐요."

『그래, 그렇지. 이 지기 싫어하는 녀석하고는 10년 이상 함께 지냈으니까. 내가 여러모로 가르쳐줬거든.』

"여러모로 말이지. 부조리한 것만은 싫증이 날 정도로 배웠는데."

"부조리하다니, 그래도…… 어라? 10년 이상……이라고요? 저하고 시리우스 님이 만났던 게……."

에밀리아는 이야기가 이상하다는 점을 눈치챈 모양이었다.

태어나서 곧바로 10년 이상이라 생각해도 내가 이미 남매와 만났을 것이다.

계속 나를 봐왔는데 이 정도로 강렬한 스승님의 존재를 전혀 눈치채지 못했던 것은 이상하다. 에밀리아는 그렇게 생각하고 있을 것이다.

『잠깐만. 너, 혹시 전생한 걸 알려주지 않았어?』

"뭐……, 그렇지. 나는 이미 시리우스니까."

"""……전생?"""

내가 전생에서 60년 가까이 살았고, 이 세계에 갓난아이로 전생한 이야기는 그 누구에게도 말하지 않았다.

제자들이나 아는 사람들에게는 내 특이한 성장과 지식이 전부 꿈 속에서 공부를 하거나 체험한 덕분이라 설명했다. 딱히 숨기고 싶었던 것은 아니고 그러는 편이 주위 사람들을 납득시키기 편했기 때문이다.

그리고…… 지금 나는 전생의 남자가 아니라 아리아 어머니에게 생명을 받은 시리우스이다. 이미 다른 사람인 전생의 나를 알아봤자 무슨 소용이 있나……, 그런 뜻이다.

『바보구나, 너. 그냥 제자도 아니고 반한 상대에게 숨기는 게 있으면 안 되지. 그 정도로 신뢰를 잃을 만한 관계인 거야?』

"음…… 제자를 이끌어주는 멋진 말이군. 그 호기심으로 가득 차 있고 매우 즐거워 보이는 듯한 미소만 없었다면 나도 순순히 속았을 텐데 말이지."

『왜 숨겨야만 하는 건데!』

"아, 진짜. 알았으니까 진정해. 그렇긴 하지……, 좋은 기회야."

그런 다음 당황한 제자들에게 내 전생에 대해 말했다.

다른 세계에서 태어난 나는 스승님과 만나서 단련했고, 에이전트라 불리는 일을 하게 되었는데…….,

『호오…… 그렇게 지기 싫어하던 어린애가 에이전트라. 몇 명이나 해치웠는지 기억나?』

"스승님은 좀 조용히 해."

그리고 제자를 키우기 위해 은퇴하고 60세가 넘어서 죽었다는 식으로 이야기를 마쳤다.

음…… 이 사실을 알게 된 제자들이 어떤 반응을 보일까?

왠지 긴장하면서 기다리고 있자니 피아가 웃으면서 만족스러운 듯이 고개를 끄덕이고 있었다.

"솔직히 터무니없는 이야기고 이해가 되지 않는 것들투성이지만 여러모로 납득이 되네. 만났을 때는 어린애였는데 그 믿음직스러운 뒷모습과 해준 말도 당연했던 거였어."

"저도 처음 만났을 때는 아버지처럼 느꼈으니까, 정말 이해가

잘 되네."

"형님은 할아버지보다 할아버지였던 거야?"

"몸은 확실히 청년이거든? 그런데…… 정말 믿어주는 거야? 다른 세계라든지, 터무니없는 이야기만 했고, 내 인격은 70세가 넘은 할아버지라는 뜻인데?"

"당신 곁에서 신기한 행동이나 힘을 보고 있으면 믿고 싶어지기도 하니까."

"전생이라고 해도 이해가 잘 되지 않긴 하지만, 우리가 좋아하게 된 건, 저기…… 지금의 시리우스 씨니까."

"그렇지. 할아버지든 뭐든, 형님은 내 형님이야!"

싫어하지는 않을 거라 생각하긴 했지만, 웃으면서 받아 들여주는 동료들을 보니 가슴이 뜨거워졌다.

오히려 이야기해주지 않았다는 것을 안타까워하고 있는 것 같았기에 고개를 살짝 숙이고 있자니 묘하게 조용했던 에밀리아가 슬픈 듯한 표정으로 나를 올려다보고 있었다.

"시리우스 님께서는…… 원래 계시던 세계로 돌아가고 싶으신 가요?"

"…………."

그건 이 세계에 전생했을 때부터 여러 번 생각했었다.

마지막까지 돌봐주지 못했던 제자들과 진지하게 이야기한 꿈을 끝까지 보고 싶어서 힘을 빌려주었던 파트너.

미련이 없다……고 할 수는 없다.

하지만 만약 저쪽 세계로 돌아갈 수 있다 해도…….

"나는 이미 시리우스고 다른 사람이니까 저쪽으로 돌아가고 싶지는 않아. 무엇보다 이쪽에는 너희들이 있으니까."

"……네! 저는 시리우스 님의 곁에 있을 수 있는 것만으로도 충분해요."

웃어주었지만, 꽤 걱정을 많이 끼쳐버린 모양이다.

사과하면서 에밀리아의 머리를 쓰다듬어주자 감격했는지 그녀가 내 팔에 달라붙어서 살짝 깨물었다.

『호오…… 그렇게 여자들을 함락시켜온 건가. 내가 사라진 뒤로 여자를 다루는 실력이 꽤 능숙해진 모양인데.』

"스승님. 지금은 분위기를 파악하고 조용히 할 상황인데."

『어째서! 건방지게!』

스승님이 말도 안 된다는 듯이 지탄으로 씨앗을 여러 발 날렸지만, 나는 고개를 움직여 피하거나 손으로 받아내고 있었다. 엘프에게 귀중한 것을 쉽사리 날리지 말라고.

잠시 후, 내가 맞지 않자 스승님이 포기했고, 나와 스승님을 번갈아 가며 보고 있던 레우스가 신기하다는 표정을 짓고 있었다.

"저기, 스승님은 형님하고 마찬가지로 저쪽 사람이야?"

『나는 원래 이쪽 주민이야. 거기 있는 엘프 아가씨하고 출신이 비슷하거든. 여러 가지 실험을 하다 보니 다른 세계로 넘어갈 수 있는 마법진을 만들어내서 그걸 사용해 저쪽 세계로 건너갔던 거지.』

성격만 보면 맛이 갔지만, 천부적인 재능을 지니고 있는 스승님은 관습 여행을 떠났을 때 마법과 무예를 극도로 단련한 모양이었다.

고향으로 돌아온 뒤에도 독자적인 단련뿐만이 아니라 마법진을 계속 연구하여 100년 가까이 걸려서 다른 세계로 건너가는 마법진을 개발해버렸다고 했다.

전생 때와 외모가 다르지 않은 점을 의아하게 생각했는데, 진상은 엘프였다는 건가?

"그런데 용케도 그런 마법을 만들었네. 만드는 법을 알고 있는 사람은 스승님밖에 없어?"

『그렇지. 마법진은 사용할 때마다 폭발해서 흔적도 남지 않게 없어지게끔 해뒀고, 진이 너무 복잡해서 따라하지도 못할 거야. 무엇보다 발동하는데 필요한 마력이 막대하니까 실질적으로 불가능하겠지.』

"어느 정도 필요한데?"

『전 세계에 있는 모든 사람들에게 마력을 몇 년에 걸쳐서 계속 쥐어 짜내는 정도는 필요할 거야. 참고로 나는 성수의 열매를 멋대로 사용했지.』

성수가 수백 년에 하나 만들어내는 과일이고, 마석과는 비교도 되지 않을 정도로 큰 마력을 담고 있는 것 같다.

그렇게 중요한 걸 무단으로 가로채다니…… 엄청나네.

『그 뒤로는 뭐, 저쪽 세계를 어슬렁거리면서 돌아다니다가 너를 주워서 단련시켜준 뒤 돌아온 거야. 아…… 이쪽으로 돌아왔을 때는 선대에게 엄청 혼났지.』

"혼난 것만으로 끝날 이야기가 아닌 것 같은데."

뭐…… 그런 과정을 거쳐서 스승님이 수십 년 전에 성수님을 이어받아 지금에 이르게 된 것이다.

이어받았다고는 하는데, 책임을 지게 된 것뿐이라는 생각이 드는 건 착각일까?

"왠지 정말…… 이해가 잘 안 되네."

"그래도 말이야, 스승님이 이쪽 세계 사람이라면 형님은 어째서 이쪽으로 올 수 있었던 거야?"

『그건 내 덕분이지. 몸에 마법진을 직접 그려 넣어서 죽으면 혼이 이쪽으로 오게끔 해두었으니까.』

"잠깐. 그런 짓을 당한 기억도 없고, 전생의 몸에 마법진 같은 자국은 없었을 텐데."

"크응……."

『보이게끔 남겨둘 리가 없잖아? 너희가 기절해있는 동안 치료하는 김에 뼈 쪽에 새겨두었지.』

스승님과 싸워서 죽을 뻔했을 때인가?

의식이 없었을 때이긴 하지만, 그런 이야기를 듣기만 해도 오싹해진다.

하지만 예상대로라고 해야 하나, 내가 이 세계에 전생한 것은 스승님의 소행인 게 분명한 것 같다.

『정말 고마워하라고. 내 덕분에 즐거운 인생을 보내게 되었으니까.』

그렇게 오지랖이 넓어 보이는 미소를 바라보고 있자니 매우 때리고 싶어졌다. 그러자고 생각해도 불가능한 상대라서 더더욱 분하다.

"애초에 어째서 나를 이 세계로 데리고 오려 한 거야? 나한테 뭔가 해줬으면 하는 게 있어?"

『아무것도 없는데?』

"왠지 그럴 것 같기는 했지만, 그렇게까지 딱 잘라 말하면 곤란한데. 다시 말해 스승님의 특기인 변덕이라는 건가?"

『그것도 있지만, 네가 불쌍했거든. 한창 놀 때인 어린애가 질리지도 않고 나와 싸웠고, 청춘 같은 게 전혀 없는 어린애 시절을 보냈던 네가 가엾어서 말이야. 그래서 실험도 할 겸 이쪽 세계로 전생시켜보자고 생각한 거지. 참고로 그 개는 덤이야.』

"크응……."

"동정이야? 내가 쓸쓸한 아이였을지도 몰라도 그 길을 선택한 건 나 자신이야. 스승님에게 동정받고 싶지는 않지만……."

하지만…… 나는 전생한 뒤 어머니의 사랑을 알게 되었고, 지금도 제자와 애인들에게 둘러싸여 충실한 나날을 보내고 있다.

전생의 지옥이 생각나서 솔직하게 고맙다고 하지는 못했지만…… 지금이라면 말할 수 있을 것 같다.

"……고마워, 스승님."

"멍!"

『훗…… 너희들을 거두었는데 부모다운 일은 거의 하지 않았으니까.』

"정말 그렇지. 우리를 편리한 도구나 비상식량으로만 생각하지 않았어?"

『흐음…… 그렇게 생각했던 시기도 있었지.』

"부정하라고!"

"깨갱?!"

순순히 고맙다는 인사를 해도 결국 나와 스승님의 관계는 이런 느낌이었다.

그렇게 스승님의 이야기가 일단락되었을 무렵, 8호가 준비한 홍차가 테이블 위에 놓였다.

"여러분께서도 사양하지 마시고 드시죠."

성수의 힘으로 키운 꽃으로 만든 홍차인지 그 향기로운 냄새를 맡고 우리의 얼굴에 자연스럽게 미소가 드리워져 있었다.

"……좋은 향기네."

"그리고 맛도 정말 멋져요. 혹시 괜찮으시다면 찻잎을 나누어 주실 수 없을까요?"

"성수님의 허가만 받으면 상관없습니다."

약간 들어간 단맛 덕분에 입맛에 매우 잘 맞는 홍차다.

찻잎도 질이 좋긴 하지만 차를 끓이는 것도 능숙한 덕분일 것이다. 스승님은 홍차에 엄청난 집착을 보이니 시중을 드는 저 8호는 상당히 단련했을 것이다.

그렇게 우리가 보기에는 충분히 맛있는 홍차지만, 스승님은 눈썹을 찌푸리면서 홍차를 지긋이 바라보고 있었다.

『흐음…… 약간이지만 향기가 흐트러졌어. 중간에 다른 생각이라도 했나?』

"죄송합니다. 자신의 사명을 가볍게 생각하시는 분이 계셔서 좀 어이가 없었거든요."

『그런 것 때문에 마음이 흐트러지면 안 되지. 정말, 수행이 부족하군그래.』

"당신 때문이잖아."

자기 잘못은 전혀 없다고 생각하는 스승님에게 태클을 걸면서 든 생각인데, 스승님은 어떻게 홍차를 마시는 거지?

보아하니 스승님 앞에 컵이 놓여 있긴 한데, 눈앞에 있는 스승님은 마력으로 만든 임시 몸이니 마셔도 맛을 알 수 있을 것 같지는 않다.

제자들도 비슷한 생각을 했는지 다들 흥미롭게 지켜보고 있자니 8호가 스승님 앞에 놓여 있던 컵을 들고…….

『흐음…… 향기는 아쉽지만, 맛은 나쁘지 않네.』

"감사합니다."

성수의 밑동 근처로 다가가 뿌리에 직접 홍차를 부었다.

마신다고 할 수도 있긴 하지만, 정말 신기한 광경이다.

스승님 앞에 내려놓았던 것은 테이블 모양으로 만든 뿌리로 분위기와 향기를 즐기기 위해서였던 모양이다. 그리고 맛은 성수의 뿌리로 맛본다……고.

테이블도 뿌리라서 거기에 부어도 마찬가지일 것 같긴 한데, 스승님의 취향 때문일 것이다.

"……형님."

"무슨 말을 하고 싶은지는 알겠지만, 내버려 둬. 끼어들면 골치 아파진다."

본인이 만족하고 있으니 상관없겠지.

뭐라 말할 수 없는 마음을 다잡고 홍차를 즐기고 있자니 스승님이 뭔가 생각났다는 듯이 120호 일행을 한 번 바라보고 나를 날카로운 눈초리로 바라보았다.

『그러고 보니…… 네게 벌을 주는 걸 깜빡했네.』

"잠깐, 무슨 벌인데?"

『무슨 소릴 하는 거야. 저기 있는 120호 말이지.』

아…… 그랬지.

어쩔 수 없었다고는 해도 나는 엘더 엘프의 목숨을 둘이나 빼앗아 버렸다.

다른 엘더 엘프들의 이목도 있을 테니 어떤 형태로든 책임을 져야만 할 것이다.

"나도 피아가 다쳐서 화가 난 나머지 여러모로 어설프게 행동했다는 걸 알고 있어. 벌을 받아야 한다면 순순히 받아들이지."

『그렇다면 됐어. 음, 어떻게 할까…….』

"잠깐만요! 성수님!"

적어도 스승님의 성격상, 내가 죽을 만한 벌을 주진 않을 것이다.

이미 각오는 하고 있었기에 조용히 판결을 기다리고 있자니 앉아 있던 피아가 일어서서 스승님을 향해 무릎을 꿇고 있었다.

"이번 일은 원래 제가 멋대로 마을에서 뛰쳐나가 엘더 엘프님이 화를 내게 했기 때문입니다. 그러니 벌은 시리우스가 아니라 제가 받아야겠죠."

"주인이 죄를 짊어진다면 시종도 마찬가지입니다. 시리우스 님을 처벌하시겠다면 저도 부탁드립니다."

"나도 죽일 생각으로 검을 휘둘렀으니 형님하고 마찬가지예요!"

"저도 방해했으니 함께 부탁드립니다."

"멍!"

정신을 차리고 보니 나를 제외한 모두가 일어서서 고개를 숙이고 있었다.

직접 해치운 건 나 혼자니까 너희들까지 죄를 짊어지려 하지 않아도 될 텐데. 정말…… 곤란하네.

하지만 기쁜 마음도 분명히 있었기에 어떻게 말을 꺼내야 할지 잠시 망설이고 있자니 스승님이 입을 크게 벌리며 웃기 시작했다.

『하하하! 설마 이렇게까지 잘 따르다니, 너도 꽤 하는데.』

"뭐…… 그렇지. 내가 자랑하는 제자들이고, 애인들이야. 그러니까 스승님, 벌을 주려면 나만…….'

『그런 게 있을 리가 없잖아.』

"""""……네?"""""

"멍?"

스승님이 그렇게 딱 잘라 말하자 제자들과 호쿠토가 한목소리로 말하며 고개를 갸웃거리고 있었다.

이런이런…… 역시 그쪽 이야기구나.

『120호 사건은 본인이 폭주한 거니까 벌 같은 걸 줄 리가 없잖아. 내가 따지고 싶은 건 세 명이나 놓쳤다는 거야.』

"저기~? 그러니까…… 저 사람들을 전멸시키지 못해서 화가 나신 건가요?"

『시비를 거는 사람이 있으면 완전히 무시하거나 확실하게 쓴 맛을 보게 해준다. 그리고 상대방이 부조리하게 죽이려 들면 확실하게 해치워라……, 나는 그렇게 가르쳤거든. 그런데 세 명이나 놓치다니, 정말 꼴사납기도 하지.』

"그야 그렇지만, 엘더 엘프들은 스승님이 만들어낸 존재잖아? 그렇게 가볍게 해치우라고 하는 건 좀 아닌 것 같은데."

『내가 만든 아이라 해도 규칙을 지키지 못하는 바보에게 사정을 봐줄 필요는 없어. 그건 네가 가장 잘 알고 있을 텐데?』

"뭐…… 그렇지."

스승님이 눈여겨보던 피아를 반쯤 죽이는 것도 모자라서 가족에게까지 손을 댔다.

태어난 지 얼마 안 되었다고 해도 책임을 제대로 지게 하는 것이 스승님의 방식이다.

『이런 바보를 만들어낸 내 잘못도 있으니까, 일단 너희들 잘못은 아니야. 자, 너희도 돌아가.』

"……알겠습니다."

"그, 그래!"

『자, 이야기가 마무리되었으니 끝내도록 할까. 120호…… 뭔가 남길 말 없어?』

그리고 스승님이 나무뿌리로 묶여 있던 엘더들에게 묻자 신음하던 리더로 보이는 엘더가 스승님에게 애원했다.

"서, 성수님…… 부디…… 자비……를."

『내 가호를 받으면서도 진 녀석이 무슨 염치로 그렇게 말하는 거야? 그리고 내 허가도 없이 상관없는 엘프까지 죽이려 하다니, 어이가 없어서 말도 안 나온다.』

"그럴…… 수가…… 저희는 성수님의……."

『나를 지키기 위해서라고 해도 자신이 올바르다는 걸 의심하지 않는 병사는 필요 없어. 너희들은 내 수호자니까.』

스승님이 살짝 손가락을 움직이자 나무뿌리가 움직이며 120호 일행의 얼굴을 뒤덮기 시작했다.

그리고 완전히 한 데 뭉쳐 뿌리와 일체화된 뒤 희미한 빛을 내뿜으며 지면으로 돌아가는 뿌리 덩어리를 스승님은 약간 부드러운 눈초리로 바라보고 있었다.

『그러니까…… 다음에는 사명을 잊지 말고 다시 태어나주렴.』

잔혹……하다는 생각도 들긴 하지만, 저게 성수와 엘더 엘프의 관계일 것이다.

죽는다기보다는 다시 태어나는 것에 가까운 모양이니 우리가 별로 죄책감이 들지 않는 게 다행인지도 모르겠다.

그렇게 성수에게 돌아간 엘더들의 처벌을 마치고 스승님은 마음을 다잡으려는 듯이 8호에게 말을 걸었다.

『자, 이제 불안하게 만든 엘프들에게 설명을 해야겠지. 8호,

제자들과 함께 그쪽으로 가서 이렇게 설명해. 저기 있는 엘프는 내 가호를 받았고, 120호에게 손을 댄 남자는 내게 용서를 받았으니 벌을 내리지 않을 것이다……라고.』

"알겠습니다."

"무난하게 처리해줘서 고맙네."

『사실을 정확하게 전달하려는 것뿐이야. 자, 내 볼일은 끝났는데 너희는 어떻게 할 거야? 침대를 마련해두진 않았지만, 이 근처에서 쉴 거면 마음대로 해도 상관없어.』

"그렇지……."

성수의 마력으로 인해 주위가 밝긴 하지만, 시간을 따지면 이미 밤이다.

묵고 가도 좋다고 하니 호의를 받아들여야 할지도 모르겠지만…… 스승님이 가까이 있으면 기분 나쁜 예감밖에 안 든단 말이지.

곧바로 대답하지 못하고 얼버무리고 있자니 남매와 리스가 미소를 지으며 내 팔을 건드렸다.

"형님. 모처럼 스승님하고 다시 만났으니 오늘은 여기서 자고 가자."

"할 이야기도 많이 있을 테니 나도 그러는 게 좋을 것 같아."

"도구도 최소한으로는 갖추고 있는데, 어떻게 할까요? 시리우스 님."

피아는 아무 말도 하지 않았지만, 모두를 살펴보니 자고 가고 싶은 모양이었다.

멀리서 대기하고 있는 엘더들은 우리에게 흥미조차 없는 모양이고, 여기에서는 마물에게 습격당할 염려도 없으니 이용하도록 하자.

"그럼 야영할 준비를 할까."

"좋았어! 나중에 스승님하고 싸워봐야지!"

"그러지 않는 게 좋을걸."

레우스는 알아보기 쉽게 기뻐하고 있는데, 여자들은 수상쩍은 미소를 보이고 있었다.

대충 스승님에게 내 과거에 대해 물어보려는 거겠지.

참고로 내가 고민한 이유는 스승님의 장난 때문에 제자들이 험한 꼴을 당할 것 같았기 때문이다.

그래도 뭐…… 그것도 경험이겠지.

"그러니까 스승님. 적당한 곳을 쓰도록 할게."

『그래. 지붕을 만드는 건 귀찮으니까 하지 않을 거지만, 의자나 테이블이 필요하면 말해.』

"성수의 나뭇가지가 지붕 같은 거니까 모포만 있으면 충분해."

이 근처는 기후도 안정되어 있어서 최악의 경우 그대로 잠들어도 문제가 없을 정도다.

8호가 홍차를 정리하기 시작하자 우리는 호쿠토가 짊어지고 온 짐을 내려서 야영할 준비를 시작했다.

원래 나무 근처에서 불을 피우면 안 되지만, 8호가 홍차를 끓일 때 아무렇지도 않게 불을 사용한 걸 보니 신경 쓸 필요는 없을 것 같다. 그리고 성수가 조리할 때 필요한 화력 정도로 탈 리가 없다고 딱 잘라 말했으니 마음껏 불을 피워 요리하기로 했다.

홍차에 사용한 향초를 나눠달라고 해서 휴대 조미료와 말린 고기로 간단한 수프를 만들고 있자니 조금 떨어진 곳에서 검을 든 레우스가 스승님과 맞서고 있는 모습이 보였다.

레우스는 좀 전에 스승님하고 싸워보고 싶다고 했는데, 바로 붙어보려는 모양이다.

"잘 부탁드립니다!"

『언제든지 덤비도록 해.』

스승님과 싸우지 말라고 하긴 했지만, 레우스는 스승님의 힘을 직접 맛보고 싶다고 고집을 부렸다.

어쩔 수 없으니 싸울 거면 처음부터 온 힘을 다해, 그리고 공격보다 방어를 우선하라고 조언해주었다. 스승님에게도 너무 지나치게 하지 말라고 여러 번 말했지만…… 솔직히 불안하다.

골절 정도로 끝나면 다행인데…….

"으랴아아아아아아…… 아앗?!"

『나쁘진 않지만, 아직 부족한데.』

레우스가 온 힘을 다해 내려친 검을 스승님이 벌레를 내쫓는 듯이 손으로 가볍게 흘리고는 곧바로 레우스의 손을 붙잡고 지면에 내동댕이쳤다.

공격을 너무나도 쉽사리 흘리자 깜짝 놀란 표정을 짓는 레우스를 스승님이 사나운 미소를 지으며 내려다보고 있었다.

뭐…… 그런 거지.

부조리를 한껏 맛보고 앞날에 도움이 되는 양분으로 삼아줬으면 한다.

그렇게 스승님과 레우스가 싸우면서 거친 소리가 울려 퍼지는 와중에 내 옆에서는 에밀리아가 진지한 표정으로 홍차를 준비하고 있었다.

"……응, 이 타이밍이군요. 이제 컵을 데워서……."

"너무 열심히 할 필요는 없어. 스승님에게 맞추다가는 끝이 없으니까."

"아뇨, 시리우스 님의 시종으로서 주인님의 은인을 만족시켜 드리는 건 당연한 일이니까요."

좀 전에 에밀리아가 내가 시종이라는 사실을 안 스승님이 시험 삼아 홍차를 끓어보라는 말을 꺼냈다.

시종으로서 의욕이 생겼는지 곧바로 고개를 끄덕인 에밀리아는 좀 전부터 홍차를 끓이는 데 신경을 집중하고 있었다.

사실 스승님과 홍차 쪽으로 엮이고 싶지는 않지만, 에밀리아를 말릴 이유도 없다.

적어도 에밀리아가 상처를 입지 않았으면 하는 마음으로 수프를 젓고 있자니 요리를 돕고 있던 리스가 다른 쪽을 보고 굳어 있다는 것을 눈치챘다.

"아야야야야야얏?! 어째서 이렇게 간단히…… 팔이!"

『하하하, 로프를 잡으면 놔줄 수도 있지만, 여기에는 로프가 없으니까.』

"로, 로프가 뭔데?! 끄아아아아아악!"

리스가 보고 있던 곳에서는 스승님에게 눌린 레우스가 팔꿈치

십자 조르기라 불리는 관절기에 당하고 있었다.

스승님은 절묘하게 힘을 조절해서 기술을 걸기 때문에 매우 아프다.

"저기, 시리우스 씨. 레우스가……."

"저 정도면 아직 괜찮아. 아프기만 하니까."

전생에서 여러 번 당한 내가 하는 말이니 틀림없을 것이다.

애초에 저런 관절기를 거는 걸 보니 스승님은 그냥 장난치는 것뿐이고.

그런데 완전히 기술에 걸렸음에도 불구하고 검을 놓치지 않은 레우스의 끈기도 칭찬해주고 싶다.

한편, 만족스러운 홍차를 완성한 에밀리아는 테이블에 앉아 있던 스승님에게 내밀고 있었다.

참고로 레우스와 놀고 있는 쪽이 두 번째 스승님이고, 이쪽이 첫 번째 스승님이다. 임시 몸이라서 두 명, 세 명이 동시에 나타나는 것도 가능한 모양이다.

스승님이 동시에 여러 명 존재하다니…… 아무것도 알지 못했던 전생의 내가 보면 비명을 지를 것 같은 광경이다.

『찻잎은 뭘 썼지?』

"스승님께서 34번이라 부르신 꽃이에요. 시리우스 님께서 좋아하시는 찻잎과 비슷한 향기가 나서요."

『흐음…… 향을 내는 법은 합격인데. 그럼 밑동에 부어줘.』

스승님이 그렇게 말하자 에밀리아는 8호와 마찬가지로 성수

밑동에 홍차를 부었다. 몇 번을 봐도 특이한 광경이다.

그리고 눈을 감은 채 홍차를 맛보고(?) 있던 스승님이 천천히 눈을 뜬 다음 에밀리아를 노려보았다.

『……30점이야.』

"윽?!"

예상했던 것보다 안 좋은 평가를 듣고 에밀리아가 깜짝 놀란 표정을 지으며 한 발짝 물러나고 있었다. 그러니까…… 만화나 이야기의 연출에 나오는 것처럼 등 뒤에 번개가 치면서 충격을 받은 느낌이다.

"어, 어째서죠?! 찻잔도 적당한 온도로 데웠고, 마지막 한 방울까지 확실하게……."

『찻잎을 추출하는 온도가 어설퍼! 뜨거운 물은 95도, 그리고 따를 때는 이 각도로 따라야지! 맛이 너무 많이 배어 나와서 실패할 경우도 있고, 물 안에 든 산소도 중요해!』

"사, 산소?! 이해가 잘 안 되는데 꼭 그렇게까지……."

『홍차를 마시는 각오의 차이야! 나는 말이지, 너무 맛없는 홍차가 나오면 마을 하나 정도는 멸망시킬 정도의 각오로 홍차를 마신다고!』

참 민폐스러운 각오다.

실제로 멸망시켰는지 어떤지는 모르겠지만, 방금 그 말은 전생에서도 들었던 말이다. 다시 들어봐도 역시 이상한 것 같다.

『알겠어? 물이 끓기 직전에 나오는 기포를 확인하는 게 중요하고…….』

"네! 이게 그 신호로군요."

보통 다른 사람이라면 포기해버렸겠지만, 에밀리아는 겨우 따라잡고 있는 것 같다. 진지한 표정으로 관찰하면서 스승님이 가르쳐주는 지식을 열심히 흡수하려 하고 있었다.

『다음은 이거야! 자자, 어떻게 된 거지?』

"아아아아아앗?! 그러니까 어째서…… 아파! 아파!"

그 무렵, 레우스는 스승님에게 다리 4자 꺾기를 당하고 있었다. 이미 한계를 맞이했는지 검을 놓친 채 끙끙대며 아파하고 있었다.

"대, 대단하네. 레우스가 저렇게 간단히 당하다니."

"시리우스 씨는 저런 사람하고 매일 훈련을 했구나."

"그래. 마음이 몇 번이나 꺾였지……."

리스와 피아는 나를 보며 쓴웃음을 짓고 있는데, 왠지 가엾게 여기는 것 같기도 하다.

사실 전생에서는 나와 호쿠토밖에 없었기에 이렇게 제3자의 시점으로 보는 것은 처음인데, 생각했던 것보다 더 심하네.

정말 용케도 저런 사람하고 10년 가까이 계속 싸웠구나. 내가 생각해도 신기할 정도다.

마지막으로 스승님에게 겁을 먹은 호쿠토는…….

"크응……."

스승님이 늘어나자 무서워하면서 내 곁에서 절대로 떨어지려 하지 않았다.

시간이 좀 지나자 저녁 식사가 다 되었기에 모두 모이라고 했
는데, 좀처럼 식사를 할 수가 없었다.

　에밀리아는 단시간에 지식을 잔뜩 주입당해서 눈에 초점이 맞
지 않았고, 레우스는 근처에 쓰러진 채 움직이지 못하고 있었기
때문이다.

　"뜨거운 물은 95도…… 따르는 각도는……."

　"에밀리아, 밥 다 됐어…… 응?"

　"어, 아…… 괜찮아요. 그런데 이 뜨거운 물은…… 기포가 생
기지 않으니까 홍차 온도에는 안 맞겠네요."

　"그건 수프야! 정신 차려! 에밀리아!"

　중얼거리면서 홍차와 현실을 구별하지 못하는 에밀리아의 어
깨를 리스가 흔들고 있었다.

　"자, 레우스. 어서 일어나지 않으면 저녁 식사가 없어진다?"

　"아…… 으…… 내 팔은…… 그쪽으로 구부러지지 않…… 그
만둬어……."

　"……틀렸어. 몸에는 상처가 하나도 없는데, 어떻게 된 거야?"

　"몸속을 천천히 공격당했으니까. 정신이 현실도피를 하고 있
는 거겠지."

　다르게 말하자면 육체가 아니라 마음이 꺾였다고도 할 수 있
다. 전생의 나도 스승님 때문에 여러 번 마음이 꺾였었다.

　하지만 지금은 저녁 식사 시간이니 어서 정신을 차리게 해야
겠다.

　우선 피아가 부르는데도 반응하지 않는 레우스부터. 나는 레

우스의 윗몸을 들어 올린 뒤 호쿠토에게 향했다.

"영차, 레우스도 무거워졌구나. 호쿠토, 시작해."

"멍!"

"커윽?! 어라…… 내가 언제 잠들었지?!"

호쿠토가 앞발로 가격하자 레우스는 현실도피에서 복귀했다. 호쿠토의 발바닥으로 적당한 충격을 가할 수 있었기 때문이다.

그 뒤를 이어 아직 눈에 초점이 맞지 않는 에밀리아의 머리를 천천히 쓰다듬어주니…….

"이 수프에 맞는 홍차는…… 우후후……."

"……시리우스 씨의 손은 알아보는구나."

평소처럼 꼬리를 흔들며 기뻐하기 시작한 걸 보니 잠시 쓰다듬어주면 원래대로 돌아올 것 같다.

그런 우리 모습을 바라보고 있던 스승님은 8호가 따라준 홍차의 향기를 즐기면서 중얼거리고 있었다.

『그렇게 제자다 애인이다 해놓고, 다루는 게 마치 애완동물 같은데.』

"내가 일부러 이렇게 만든 게 아니라는 것만은 알아줬으면 좋겠는데."

『뭐, 나는 딱히 상관없어. 애완동물이든, 성노예든, 네 마음대로 하라고.』

"스승님, 딱히 상관없는 것치고는 말에서 악질적인 느낌이 드는데."

"우후후…… 저는 시리우스 님의 애완동물이든, 성노예든 상관없어요…….”

　“아…… 돌아왔네.”

　그제야 에밀리아가 정신을 차렸고, 우리는 겨우 저녁 식사를 하기 시작했다.

　홍차를 마신 시점에서 이미 이상하지만, 스승님은 성수 그 자체라서 식사를 할 필요가 없다.

　그런데 우리가 식사를 하는 모습을 빤히 바라보고 있길래 농담으로 수프를 먹어보겠냐고 권하자…….

　『수프라면 괜찮을지도 모르겠군. 8호!』

　“에휴…… 알겠습니다.”

　『음…… 오랜만에 먹는 거지만 수프도 나쁘지 않네. 그래도 난 좀 진한 맛이 좋은데.』

　“좀 성수…… 식물답게 행동하라고.”

　『그러니까 나답게 지내고 있는 거잖아!』

　8호도 크게 한숨을 쉬고 있고, 거의 제멋대로 구는 공주님 같다. 임시 몸이라고는 해도 외모가 아름다워서 더 안쓰럽게 보였다.

　피아 이야기를 들어보니 성수는 엘프들이 신성시하는 존재라는 모양인데…… 이런 모습을 보여주지는 않았을 것이다.

　어이가 없는 와중에 식사를 계속하고 있자니 수프를 한 그릇 더 달라고 하는 스승님에게 피아가 말을 걸고 있었다.

　“성수님. 시리우스가 다른 세계에 있었을 때 어땠는지 가르쳐주실 수 있을까요?”

『이 녀석이 어린애였을 때 말이야? 그래, 얼마든지 이야기해 주지.』

"우리하고 만나기 전에 시리우스 씨는 어떤 어린애였을까?"

"적어도 시리우스 님께서는 어린 시절부터 노력을 게을리하지 않는 멋진 분이셨을 거라는 사실은 틀림없을 거예요."

"그래. 스승님하고 계속 싸웠다면서? 간단히 흉내 낼 수 있는 게 아니라고."

남매가 보여주는 순수한 신뢰가 낯간지럽다.

하지만 나도 어렸을 때는 단순했기에 지나친 기대는 하지 말아줬으면 좋겠다. 레우스는 몸으로 직접 체험했으니 이해가 되기도 하지만.

그리고 스승님은 나와 함께 생활하던 이야기를 하기 시작했고, 나도 딱히 말리려 하지 않았다.

"......멍."

안 말려……? 호쿠토가 그렇게 말하려는 듯이 고개를 갸웃거렸지만, 이렇게 된 이상 상관없다.

솔직히 말하자면 쑥스럽긴 하지만, 즐거운 분위기를 망치기도 그렇고.

나는 호쿠토의 머리를 쓰다듬으면서 스승님과 제자들의 이야기를 듣고 있었다.

단…….

『그러고 보니 내가 자고 있을 때 저 녀석이 덮친 적이 몇 번 있었지. 내게 이기는 것밖에 흥미가 없었던 어린애도 그때는 남자라는 걸 알게 되었거든.』

"아, 아으으……."

"후후, 뭐 남자니까 어쩔 수 없지. 나는 언제든지 환영이지만."

"시리우스 님. 저라면 언제든지 상대해드릴게요."

"아니…… 그건 여섯 살 때 이야기고, 그냥 스승님을 쓰러뜨리려 했을 뿐이거든?"

잘못된 정보는 정정해야지.

스승님은 그럴싸하게 설명했지만, 그때 나는 아직 어려서 성욕도 없었고, 애초에 스승님이 자는 모습이 너무 칠칠치 못해서 정색할 정도였으니까.

참고로 잘 때 기습한 결과는…… 이불에 말린 채 아침까지 나무에 매달렸다고만 해두지.

그 이후로도 스승님의 이야기는 이어졌고, 제자들은 들으면서 일희일비하고 있었다.

죽일 셈인 거 아닌가 할 정도로 가혹한 훈련 내용을 듣고 깜짝 놀라거나 제대로 설명하지도 않고 전장에 내던져진 이야기를 듣고 가엾어하는 눈초리로 바라보곤 했다.

가장 힘들었던 건 내게 부모가 없다는 걸 알자마자 에밀리아와 피아가 모성본능을 폭발시키며 끌어안은 거였지.

전생에서 스승님과 함께 지냈던 시간은 10년 정도지만…… 정말 훈련만 했네. 바로 이런 게 잿빛 청춘이라는 건가?

"다, 다른 건 없나요!"

『음…… 저기 있는 늑대가 그냥 개였을 때, 숲을 산책하다가 미아가 된 적이 있었지. 그래서 저 녀석이 개를 찾으러 숲으로 가나 싶었는데 저 녀석까지 미아가 되어서 내가 찾으러 간 적도 있었어.』

"멍?!"

"호쿠토에게도 그런 일이 있었구나."

"멍멍!"

"진정해, 호쿠토. 그건 우리 둘 다 어렸을 때니까 어쩔 수 없어. 아니, 미아가 된 건 곰이 덤벼서 도망쳤기 때문이잖아."

그런 식으로 우리는 계속 이야기를 나누었고, 떠들썩하면서도 즐거운 밤이 깊어갔다.

"미아가 된 시리우스 님…… 저라면 자상하게 보호해줬을 텐데요."

"숲이라면 어디에 있더라도 찾아낼 수 있었을 텐데."

"그러니까, 과거 이야기거든?"

"멍!"

다음 날 아침…… 출발할 준비를 마친 우리를 스승님이 배웅하러 나와주었다.

"신세 많이 졌습니다. 정말 귀중한 체험을 할 수 있었고 즐거웠습니다."

"여러 가지 지식을 가르쳐주셔서 정말 감사합니다."

『그래? 만족했다면 됐어. 나도 나름대로 즐거웠으니까.』

"저도 다음에는 좀 더 싸울 수 있게끔 강해질 테니까요!"

『더 정진하도록 해. 적어도 내게 기술 정도는 쓰게끔 해야지.』

"네, 네!"

스승님이 남매와 리스에게 그렇게 말한 다음 피아에게 돌아서서 손을 내밀었기에 피아가 약간 당황하면서도 그 손을 잡았다.

『내 씨앗을 받았으니까 마음껏 세계를 돌아보고 와.』

"네! 성수님, 언젠가 다시 뵙겠습니다."

『하하하! 그렇게 예의 차릴 필요 없이 편하게 만나러 와도 돼. 그리고…….』

스승님이 그렇게 말한 다음 손을 천천히 움직이자 성수 나뭇가지가 머리 위에서 떨어졌고, 피아가 그것을 반사적으로 잡았다.

나뭇가지의 길이는 내 두 팔을 벌린 정도였는데, 전체적으로 크게 휘어져 있는 걸 보니 시위가 없는 활 같았다.

『이 활을 가져가도록 해. 강력한 마법을 쓸 수 있다 해도 공격 수단은 많은 게 좋을 테니까.』

"이런 것까지…… 감사합니다."

『폐를 끼쳐서 사과하는 마음으로 주는 거야. 활시위는 알아서 찾도록 해.』

성수 나뭇가지로 만든 활이라. 스승님의 힘이 깃들어 있다는 걸 생각하면 매우 강력한 무기가 될 것 같다.

어떤 특수한 효과가 있는지 물어보려 하자 어느새 나를 보고 있던 스승님이 미소를 짓고 있다는 것을 눈치챘다.

저 미소…… 또 뭔가 골치 아픈 이야기를 꺼낼 것 같은 느낌이 든다.

『너한테 좀 부탁하고 싶은 게 있는데, 들어줄래?』

"터무니없는 것만 아니라면."

『그렇게 힘든 건 아니니까 안심해. 내가 예전에 세계를 여행할 때, 여러 가지 마도구를 만들면서 다녔거든. 뭔가 좋은 생각이 날 때마다 마도구를 만들고는 내버려 둔 바람에 그게 아직 세상에 남아있을 가능성이 있어.』

"……하나 짐작 가는 게 있는데."

미라교라는 종교의 총본산인 포니아 마을에 있었지.

그 미라와 이야기할 때 필요한 마도구에 스승님의 각인이 새겨져 있었는데, 진짜로 스승님이 만든 거였구나.

『그럼 설명하기 편하겠네. 만약 여행하다가 내 작품이 쓸데없는 곳에 쓰이고 있으면 파괴해줘. 뒷맛이 씁쓸하니까.』

"판단은 내가 해도 되는 거지?"

『맡길게. 그리고 이건 강제로 시키는 게 아니라 어디까지나 가는 김에 해달라는 거야.』

의무나 책임이라는 느낌이 아니라 어디까지나 할 수 있는 범위 안에서, 그리고 파괴할지 여부도 내게 맡긴다고 한다.

귀찮다……, 그런 생각도 들었지만, 스승님의 작품이 주위에 악영향을 끼친다면 나도 싫으니 할 수 있는 범위 안에서 해보도록 하자.

적어도 포니아 제단은 부술 필요가 없을 것 같다.

그밖에도 또 뭔가 없을까, 그렇게 생각하고 있자니 갑자기 무언가가 날아와서 반사적으로 잡아챘다. 스승님이 나와 싸울 때 사용하던 목제 나이프였다.

아니, 내가 잡지 않았다면 얼굴에 꽂혔을 텐데, 이제 와서 그걸 따지기도 그렇고.

"위험하잖아. 그래서…… 이건 뭐야?"

『다시 만난 기념이야. 내 몸의 일부니까 튼튼한 건 자신이 있어.』

"그건 잘 알고 있어. 미스릴하고 맞먹을 정도니까."

척 보기에는 나이프처럼 생긴 나무인데 뭔가 정체를 알 수 없는 마력이 담겨 있다는 점을 알 수 있었다. 스승님의 일부라 생각하니 좀 껄끄럽지만…… 나이프라면 가지고 다녀도 손해는 없을 것이다.

그리고 생각해보니 스승님에게 뭔가를 받는 건 거의 없었던 일이기에 은근히 기뻤다. 사양하지 말고 받도록 하자.

다음 마을에 도착하면 나이프 홀더를 만들까, 그렇게 생각하고 있자니 스승님이 미소를 지으면서 주먹을 내밀었기에 나도 주먹을 내밀어 부딪혔다.

『모처럼 다시 태어났잖아. 마음껏 인생을 즐기다 오라고.』

"안심해. 이미 충분히 즐기고 있고, 앞으로도 동료들과 함께 즐길 생각이니까."

『그래, 그거 잘됐네. 그래, 역시 여행은…….』

성수라는 존재이면서도 아마 전 세계에서 그 누구보다 자유분

방할 스승님은…….

『자유롭게 하는 게 제일이니까.』

어린애처럼 천진난만한 미소를 지으며 우리를 배웅해주었다.

작별 선물을 받고 스승님과 헤어진 우리는 다시 8호의 안내를 받아 엘프 마을로 향하고 있었다.

"여러 번 안내해달라고 해서 미안한데."

"상관없습니다. 성수님의 명령을 듣는 것이 제 존재 의의니까요."

가던 도중에 앞에서 걸어가던 8호에게 말을 걸어봤는데, 여전히 무표정하고 담담하게 대답할 뿐이었다. 하지만 처음 만났을 때와 비교하면 표정에 변화가 꽤 생긴 것 같기도 하다.

"근처에 있으면 홍차 때문에 시끄럽게 구시니 가끔은 거리를 두고 싶기도 하고요."

"그 심정이 이해가 되네요……."

스승님의 홍차에 대한 집착은 감정의 변화가 별로 없는 엘더 엘프조차 골치 아프게 만드는 모양이었다.

같은 경험을 한 자로서 나는 진심으로 8호를 동정했다.

"홍차에 대한 집착은 대단했지만, 그만큼 맛있었지."

"그랬죠. 덕분에 시리우스 님께 차를 내드릴 때 더 맛있게 내드릴 수 있겠어요."

"나는 더 즐겁게 마실 수 있는 게 좋은데. 성수님은 너무 진지해서 긴장이 되잖아."

뒤에서 사이좋게 이야기하고 있던 여자들을 보았다. 지금까지 피아에게 딱히 이상한 점은 없는 것 같다.

성수 씨앗에 부작용이 없다고는 했지만, 스승님이 준 거니 묘한 방향으로 피아가 강화되었다…… 같은 일이 생길 수도 있으니까.

"피아. 몸이 이상하다 싶으면 사양하지 말고 호쿠토를 타도록 해."

"멍!"

"걱정해줘서 고마워. 그래도 이상할 정도로 몸 상태가 좋으니까 괜찮아. 이것도 성수님께 받은 씨앗 덕분인지도 모르겠네."

그녀가 한 말대로 피아의 발걸음은 매우 가벼워 보였고, 성수 나뭇잎으로 회복되었을 때보다 더 건강한 것 같지만, 당분간 '스캔'을 이용한 진단은 빼먹지 말고 해야겠다.

그 이후로 갈 때와 비슷한 시간을 들여 엘프 마을로 돌아왔는데, 마을 광장에 엘프들이 많이 늘어서서 기다리고 있었다.

"우와…… 왠지 소란스러운데."

"우리가 돌아오는 걸 알고 모두 나온 모양이네요."

"상위 존재인 엘더 엘프와 싸우고 성수까지 만나고 왔잖아. 우리가 어떤 벌을 받았는지 신경 쓰이겠지."

그중에는 어서 나가라는 듯이 바라보는 사람도 있었지만, 어쩔 수 없을 것이다.

세간에서는 숲에 틀어박혀 사는 엘프가 매우 신기한 존재이기에 여러 사람들이 노리는 운명이기 때문이다. 피아의 말에 따르면 관습 여행을 하고 돌아온 엘프는 외부인에게 여러 번 습격당했다고 말하곤 하니 자연스럽게 외부인을 거절하게 되었다고 하는데.

그래서 지금은 엘프의 우두머리인 피아의 아버지를 구해준 은혜를 입었고, 옆에 서 있는 8호가 우호적인 태도를 보이고 있기에 우리를 내쫓지 않고 있는 거나 마찬가지다.

그 엘프들 선두에 피아의 아버지와 아샤가 있었는데, 8호 앞에서 함부로 말을 꺼낼 수가 없는지 조용히 우리를 바라보고 있었다.

"여긴 제게 맡기시길. 여러분, 이번 사건에 대해 성수님께서 하신 말씀을 전하러 왔습니다. 명심하고 들으시길."

성수님의 말씀이라고 하자 자세를 바로잡는 엘프들을 확인하고 나서 8호가 우리에게 손을 뻗었다.

"여기 있는 사람들은 성수님께서 용서하셨을뿐 아니라 힘을 인정하시고 숲에 머무를 수 있게 허가하셨습니다. 그리고 죄를 범한 셰미피아도 용서를 받고 성수님의 축복을 받았습니다."

8호가 한 말을 듣고 엘프들이 매우 놀란 모습을 보였다. 무사히 돌아온 것뿐만이 아니라 성수에게 인정을 받다니, 아무도 상상하지 못했기 때문일 것이다.

그리고 미리 이야기를 해뒀던 대로 8호가 신호를 보내자 피아가 스승님에게 받은 나뭇가지…… 활을 들어 올렸다.

활시위가 없어서 그냥 나뭇가지처럼 보이기도 하지만, 엘프들은 신성한 느낌을 알아본 모양이었다. 활을 확인하자마자 엘프들이 일제히 무릎을 꿇었다.

"우두머리여, 고개를 드시오. 몸이 회복된 것 같아 다행이군요."

"네, 전부 성수님 덕분입니다."

"여러분을 놀라게 한 제 동포는 성수님의 손에 의해 단죄되었습니다. 하지만 당신이 제 동포에게 상처를 입은 것으로 인해 성수님께서 매우 슬퍼하셨고, 사과하는 뜻으로 이것을 내리겠다고 하셨습니다."

그런 다음 8호가 꺼낸 것은 적당히 꺾은 것 같은 성수의 나뭇가지였다.

피아의 활과는 다르게 작고 평범한 나뭇가지였지만, 신성한 느낌은 마찬가지여서 피아의 아버지는 긴장한 표정으로 그것을 받아들었다.

"필요한 때가 생기면 주저하지 말고 사용하고, 다음 우두머리에게 물려주도록. 성수님의 가호는 불멸이니."

"네! 공손히 받들겠습니다."

인간으로 따지면 명예 훈장을 받은 거라 할 수 있을지도 모르겠다.

덤으로 엘프들에게 만능약이라 할 수 있는 나뭇잎이 몇 개 붙어 있으니 실용적이기도 한 물건이다. 성수의 힘이 깃들어 있으니까 나뭇가지만 있어도 나뭇잎이 시들지 않을 테고.

그렇게 뜻밖의 선물을 받고 우리가 있다는 것도 잊어버린 채 기뻐하는 엘프들을 확인한 뒤, 8호가 조용히 등을 돌려 숲 쪽으로 걸어가기 시작했다.

"그럼 저는 이만."

"여러모로 감사합니다. 스승님께 안부 전해주세요."

"전해드리도록 하죠. 당신들도 조심하시길."

역할을 마친 8호는 살짝 미소를 짓는 표정을 보여준 뒤 숲속으로 사라졌다.

그리고 8호가 떠난 뒤, 긴장이 풀린 엘프들이 천천히 일어섰지만, 당황한 듯이 바라보기만 할 뿐, 아무도 우리에게 다가오지 않았다.

성수에게 인정받았다고는 해도 오랫동안 뿌리내린 외부인에 대한 불신이 간단히 사라질 리는 없겠지.

우선 피아의 아버지에게 말을 걸려고 하던 참에 이쪽으로 힘차게 다가오는 사람이 있었다.

"어서 오세요! 언니! 무사하셔서 다행이에요!"

"다녀왔어, 아샤."

"네! 우헤헤……."

온 힘을 다해 달려온 아샤는 피아에게 달려든 다음 그녀의 가슴에 얼굴을 비벼대며 기쁜 마음을 나타내고 있었다.

그런데 너무 기쁜 나머지 얼굴이 이상한 상태가 되었기에 눈을 살며시 피하고 있자니 엘프들에게 해산하라는 지시를 내리던 우두머리가 우리에게 다가왔다.

"아버지. 이제 돌아다녀도 괜찮아?"

"보면 알겠지만 괜찮다. 너야말로 무사해서 다행이로구나."

"물론이지. 낫기만 한 게 아니라 전보다 더 건강해졌으니까. 그리고 하고 싶은 이야기가 잔뜩 있어."

"잠깐만. 여기서 이야기하기보다는 우선 집으로 돌아가자꾸나. 손님들도 그래도 괜찮으신지?"

딱히 이의가 없었기에 우리는 그 말을 듣고 고개를 끄덕인 뒤 걸어가기 시작했다.

우리를 보는 시선이 별로 호의적이지는 않은 것 같지만, 피아의 아버지였기에 아무도 태클을 걸지는 않았다.

우리는 당연하다는 듯이 따라온 아샤와 함께 피아네 집으로 왔는데, 지금…… 집안 거실의 분위기는 매우 무거웠다.

"네가 성수님께 인정받은 것은 아버지로서 자랑스럽게 생각한다. 하지만……."

"나뿐만이 아니야! 시리우스하고 다른 사람들도 인정받았으니까 그런 말을 하지 않아도 되잖아!"

"그래도 말이다. 성수님께 인정을 받는다 해도 우리가 외부인을 받아들이기는 힘들단다."

피아와 그녀의 아버지가 말다툼을 벌이고 있었기 때문이다.

내 전생 같은 부분을 제외하고 성수님께 들은 내용을 설명한 것까지는 좋았지만, 어느 정도 이야기하자 그녀의 아버지가 우리에게 이렇게 말했기 때문이다.

『은인에게 이런 말을 하는 건 안타깝지만, 자네들은 조금이라도 빨리 마을에서 나가줬으면 한다.』

애초에 오래 머무를 생각은 없었지만, 딱 잘라 그렇게 말하니 기분이 좋지는 않다.

아버지의 그런 태도를 보고 가장 화를 크게 낸 사람이 피아였고, 좀 전부터 계속 말다툼을 벌이고 있는 것이다.

"나는 네가 아니라 그들에게 말한 거다. 이 마을에 있어봤자 환영받지는 못할 테니 최대한 빠르게 나가는 걸 추천하지."

"……알겠습니다. 바로 나가도록 하죠."

""어?!""

"그래도 돼? 형님."

이런 상황에서 눌러앉아봤자 정신적으로 피곤할 테니 숲 밖에서 야영하는 게 더 나을 것 같다.

게다가…… 그의 태도를 보니 뭔가 사정이 있을 것 같기도 하다.

쉽사리 받아들이자 제자들은 깜짝 놀랐지만, 내가 화를 내지 않는 모습을 보고 뭔가 짐작했는지 짐을 챙기면서 준비하기 시작했다.

"자, 잠깐! 아버지라면 내가 설득할 테니까 그렇게 곧바로 포기할 필요는……."

"너는 남으렴. 할 이야기가 있으니까."

"싫어. 모두가 간다면 나도 같이 나갈 거야."

"어째서지? 죄를 용서받은 엘프인 너까지 나갈 필요는 없을 텐데."

"나는 모두의 동료고, 시리우스의 애인이야. 함께 살기로 결심했으니까!"

"언니?!"

일부러 보여주려는 듯이 내 팔을 끌어안은 피아는 깜짝 놀란 아버지와 아샤를 쳐다보지도 않고 나를 억지로 끌고 집 밖으로 나왔다.

문을 연 순간, 집 주위에서 상황을 살펴보고 있던 엘프들이 몇 명 보였지만, 우리가 모습을 드러낸 것과 동시에 모두가 눈을 돌렸다.

호기심에서 그런 게 아니라 척 보기에도 기피하는 듯한 눈초리였다.

그 시선을 보고 피아도 아버지가 어째서 그런 말을 했는지 이해한 모양이었다.

우두머리로서 마을 전체를 혼란스럽게 만드는 문제는 조금이라도 빨리 없애야 한다는 것을.

"왠지 부조리하네. 다들…… 아닌데."

"하지만 원인을 만든 건 바깥에 있는 사람들 때문이야. 동료 탓으로 돌릴 필요는 없어."

더 이상 이곳에 있으면서 동포들을 싫어하게 되는 피아를 보고 싶지 않다.

근처에 있던 호쿠토와 합류한 우리는 숲을 나가기 위해 마을 입구로 향했다.

그동안에도 시선의 숫자가 늘어났고, 갑자기 돌아선 피아가 이쪽을 바라보고 있던 엘프들을 노려보며 말하기 시작했다.

"나는…… 여기 있는 사람들하고 같이 또 여행을 떠날 거야.

언제가 될지는 모르겠지만 여기에 반드시 돌아올 생각이고."

"".............""

대답은 없었다.

그저, 왜 그런 짓을 하는 거지? 여기 있으면 안전한데…… 라는 생각이 담긴 시선만이 돌아올 뿐이었다.

"바보 같은 짓이라고 생각하지? 모두가 알고 있는 대로 바깥에 있는 사람들은 우리 엘프를 욕망 때문에 손에 넣으려고 해. 그건 나도 인정할게."

"".............""

"하지만 나쁜 사람들만 있는 게 아니야. 적어도 여기 있는 사람들은 나를 한 여자로서, 소중한 동료로서 대해주고 있어. 계속 숲에 틀어박혀 있기만 하니까 그렇게 편견에 사로잡힌 눈으로만 보는 거라고!"

"……그런 건 일부뿐이잖아?"

"바깥에는 우리의 적밖에 없어."

엘프들이 한 말은 사실이다.

전생까지 포함해서 세계에는 욕심 많은 녀석은 어디에나 존재하는 법이니까.

하지만…… 피아가 하고 싶은 말은 그런 게 아니다.

피아가 도발하는 듯이 말하자 엘프 중 일부가 따지기 시작했지만, 피아는 아랑곳하지 않고 딱 잘라 말했다.

"딱히 외부인을 싫어하지 말라고 하는 게 아니야. 우리에게 필요한 건 상대방을 파악할 수 있는 눈을 갖추는 거라고!"

다시 말해 피아는 다른 사람의 말이 아니라 자신의 눈으로 선악을 구별할 수 있게 되어야 한다고 말하고 싶은 것이다.

모든 것을 거절하고 숲에 틀어박히면 안전하겠지만, 그러면 아무것도 바뀌지 않고 성장조차 못 하게 되기에 위기의식을 가져줬으면 한다고 부탁하는 것이다.

우리가 와버린 것처럼 앞으로 이 마을에 외부인이나 적이 나타나지 않을 거라는 보장은 없으니까.

"됐어! 나는 모두를 걱정해서 이런 말을 하는 거니까. 엘더님도 완벽하지 않다는 건 이미 알고 있잖아?"

"너…… 무슨 말을 하는 거야."

"실제로 일어난 일이니까 사실이잖아. 모두가 조금이라도 눈치채길 기원할게."

피아는 엘프의 문제를 확실히 지적한 다음 내 팔을 잡아당겼고, 나는 집에서 보고 있던 피아의 아버지에게 고개를 살짝 숙인 뒤 그곳을 떠났다.

그리고 아무 일도 없이 숲을 빠져나와 야영한 흔적이 남아있는 곳으로 돌아온 우리는 같은 곳에서 다시 야영을 했다.

이미 밤이라 주위가 어두웠고, 저녁 식사를 마친 우리는 모닥불 주위에서 에밀리아가 끓여준 홍차를 마시며 느긋하게 지내고 있었다.

"시리우스 님, 어떠신가요?"

"응, 맛있네. 전에도 충분히 맛있었지만, 더 맛있어졌다는 걸 확실히 알겠어."

"전하고 같은 찻잎을 쓴 거지? 홍차는 정말 심오하구나."

"누나, 한 잔 더 줘."

"우후후, 다행이네요. 그런데 추가는 좀 더 기다리세요. 온도 조절에 시간이 걸리니까요."

우리는 에밀리아가 스승님에게 끓이는 법을 배워서 훨씬 진화한 홍차를 마시고 있었는데, 피아는 말없이 홍차만 마시고 있었기에 리스가 걱정스럽다는 듯이 얼굴을 들여다보고 있었다.

"저기, 피아 씨. 정말 그래도 괜찮은 거야?"

"……뭐가?"

"엘프분들에게 한 말 말이야. 그렇게 말하면 엘프분들에게 미움받을 가능성이 생길 것 같은데……."

"그건 내 진심이니까 딱히 후회하진 않아."

미움받을 각오를 하고 그렇게 말한 거구나.

혼자서 너무 나간 건지도 모르겠지만, 이대로 가면 안 된다고 생각해서 꼭 전하고 싶었을 것이다. 생각해보니 나와 처음 만났을 때도 마을의 엘프들에 대해 불평을 했었던 것 같다.

모두가 걱정스럽게 바라보고 있다는 걸 눈치챘는지 피아가 쓴웃음을 지으며 괜찮다는 듯이 손을 저었다.

"뭐, 내가 그렇게 말해봤자 아무것도 변하지 않겠지만 말이야. 그건 그렇고 너희가 엘프를 기분 나쁜 종족이라고 생각할까 그게 더 신경 쓰이는데."

"그건 우리도 이해해."

"그래. 우리를 보는 눈초리는 좀 그랬지만, 그렇다고 해서 피아 누나를 싫어하게 되지는 않았으니까."

규칙을 어긴 죄인임에도 불구하고 엘프들은 피아를 내쫓으려 하지 않았다. 그중에는 신랄하게 말하는 사람도 있긴 했지만, 결국 그녀를 걱정해서 그랬을 것이다.

외부인에게는 차갑게 대하지만 같은 종족들끼리는 끈끈한 정이 있다는 사실을 이해하고 있다는 걸 말하니 피아가 조금 쑥스러워하면서 웃어주었다.

"그, 그래? 그럼 다행이네."

"그런데 피아 씨에게는 더 신경 쓰이는 사람이 있지 않아?"

"응, 결국 아버지와 제대로 이야기를 하지 못했지?"

"그렇긴 하지만 그런 말을 하는 아버지하고는 별로 이야기하고 싶지 않아."

내버려 두면 몸싸움을 할지도 모르는 상황이었으니 그때 내가 나오겠다고 한 건 잘못된 선택이 아니었던 것 같다.

"시간도 좀 지났고, 서로 머리도 식혔을 텐데 처음 목적대로 여기로 불러보는 건 어때?"

"……와줄까? 시리우스가 애인이라는 걸 알고 화가 난 것 같은데."

"걱정하실 필요 없어요, 언니."

"그래, 이미 와 있다."

갑자기 끼어든 목소리를 듣고 돌아보니 나무를 헤치며 아샤와 피아의 아버지가 나타났다.

"아샤. 아버지도……."

"잠시 실례하지. 딸과 꼭 하고 싶은 이야기가 있어서 말이야."

"상관없어요. 이쪽으로 오시죠."

"금방 차를 준비할게요."

지금 우리는 모닥불을 중심으로 둥글게 앉아 있는데, 나중에 온 아샤는 피아 옆에 앉았고, 아버지는 그 건너편에 앉았다.

이렇게 다시 보니 정말 신기하다.

훌륭하게 성장한 딸이 있는데도 불구하고 피아의 아버지는 아무리 봐도 20대 젊은이 같으니까.

"그래서…… 용건이 뭔데? 혹시 마을로 돌아오라고 하려고 왔어?"

미묘한 긴장감이 감도는 와중에 내 옆에 앉아 있던 피아가 다시 내 팔을 끌어안으며 아버지를 노려보았다.

"마을을 나가는 건 이제 됐다. 성수님의 사명이기도 한 모양이고, 네가 스스로 선택한 길이니까."

"그럼 뭐하러 온 건데? 내 동료들을 내쫓으려 한 주제에……."

"그렇게 화내지 말거라. 다들 불안해하니 우두머리로서 그렇게 말할 수밖에 없었던 거란다. 내가 여기에 온 건 네 애인이라는 녀석을 보기 위해서다."

"저…… 말씀이신가요?"

장래를 생각하면 장인어른이 될 분이기에 약간 정중한 말투로 대답하자 아버지가 천천히 고개를 끄덕였다.

"아샤에게 들었는데, 자네는 인간족이면서 피아를 행복하게 해주겠다고…… 말했다던데?"

"그렇습니다. 피아가 저를 선택한 걸 후회하지 않게끔 살아갈 겁니다."

나는 피아의 아버지를 똑바로 바라보며 아샤에게 했던 말을 그대로 전했다.

엘더 엘프 정도는 아니지만 피아의 아버지도 꽤 무표정한 편이었기에 감정을 읽어내기가 힘들다. 긴장된 분위기에서 모두가 침을 삼키며 지켜보고 있는데, 내 팔을 끌어안고 있던 피아가 기쁜 듯이 볼을 비벼대고 있어서 긴장이 풀릴 것 같다.

""피아. 진지하게 좀 있으렴.""

"왜 그렇게 호흡이 딱딱 맞는 거야?! 싸우던 거 아니었어?"

"딱히 싸우는 건 아니다."

"긴장감이 없어지니까 그만해. 그런데 제가 피아의 애인으로 인정받을 수 있을까요?"

"…………."

내가 묻자 피아의 아버지가 갑자기 입을 다물고 생각에 잠긴 듯이 눈을 감았다.

잠시 시간이 흘렀고, 에밀리아가 홍차를 준비해 아샤에게 건네자 그제야 피아의 아버지가 입을 열었다.

"나는…… 아무래도 인간족을 좋아할 수가 없다. 그래서 사실은 반대하고, 할 수 있다면 힘을 써서라도 말리고 싶을 정도다."

"왠지 그럴 것 같긴 했지만 그렇게까지 인간족을 싫어할 줄은 몰랐어. 어째서 그렇게 싫은 건데?"

"부인이…… 네 어머니가 외부인에게 입은 상처 때문에 죽었기 때문이다."

피아의 어버니가 관습 여행을 떠났을 때, 엘프를 잡으려고 인간족이 날린 화살이 원인인 모양이다.

어머니는 화살을 맞고도 도망치는데 성공했지만, 그때 입은 상처가 원인이 되어 병에 걸려버렸다고 한다. 몇백 년은 더 살 수 있었을 텐데, 그 병 때문에 어머니가 피아를 낳고 바로 돌아가셨다고 한다.

"하지만 그 외부인이 딸을 구해냈고, 나도 구해냈다. 그래서 어떻게 하면 좋을지…… 망설이고 있다."

"그게…… 사실이야?"

"이런 상황에서 농담을 할 것 같으냐? 그래도 너는 어머니의 원수인 인간족 남자와 맺어지고 싶다는 거야?"

"……바보 취급하지 마."

진실을 알게 된 피아는 내게서 물러난 다음 아버지 앞으로 걸어갔다.

"처음부터 알고 있었다면 나도 아버지처럼 미워했을지도 몰라. 하지만 말이지, 시리우스가 그렇게 한 게 아니야. 종족 같은 건 상관없어. 나는 한 여자로서 시리우스와 함께 있고 싶어!"

"그래도…….."

"그래도고 뭐고! 엘더님을 상대하면서도 망설이지 않고 지켜준 사람을 인정하지 못하겠다니, 이상하잖아!"

"그건 외부인이기 때문이다. 엘더님을 존경하는 우리와는 달리 사태의 중요성을 알지 못했기 때문에."

"시리우스는 말이지, 한 나라가 나를 노린다 해도 지켜주겠다고 했어. 그렇게까지 딱 잘라 말해주는 사람에게 답해주지 못하다니, 엘프는커녕 여자로서 말도 안 된다고!"

그렇게 말한 적이 있긴 하다. 만약 어떤 나라가 노리게 된다면 온 힘을 다해 도망치거나, 원인을 완전히 없애거나, 둘 중 어떤 쪽을 선택할 각오는 되어 있다.

피아가 아버지 앞으로 다가가며 그렇게 다그치자 그녀의 아버지는 항복이라는 듯이 두 손을 들었다.

"네 마음은 잘 알았으니 그렇게 바로 앞에서 소리지르지 말거라. 그래…… 정말 저 남자를 사랑하는구나."

"그러니까 온 힘을 다해 사랑한다고! ……아니, 혹시 나를 시험한 거야?"

"당연하지. 지금 나는 엘프의 우두머리가 아니라 네 아버지니까."

무표정하지만, 그가 딸을 보는 눈초리는 부드럽고 자상했다.

저게 그의 진짜 표정이구나.

"너는 본능이 가는 대로 사니까 말이지. 일시적인 상황에 휩쓸린 건 아닌지 네 입으로 진심을 듣고 싶었다."

"이해가 되긴 하지만, 실례잖아!"

역시 아버지라 그런지 딸의 성격을 잘 이해하고 있는 것 같다.

그리고 피아도 납득할 수 있는 부분이 있는지 더 이상 강한 어조로 다그칠 수가 없는 모양이었다.

"그리고 저 남자의 각오는 충분히 이해하고 있다. 엘더님과 맞설 수 있는 실력을 가지고 있으면서도 너를 속박하려 들지도 않고, 다치게 하면 진심으로 화를 내주니까. 너를 진심으로 생각해주니 그런 거겠지."

"뭐야, 시리우스를 제대로 보고 있네."

"내키지는 않지만 말이다. 그리고 너만 바라보던 아샤가 이렇게 말했다. 그가 너를 행복하게 해줄 인간족……이라고."

"……흥."

옆을 보니 아샤가 쑥스럽다는 듯이 고개를 돌리고 있었다.

그리고 급하게 홍차를 마시다 혀에 화상을 입었는지 에밀리아와 리스가 허둥대며 수건과 물을 건네주고 있었다.

"그럼 나하고 시리우스 사이를 인정해주는 거지?"

"하지만…… 역시 인간족은 마음에 들지 않는구나. 너를 두고 먼저 갈 자에게 딸을 줄 수는……."

"지금은 '네'라고 대답할 분위기잖아!"

"윽?! 하지만…… 나는…… 딸을 위해서어어어!"

피아가 아버지의 멱살을 잡고 흔들기 시작했기에 나는 그녀를 뒤에서 붙잡고 말리게 되었다.

정말…… 대체 무슨 인사하는 자리가 이래?

원래는 따님을 주십시오…… 같은 느낌으로 나와 피아의 아버지가 부딪히는 흐름이 될 텐데.

아직 나는 제대로 이야기하지도 않았는데 부녀 둘이서만 이야기를 진행하는 모습을 보고 한숨을 쉬고 있자니 그 틈을 타고 피아가 내게서 빠져나왔다.

그리고 아버지가 눈앞에 있는데도 불구하고 피아가 내게 입맞춤을 했다.

"어?!"

"아아아아아아아아아아앗~?!"

"정말, 아무리 보란 듯이라도 그건 좀 그런 것 같은데."

"피아 누나, 여전히 엉망진창이네."

"……멍."

"다음은 제 차례네요."

제자들(한 명 제외)은 질색했고, 아샤는 알아들을 수 없는 비명을 질렀고, 피아의 아버지는 깜짝 놀란 표정을 짓고 있었다.

그것을 계기로 부녀간의 싸움이 다시 벌어졌고, 우리는 완전히 구경만 하게 되어버렸다.

잠시 후, 차를 두 잔 더 마셨을 때 겨우 끝나긴 했는데…….

"허억…… 허억…… 그럼 나와 시리우스 사이를 인정해주는 거지?"

"휴우…… 휴우…… 어쩔 수 없지. 인간족 남자여, 이런 딸이지만…… 잘…… 부탁한다."

"……알겠습니다."

무표정하지만 어쩔 수 없이……, 정말 어쩔 수 없다는 듯이 나를 노려보았기에 나는 그렇게 대답할 수밖에 없었다.

"좋았어, 허락한다는 말은 들었으니까! 그래도 아버지, 그렇게 내키지 않는 듯한 태도도 지금뿐일 거야. 손주 얼굴을 보면 반대했던 게 잘못이었다는 걸 깨달을 테니까."

"손주라. 나는 잘 모르겠군."

반응이 희박한 것은 엘프에게 손주라는 개념이 익숙하지 않기 때문이다.

오랫동안 살지만, 평생 한두 번 정도밖에 아이를 낳지 않고, 아이를 낳는 것을 시스템처럼 여기고 있는 엘프가 보기에 손주란 아이의 연장선 같은 개념일 것이다.

"분명 귀여울 거야. 내가 들은 이야기로는 최강의 검사라 불리던 영감님이 손주 앞에서는 힘이 다 빠진다던데."

당연히 그 영감님은 강검이라 불리던 검사…… 라이오르일 것이다.

진짜 손주는 아니지만, 그 영감님이라면 에밀리아가 나이프로 찌른다 해도 웃으면서 용서해줄 것이다. 찔린 정도로 죽을 영감님이 아니라는 건 제쳐두고.

"언젠가 반드시 우리 아이를 보여주러 올 테니 기대해."

"홋, 기다려보도록 하마."

그렇게 이야기가 끝났는지 피아의 아버지는 우리를 한 번 둘러보고 나서 일어섰다.

"벌써 돌아가려고?"

"그래, 집을 오래 비워둘 수는 없으니까. 손이 많이 가는 딸이지만 잘 부탁하마."

우리가 고개를 끄덕인 것을 확인한 피아의 아버지는 살짝 입가에 미소를 드리운 뒤 등을 돌렸다.

"네가 마을을 나갈 때 했던 말이…… 조금 이해가 되는 것 같구나. 나도 나름대로 생각해보마."

"아버지……."

"너는 후회하지 않게끔 살도록 하거라. 그리고 무슨 일이 생기면 언제든지 돌아오도록 해. 여기는 네 고향이니까."

"고마워, 아버지. 하지만 후회 같은 건 하지 않을 테니까 안심해. 지금 나는 정말 즐겁고 행복하니까."

"그래, 나도 알겠다."

그런 다음 피아의 아버지는 돌아보지도 않고 숲으로 향했고, 우리는 그 뒷모습이 완전히 보이지 않게 될 때까지 바라보았다.

그렇게 피아의 아버지는 마을로 돌아갔지만, 아샤는 아직 남아 있었다.

그리고 화상을 입은 혀를 물로 식히고 있던 아샤를 피아가 살며시 끌어안고 머리를 쓰다듬어주고 있었다.

"후후, 아샤에게는 고맙다는 인사를 해야겠네. 아버지를 설득해주었으니까."

"저, 저는 그냥 언니를 위해서 행동한 것뿐이에요. 분하지만 엘더 엘프님까지 물리친 저 남자를 인정할 수밖에 없으니……."

"솔직하지 못하구나. 그래도 고마워."

"언니를 위해서니까요…… 크흐흐."

멋진 말을 하고 있긴 한데, 사랑하는 언니에게 안겨 있는 아샤의 표정은 여자라고 보이지 않을 정도로 엉망이었다.

지금이라면 할 수 있겠다고 생각하며 등으로 손을 뻗었을 때 피아가 물러났기에 아샤는 아쉬워하고 있었다. 그녀를 완전히 파악하고 있구나.

　"그러고 보니 아샤 씨는 왜 피아 씨를 저렇게까지 따르는 걸까."

　"피아 누나는 예쁘고 멋진 여자이긴 하지만 너무 엉망진창인 부분이 있으니까……."

　"어머, 시리우스의 제자가 할 소리는 아닌 것 같은데. 쪼잔한 말을 한 입이 이 입이야?"

　"아야야야야얏?! 미안해!"

　"언니를 바보 취급하면 용서 못 해요!"

　"끄아악?!"

　말실수를 해버린 레우스의 머리를 피아가 주먹으로 질근질근 눌러댔고, 아샤는 정강이를 걷어찼다. 두 여자 엘프 사이에 끼어 있으니 사람에 따라서는 부러운 상황일지도 모르겠다.

　"저는…… 아샤 씨의 마음이 이해가 되는 것 같아요. 피아 씨는 잘 돌봐주시는 편이고 저희에게 언니 같은 존재니까요."

　"잘 알고 계시네요! 그래요, 언니는 멋진 분이세요. 저는 언니에게 구원받았으니까요……."

　마을의 엘프들을 보고 확신했는데, 피아와 아샤는 엘프 중에서 별종이다.

　그런 탓에 미움받지는 않았지만, 마을에서 붕 뜬 존재였고, 주위 사람들과 이야기가 통하지 않아서 혼자 지내는 경우가 많았던 모양이다.

피아는 타고난 성격 탓에 전혀 신경 쓰지 않았지만, 조금 내성적이었던 아샤는 괴로웠던 모양이었다.

"그런 저를 언니가 터울 없이 대해주셨고, 고독으로부터 저를 구해주셨어요. 언니를 위해서라면 저는 불꽃 속이라도 기꺼이 뛰어들 거예요."

"그렇게까지 말하면 부담되니까 좀 자중해."

"네! 적절히 조절할게요."

"뭐지…… 나, 비슷한 사람을 아는 것 같은데."

"시리우스 님, 홍차 한 잔 더 어떠세요? 추우시면 모포를 덮으시거나, 제가 따뜻하게 해드릴 수도 있는데요. 우후후……."

나는 리스가 한 말에 맞장구를 치면서 정성껏 나를 돌봐주려하는 에밀리아의 머리를 쓰다듬었다. 아샤는 내버려 두면 여기서 자고 갈 기세였는데, 근처에 세워둔 물건을 보고 피아에게 물어보았다.

"언니. 성수님께 받은 나뭇가지 말인데요, 저거 혹시……."

"역시 눈치챘구나? 맞아, 무기가 필요할 거라고 활을 주셨어."

"역시 그랬군요. 성수님께 이렇게 신성한 활을 받다니, 언니는 나중에 전설의 엘프라 불릴 것 같아요."

"아하하, 그건 너무 나갔지. 그런데 활시위가 없어서 아직 못 쓰겠거든. 혹시 네 예비 활시위를 나누어줄 수 있을까?"

"그럼 언니, 제 활시위를 써주세요."

아샤가 등에 메고 있던 활을 들고 활시위를 빼낸 뒤 피아에게 건넸다.

엘프가 만드는 활은 매우 정교하고 활시위도 질이 좋았지만, 성수의 나뭇가지와 비교하면 좀 떨어지는 것 같기도 하다.

"제가 쓰던 거지만 지금 가지고 있는 것 중에서는 가장 좋은 활시위예요. 이걸로는 부족하겠지만, 좋은 걸 찾기 전까지 임시로나마 마음껏 써주세요."

"임시라니, 그게 무슨 소리야. 이건 네 마음이 담겨 있는 활시위니까 소중히 쓰도록 할게."

"언니…… 그 말만으로도 저는 충분해요!"

그리고 가슴으로 뛰어든 아샤를 피아가 자상하게 쓰다듬어주었다.

"시간이 좀 지나면 너도 관습 여행을 떠날 거지? 나처럼 믿을 수 있는 사람들과 만나기를 기원할게."

"언니보다 더 멋진 사람이 있을 리가 없어요! 하지만…… 그때 언니께서 하신 말씀을 가슴에 확실히 새겨둘게요."

"……고마워."

피아는 자기가 한 말이 전해지지 않았을 거라고 반쯤 포기하고 있었지만, 제대로 이해하고 있는 사람도 있었다.

별종이긴 하지만 동족을 생각하는 피아의 마음은 결코 헛되지 않았다. 그렇게 생각한 우리는 끌어안고 있는 두 사람을 보며 자연스럽게 미소를 지었다.

《에필로그》

결국…… 아샤는 우리와 함께 밤을 새웠다.

숲 바깥에서 자는 건 엘프의 규칙을 어기는 행위지만, 그녀에게는 사소한 문제인 모양이었다. 피아의 아버지에게 몰래 허가를 받은 모양이니 걱정하지 않아도 될 것 같다.

여담이지만 늦은 밤…… 여자들이 자는 텐트 안에서 아샤의 요염한 목소리가 몇 번 들렸고, 그 목소리는 살을 때리는 듯한 소리와 함께 끊어졌지만, 나는 못 들은 척하기로 했다.

그리고 아무 일도 없이 이른 아침이 되었고, 아침 훈련과 아침 식사를 마친 뒤 출발하게 되었다.

"언니, 다녀오세요!"

그 이후로 피아의 아버지는 모습을 드러내지 않았기에 배웅은 아샤 혼자 하게 되었다.

조금 쓸쓸하긴 하지만, 고향에 언제든지 돌아올 수 있게 되었으니 당당하게 여행을 떠날 수 있게 된 피아의 표정은 밝았다.

필사적으로 계속 손을 흔드는 아샤와 고향 숲이 멀어져가는 와중에 갑자기 레우스가 이해가 안 된다는 듯이 혼자서 중얼거리기 시작했다.

"저기, 화해하고 피아 누나를 인정했으니까 그 사람도 배웅하러 와도 되지 않아?"

"나도 그렇게 생각하긴 하지만, 우두머리니까 간단히 그럴 수는 없겠지."

"그럼 적어도 말이라도 전하는 게 어떨까요?"

"그래. 다녀오겠습니다 정도는……."

바람의 정령에게 부탁하려고 피아가 돌아섰을 때였다.

"정말…… 솔직하지 못하다니까."

그곳에는 멀리 고향 나무들 사이에서 조용히 피아를 지켜보는 아버지가 있었다.

"다녀올게, 아버지."

며칠 뒤…… 겨우 마차가 있는 곳으로 돌아온 우리는 숨겨두었던 마차를 점검한 뒤 다시 여행을 떠났다.

다음 목적지는 아직 정하지 않았지만, 견문을 넓히기 위해서, 그리고 어디에 있는지 알 수 없는 스승님의 궤적을 적당히 찾기 위한 여행이기 때문에 이대로 딱히 정하지 않고 계속 여행을 떠나는 것도 괜찮을 것 같다.

가보지 않은 곳을 향해 길을 따라 나아가다 보니 선선한 바람이 부는 언덕이 보였기에 그곳에 마차를 세우고 쉬기로 했다.

"후우…… 후우…… 다음에는 반드시 스승님에게 일격을…… 맞춰주겠어!"

"이래선 화력이 부족한데요. 시리우스 님께 헌상할 궁극의 홍차로 이어지는 길은 험한 것 같아요."

"전생에는 말이 없어도 달릴 수 있는 마차가 있다는데, 그게 호쿠토보다 빨라?"

"멍?!"

스승님과의 만남을 통해 제자들에게 여러 가지 영향이 생겼지만 나쁜 방향으로 빠지지 않아서 다행이라 생각한다.

그리고 가장 큰 영향을 받은 것 같은 피아는 조금 떨어져 있는 작달막한 언덕 위에서 혼자 서 있었다.

딱히 쓸쓸해 보이지는 않았지만, 나는 피아가 신경 쓰여서 그녀에게 다가갔다.

"피아는 뭐해?"

"응? 바람을 느끼고 있어. 숲에 있는 것도 기분이 좋지만, 바람은 이렇게 높은 곳에서 느끼는 게 제일이니까."

눈을 감은 채 두 팔을 벌리고 기분 좋게 바람을 쐬고 있던 피아는 마치 바람의 정령이라고 착각할 정도로 환상적이고 아름다웠다.

나도 모르게 바라보고 있자니 피아가 앞을 바라보며 내게 말을 걸었다.

"역시…… 여행은 좋구나. 숲에서는 보지 못하는 것이 잔뜩 있어서 정말 즐거워."

"세계는 넓으니까. 아직 우리가 모르는 것도 많이 있겠지."

"그래. 성수님의 사명도 있으니까 많은 것들을 보고 알아가야 해."

"그런데…… 피아는 정말 성수를 이어받을 생각이야? 딱히 말리려 하거나 싫은 건 아닌데, 스승님의 후계자라 생각하니 복잡하네.”

"글쎄? 아직 시간이 있으니 이제부터 느긋하게 생각할 거야. 이번에는 성수님께서 공인해주신 여행이니까 우리는 마음껏 즐기자!”

"그 성격을 보니 스승님의 뒤를 이을 소질은 충분할지도 모르겠네.”

"어머, 칭찬으로 받아들이도록 할게.”

그렇게 피아가 지은 미소는 스승님 못지않게 자유가 느껴지는 시원스러운 미소였다.

── 베이올프 ──

검성.

그 유명한 강검 라이오르에 버금갈 정도로 유명한 검사 중한 명.

그리고 내가 그 누구보다 존경하는 사람이자…… 아버지.

하지만 그런 아버지는 나와 병약했던 어머니를 두고 먼저 죽어버렸기에 존경하면서도 미워하기도 했습니다.

불과 얼마 전까지는…….

그날…… 많은 강자가 모이는 축제인 투무제에서 나는 시리우스 씨에게 졌다.

그야말로 완전히…… 압도적인 실력 차이로 인한 패배였다.

졌다는 게 분하긴 했지만, 그 덕분에 나는 시리우스 씨에게 아버지 이야기를 들을 수 있었다.

내가 강해지고 싶었던 이유는 아버지처럼 강해지면 나와 어머니를 두고 간 이유를 알 수 있을지 모르겠다고 생각했기 때문이다.

그래서 그저 강해지는 것만을 생각하고 있었지만, 그날 이후로 내 마음속에서 무언가가 변했다.

내가 아버지를 너무 모르고 있었다는 사실을 깨달은 것이다.

그래서 더 잘 알아야겠다고 생각한 나는 다시 여행을 떠났다.

강검 라이오르…… 아버지의 최후를 지켜보았다는 남자를 찾기 위한 여행을.

※　※　※　※　※

"미안하지만, 모르겠는데."

"강검을 동경하면서 커다란 검을 들고 다니는 녀석들이 많으니까. 진짜는 대체 어디에 있는지."

"이봐, 이봐, 강검은 이미 죽었다던데? 찾아봤자 소용없을 거야."

하지만 찾으려 해도 강검 라이오르는 수십 년 전에 갑자기 자취를 감추었고, 세상 사람들은 죽었다고 생각했기에 유력한 정보가 전혀 없었다.

여러 마을을 돌아다니면서 지나가던 사람들이나 술집에서 정보를 모아봐도 강검에 대해서는 아무도 모른다는 대답뿐이었다.

"하지만 틀림없이 살아 있을 겁니다."

그렇게 강한 힘을 지닌 시리우스 씨와 레우스 군이 거짓말을 할 것 같지는 않아요.

무엇보다 강검 본인을 알고 있는 지킬 씨가 레우스 군의 검은 가짜에게 배운 것이 아니라 진짜 강파일도류라고 했습니다.

지금은 나이가 꽤 많이 들었다고 하지만, 강검이 살아 있다는 건 분명하겠죠.

"그만큼 강한 힘을 지니고 있는 사람이 눈에 띄지 않을 리가 없어요. 그렇다면…… 변장했거나 이름을 바꿨을지도 모르겠네요."

그래서 방향성을 조금 바꾼 나는 나이가 많이 들었고 커다란 검을 지니고 있는 남자…… 이런 사람을 찾기로 했습니다.

그밖에도 헤어질 때 시리우스 씨가 가르쳐준 게 있습니다.

『나하고 합류하고 싶다고 생각할지도 모르니까 우리가 지나온 길을 돌아가 보면 만날 수 있을지도 몰라.』

시리우스 씨가 가르쳐준 마을을 돌아보면서 정보를 모으던 와중에 저는 아드로드 대륙에서 메리페스트 대륙으로 왔습니다.

메리페스트 대륙…… 저는 처음 와본 대륙입니다.

이 대륙에서 강검을 찾을 수 있다면 좋겠는데…….

"커다란 검을 든 영감님? 그러고 보니 얼마 전에 그런 이야기를 들은 것 같은데."

메리페스트 대륙으로 온 뒤로 며칠이 지나서…… 항구 마을에서 조금 떨어진 마을 술집에서 드디어 그럴싸한 정보를 얻을 수 있었습니다.

"정말인가요?! 그 사람은 어디 있죠?"

"아니, 어디로 갔는지까지는 몰라. 이 근처에 자리잡고 있던 도적들을 전부 없애고 돈을 번 영감님이 있다고 들었는데, 거대한 검을 들고 있었다던가……."

"감사합니다. 바로 길드에 가보겠습니다!"

겨우 얻은 단서를 통해 같은 마을에 있는 모험자 길드로 가게 되었습니다.

모험자 길드는 도적을 퇴치하고 보수를 받는 곳이기도 하니 더 자세한 정보를 얻을 수 있을 겁니다.

바로 접수처에 물어보았는데요…….

"그런 사람이 며칠 전에 오긴 했지. 정말 대단해서 확실하게 기억하고 있어."

"맞아, 맞아. 도적단을 열 개 정도 괴멸시키고, 도적단 리더들을 한꺼번에 데리고 왔는데, 그중 절반이 묶여 있지도 않았다는 게 대단하지. 영감님이 무서워서 도망칠 수가 없었던 모양이야."

겨우 얻은 정보에 기뻐한 것도 잠시, 그 영감님을 찾고 있다는 말을 들은 접수처 분이 안타깝다는 표정을 짓고 있었습니다.

"그 영감님이라면 아드로드 대륙으로 간다고 했어. 서둘러 쫓아가면 만날 수 있지 않을까?"

아무래도 엇갈린 모양이네요.

곧바로 다시 출발한 저는 이곳으로 왔을 때와 마찬가지로 아드로드 대륙으로 가는 정기편이 있는 항구 마을로 돌아왔습니다.

저를 태우고 있는 대형 범선이 항구 마을을 출발하여 아드로드 대륙으로 향하는 도중에 배의 난간에 앉아 있던 저는 멍하게 경치를 바라보고 있었습니다.

만약 강검을 만나면 뭐부터 물어보지?

역시 아버지의 최후?

힘의 비결?

아뇨⋯⋯ 애초에 저와 이야기를 해줄지 어떨지조차 모르는데요.

만나보지 않으면 알 수가 없는 것밖에 없고, 레우스 군의 이야기에 따르면 터무니없는 사람인 것 같으니 불안해지기만 합니다.

갑자기 덤벼들면 기뻐하다니⋯⋯ 대체 어떤 사람인 걸까요?

불안한 마음을 떨쳐내기 위해 검이라도 손질할까 생각하고 있자니 갑자기 배에 설치되어 있던 경종이 거세게 울리는 소리가 들렸습니다.

"적이 습격했다! 적이 습격했다! 해적이다아아──!"

그 목소리를 듣고 배 뒤쪽을 돌아보니 저희가 타고 있는 배보다 커다란 배가 다가오고 있는 것이 보였습니다.

육지에서 멀어진 뒤에 공격하는 걸 보니 보통 솜씨가 아닌 것 같습니다.

그리고 배의 속도는 상대 쪽 배가 더 빨라서 도망치기도 힘들테니 전투를 피할 수는 없을 것 같습니다.

무기는 항상 가지고 다니고 있기 때문에 가까운 곳에서 요격할 준비를 하고 있던 선원에게 말을 걸었습니다.

"저는 모험자입니다. 싸우신다면 힘을 빌려드리겠습니다."

"오오! 그거 고마운데! 형씨는 이 배로 넘어오는 해적들을 부탁해."

"저게 유명한 해적인가요?"

"요즘에 이 근처에서 날뛰고 있는 해적단이야. 만에 하나를 대비해서 호위를 고용하긴 했지만, 생각보다 규모가 더 큰데."

배에 타고 있던 호위들, 그리고 저와 마찬가지로 싸우려 하는 모험자도 있긴 했지만, 선원이 한 말대로 숫자는 상대방이 더 많은 것 같습니다.

전력 차이가 꽤 많이 나긴 하겠지만, 질 수는 없습니다.

그리고 싸우지 못하는 사람들이 선실에 틀어박힌 뒤, 양쪽 배에서 마법을 날리며 전투가 시작되었습니다.

모험자 몇 명이 날린 마법이 제대로 맞았다면 가라앉히지는 못하더라도 속도를 늦출 수는 있었겠지만, 해적선에서도 마법을 날려서 요격했습니다.

척 보기에도 상대방 쪽 마법이 더 많았는데 이쪽에 피해가 별로 없었던 걸 보니 먹잇감인 배를 가라앉히는 것을 피하려고 힘을 조절한 모양입니다.

역시 전투는 주로 백병전으로 하게 될 것 같네요.

"하지만 바라던 바입니다."

그리고 해적선이 옆에 나란히 선 것과 동시에 밧줄이 잔뜩 날아와 양쪽 배가 묶이자 머리에 표식 같은 까만 천을 두른 해적들이 일제히 공격하기 시작했습니다.

적게 잡아도 전력이 저희보다 두 배는 되어 보였지만, 움직임을 보니 그렇게까지 강한 상대는 아닌 것 같네요.

저는 우선 숫자를 줄이기 위해 다가오는 상대뿐만이 아니라 적극적으로 앞으로 나서서 닥치는 대로 베어나갔습니다.

"뭐야?! 이 녀석의 움직임…… 끄아악?!"

"젠장! 빈틈이 안 보…… 크헉?!"

"강한 놈이 한 명 있다! 대장을 불러!"

어느 정도 정리하고 나니 원군이 나타났는데, 척 보기에도 실력이 달라 보이는 남자가 한 명 섞여 있네요.

어떤 모험자가 그 남자에게 덤볐지만, 그 남자는 모험자의 검을 쉽사리 받아낸 것뿐만이 아니라 오히려 들고 있던 검으로 모험자를 해치워버렸습니다.

저 실력…… 해적의 대장일까요?

아무튼 이쪽 전력을 더 이상 줄이게 할 수는 없으니 저는 그 남자를 먼저 해치우려고 뛰어가기 시작했습니다.

"더 이상 당하진 않을 겁니다!"

"으엇?! 꽤, 꽤 하잖아!"

"그쪽이야말로 꽤 하시네요. 하지만……."

시리우스 씨나 레우스 군과 비교하면 모든 면에서 뒤처지네요.

남자는 제 검을 받아냈지만, 서서히 빨라지는 속도에 대처하지 못하게 되었고, 열 번이 넘었을 때 드디어 제 검이 남자의 몸을 갈랐습니다.

"말도 안…… 돼. 나는…… 사천왕 중 한 명……."

"잘 모르겠지만 이름을 말할 거면 처음에 말했어야죠. 다음은……."

"좋았어, 어서 부숴! 여자와 돈만 챙기면 된다고!"

"느긋하게 서 있을 여유는 없는 것 같네요!"

조금 애를 먹고 있던 동안 해적 몇 명이 선실로 이어지는 문을 부수려 하고 있었습니다.

아마 싸우지 못하는 사람을 인질로 잡고 우리의 움직임을 둔하게 만들 생각이겠지만, 그렇게 내버려둘 수는 없습니다.

곧바로 뛰어갔지만, 그보다 먼저 선실로 이어지는 문 쪽으로 도끼가 날아들어 버렸습니다.

그리고 해적이 휘두른 도끼가 선실로 이어지는 문을 파괴하려던 순간…….

"시끄럽다!"

갑자기 배 전체를 뒤흔들 정도로 큰 목소리가 울려 퍼졌다 싶더니 선실로 이어지는 문이 충격파로 인해 날아갔…… 아니, 산산조각이 났습니다.

문 안쪽에서 날아온 것 같은 그 충격파는 도끼를 내리치려 하던 해적까지 휩쓸었고, 그 해적은 하늘 저 멀리 날아가 바다에 빠져버렸습니다.

그 광경을 보고 적과 아군 모두가 멍해진 와중에 선실에서 제가 올려다봐야 할 정도로 덩치가 큰 영감님이 나타났습니다. 그렇게 커다란 몸집만큼이나 큰 대검을 들고.

"네, 네놈이 더 시끄럽다고! 이 영감이!"

"그러니까, 시끄럽다고 하지 않았느냐!"

근처에 있던 해적이 영감님에게 검을 휘둘렀지만, 영감님의 손목이 흔들렸다 싶더니 해적이 내려친 검과 함께 두 동강 나버렸습니다.

그 어마어마한 검 때문에 배에도 커다란 단면이 선명하게 새겨졌습니다.

저렇게 커다란 검을 가볍게…… 설마 저 영감님이?

"음…… 사람이 모처럼 기분 좋게 자고 있었는데, 대체 무슨 일이냐!"

아뇨, 누군지는 일단 제쳐두기로 하죠.

왜냐하면…… 저 영감님은 매우 기분이 나쁜 것 같았기 때문입니다.

아무리 봐도 강제로 기상하게 되어 짜증이 난 모양이라서, 위압감과 살기 때문에 신의 분노를 산 거 같아 무시무시한 느낌이 듭니다. 함부로 말을 꺼냈다간 바로 두 동강 날 것 같습니다.

지금까지 느껴본 적이 없는 박력에 저도 모르게 침을 삼키고 있자니 영감님이 저를 바라보았습니다.

"거기 있는 애송이! 어떻게 된 건지 설명하거라!"

"어떻게 된 거……라뇨?"

"이 소란스러운 상황은 대체 뭐냐? 시끄러워서 잠을 잘 수가 없는데."

주변 상황을 보고 이해하지 못한 걸까요?

아니…… 이상한 생각은 제쳐두고 지금은 빨리 대답하는 게 좋을 것 같네요.

"저기, 지금 이 배는 해적에게 습격당했습니다."

"흐음…… 해적이라. 저렇게 머리에 천을 두르고 있는 녀석들이 해적인 게지?"

"그런 것 같습니다만……."

왜냐하면 저 영감님에게 거역하면 안 된다는 것을 본능적으로 깨달았기 때문입니다.

지금 제가 아무리 발버둥치더라도, 제가 여러 명 있다 해도 절대로 이길 수 없는 상대라는 것도.

"흐암…… 귀찮군. 이봐, 거기 있는 애송이. 실력에 자신이 있는 것 같으니 여기를 지키고 있거라. 특히 내 침대가 부서지지 않게끔."

"네……, 네에……."

영감님은 제 대답도 듣지 않고 하품을 하며 걸어가기 시작했습니다.

당연히 그렇게 당당하게 걸어오는 영감님을 해적들이 가만히 보고 있을 리가 없습니다.

살기와 위압감 때문에 깜짝 놀라던 해적들이 차례차례 정신을 차리고 영감님에게 덤벼들었지만…….

"걸리적거린다!"

해적들은 여섯 명이 동시에 덤벼들었지만, 영감님이 팔을 '휘두른 것'만으로도 모두가 두 동강 나서 바다에 떨어졌습니다.

겨우 알아보았는데, 그 한순간에 검을 휘두른 횟수는…… 세 번이네요.

우선 가로로 후려치며 달려드는 세 명을 베었고, 반대쪽으로 휘둘러서 나머지를 베었고, 마지막으로 크게 휘둘러서 풍압을 발생시켜 날려 보냈던 것 같습니다.

엉망진창이라는 생각만 드는 실력 차이네요.

깜짝 놀라면서도 다가오는 해적들을 베고 있자니 영감님이 해적선으로 혼자 뛰어들어버렸습니다.

"이, 이봐, 이봐?! 저 영감님이 지금 뭐하는 거야?"

"내버려 둬! 영감님을 걱정하고 있을 때냐!"

그 행동을 보고 주변에서 싸우고 있던 모험자들이 깜짝 놀랐습니다.

무슨 심정인지 이해는 되지만, 저 영감님은…… 오히려 이쪽 배에 있는 게 더 위험할 것 같습니다.

힘과 검의 기세가 너무나도 강해서 상대방을 벨 때마다 이쪽 배에 부서진 곳이 생기기 때문입니다. 이대로 가다간 해적들이 전멸하기 전에 이쪽 배가 가라앉을 겁니다.

영감님이 해적선에 뛰어든 것과 동시에 적의 원군이 오지 않게 되었기에 상황이 완전히 저희 쪽으로 기울었습니다.

하지만 해적선에는 아직 해적들이 남아있을 겁니다.

다른 모험자들에게 수비를 맡기고 저 혼자 영감님을 따라 해적선으로 뛰어들었는데, 그곳에 펼쳐져 있던 광경은………… 거의 재해에 가까웠습니다.

"우오오오오오오옷──!"

"""끄아아아아아아악──?!"""

해적들에게 둘러싸여 있던 영감님이 검을 휘두를 때마다 해적들이 차례차례 베여서 날아갔고, 공중에 떠올랐고, 날아간 뒤 바다에 빠지곤 했습니다.

　"모처럼 기분 좋게 자고 있었는데, 네놈들 때문에 깨버렸잖아아아아아아아——!"

　"모, 모르는 일이야…… 끄아아아아아악?!"

　"살려…… 크허억?!"

　"내게 베이고 물고기밥이 되든지, 스스로 바다에 뛰어들어서 물고기밥이 되든지, 하나만 골라라!"

　"어느 쪽을 골라도 죽잖아?!"

　여전히 영감님이 검을 휘두를 때마다 배도 함께 부서지고 있네요.

　소리치고 있는 내용도 거의 화풀이인 것 같으니 이제 어느 쪽이 악당인지 모르겠습니다.

　"마법 부대! 배가 부서지기 전에 해치워라! 일제히 날려!"

　"미지근하구나!"

　"뭐?! 어떻게 된 거지?!"

　"한 번 더…… 크윽?!"

　다시 날아든 수많은 마법을 전부 베어낸 것뿐만이 아니라 깜짝 놀라고 있는 동안 파고들어 마법을 날린 해적들을 휩쓸어버렸습니다.

　일방적으로 유린당하게 되자 해적들도 온 힘을 다하려는 생각이 들었는지 선실에서 제가 방금 싸웠던 사람보다 강해 보이는 남자들이 나타났습니다.

전부 합쳐서 네 명.

그중에는 영감님보다 덩치가 큰 남자도 있었는데, 그 커다란 남자는 척 보기에도 다른 사람들과 실력이 남다른 것 같았습니다.

멀리에서도 느껴지는 위압감과 살기를 보니 저 커다란 남자가 적의 대장인 것 같네요.

"그, 그렉 선장님! 살려…… 아아아악?!"

"쳇…… 꽤 애를 먹고 있나 싶더니 이 꼴이냐. 이봐! 거기 영감!"

"우오오오오오오오──!"

"이봐! 영감! 안 들려?"

"으랴아아아아아아아──!"

"무시하지 말라고! 에잇, 말을 안 듣는다면 상관없지. 모두 함께 해치워버리자!"

상대방이 부르고 있는데도 불구하고 영감님은 완전히 무시하고 해적들을 계속 베고 있었습니다.

그 모습을 보고 참지 못한 대장이 지시를 내리자 주위에서 대기하고 있던 대장급 세 명이 날뛰고 있던 영감님에게 다가갔습니다.

대장 정도는 아니겠지만, 저 세 사람도 상당한 실력을 지니고 있는 것 같습니다.

하지만…….

"우리는 해적 그렉의 사천왕, 창의 지오……."

"그래서 어쨌다는 게냐!"

창을 겨누고 있던 남자는 창까지 통째로 두 동강 났고…….

"뭐?! 이놈, 이렇게 된 이상 내 도끼로……."

"떠들 시간이 있으면 덤비기나 하거라!"

두 손으로 들고 있던 도끼를 들어 올리던 남자는 무기를 내리치기도 전에 베였고…….

"등이 텅 비었……."

"느리구나!"

뒤로 파고들었던 남자는 그보다 더 빠르게 휘두른 영감님의 검에 베였습니다.

사천왕이라고 나섰던 녀석들은 제대로 자기소개조차 못 해보고 정리되었습니다.

그 압도적인 힘에 해적들이 겁을 먹기 시작하는 와중에 대장인 그렉만은 씨익 웃고 있었습니다.

"호오…… 꽤 하는데. 영감님. 혼자서 뛰어들 만도 하겠어."

"흐음…… 너는 다른 모양이로군."

"당연하지. 내 이름은 그렉. 항간에서는 강완의 그렉이라 불리는데…… 모르나?"

"모른다."

영감님은 아무래도 상관없다는 듯이 대답하고 있지만, 저는 강완의 그렉을 알고 있습니다.

길드에서도 유명한 상급 모험자였는데 어느 시기를 기점으로 자취를 감추었다고 합니다. 설마 이런 곳에서 해적을 하고 있을 줄은 몰랐네요.

그리고 그렉이 가지고 있는 거대한 도끼는 가장 무겁고 단단하다는 광석…… 그라비라이트로 만들었다고 하니 크기를 생각하면 영감님이 들고 있는 검보다 무거울 겁니다.

사람이 다루기에는 적합하지 않을 정도로 무거운 도끼를 가볍게 휘두르는 것에서 강완이라는 별명이 붙었다던데요.

"모른다면 상관없지. 그런 당신은 혹시 강검의……."

"내 이름은 일기당천이다!"

"호오, 이름 같은 건 상관없지만. 나는 힘이라면 누구에게도 지지 않을 자신이 있는데. 힘겨루기를 해보는 건 어때?"

"호오…… 당당하게 나오는군. 좋다, 받아들이도록 하지."

그리고 두 사람은 동시에 자세를 취한 뒤, 온 힘을 다해 무기를 휘둘렀습니다.

소문에 따르면 그렉은 강검보다 훨씬 강한 힘을 지니고 있다고 합니다.

그 소문대로 그렉의 도끼는 영감님 못지않은 속도로 휘둘러서 풍압까지 생겨날 정도였습니다.

저라면 망설이지 않고 피하는 걸 선택할 만한 일격이었지만, 영감님이 약간 늦게 검을 휘두르니…….

"……어?"

세계 최고의 경도를 자랑하는 그라비라이트제 도끼가 두 동강 난 것입니다.

"힘은 그럭저럭 강할지도 모르겠지만……."

저 두 사람의 힘으로 무기가 맞부딪히면 거센 충격과 굉음이 발생할 거라 생각했는데, 제 귀에 들린 것은 바람을 가르는 듯한 소리와 바다에 무언가가 떨어지는 소리뿐이었습니다.

마지막으로 단단한 칼날 부분이 두 동강 난 도끼를 멍하게 바라보는 그렉에게 영감님이 말했습니다.

"허나…… 무기에 너무 의존하는 움직임이로군. 강파일도류란 힘뿐만이 아니라 자신의 기합과 의지로 휘두르는 것이니까."

"자, 잠깐?! 승부는 내가 졌……."

"목숨을 구걸하다니, 그게 무슨 짓이냐! 우오오오오오오오——!"

영감님은 한 치의 망설임 없이 검을 내리쳐서 그렉을 두 동강 냈습니다.

자비심이 없다고도 할 수 있겠지만, 제가 생각해도 그건 아닌 것 같습니다. 먼저 승부하자 해놓고 지니까 갑자기 목숨을 구걸하다니.

실력은 물론, 싸움에 대한 각오도 압도적으로 부족했던 것 같습니다.

이렇게 해적의 두목인 그렉이 쓰러졌는데…… 다른 문제가 생겨버렸습니다.

"도, 도망쳐!"

"대피! 쓰러진다아!"

"흐음…… 너무 심했군."

"냉정하게 말씀하실 상황인가요?!"

그렉을 벤 여파로 인해 범선의 중심이기도 한 돛대까지 베어 버렸기 때문입니다.

해적선의 돛대이니 베는 건 딱히 상관없지만, 돛대가 쓰러지는 방향이 안 좋아서 우리가 타고 있던 배 쪽으로 쓰러질 것 같았습니다.

근처에 육지도 보이지 않으니 여기서 우리 배를 잃을 수는 없습니다.

"적어도 방향을 틀 수만 있다면⋯⋯."

시리우스 씨에게 진 이후로 저는 예전보다 더 열심히 단련했습니다.

그 싸움에서 단련한 대처능력으로 돛대를 어떻게 해야 할지 빠르게 판단한 저는 검에 마력을 담아 돛대를 향해 휘둘렀습니다.

베는 것이 아니라 닿기 직전에 마력을 폭발시켜서 충격을 한 점에 때려 넣음으로써 돛대가 쓰러지는 방향을 틀어 우리 배에 맞지 않게끔 할 수 있었습니다.

"휴우⋯⋯ 위험했네."

"호오? 재미있는 기술을 쓰는구나⋯⋯."

먹잇감을 노리는 맹수 같은 시선 때문에 소름이 돋았지만, 이제 승부가 난 것 같습니다.

적의 대장을 쓰러뜨리자 나머지 해적들이 완전히 전의를 상실했으니까요. 영감님의 압도적인 실력에 겁을 먹었다고도 할 수 있겠지만, 아무튼 우리의 승리네요.

이제 유령선이라도 해도 될 것 같은 해적선을 떠나 우리 배로 돌아오니 선원들과 모험자들이 승리의 함성을 지르고 있었습니다.

우리를 칭찬하려는 사람들도 있었지만, 영감님은 적당히 손을 저으며 선실로 돌아가려 했기에 저는 급하게 쫓아갔습니다.

"저, 저기! 영감님께서는…….'

"음? 이야기라면 나중에 하거라. 나는 바쁘니까."

"그, 그러시군요. 그럼 나중에 시간을 내주실 수 있을까요?"

"그럼 배가 마을에 도착하면 깨우러 오거라. 나는 졸리니까!"

바, 바쁘다더니…… 이유가 그건가요.

그래도 깨우러 오라고 했으니 이야기를 들어줄 것 같네요. 배 위에서라면 사라지지도 못할 테고요.

그리고 선실로 사라지는 영감님을 바라본 다음 제가 선원들에게 자세한 상황을 설명하려 하자 갑자기 배가 크게 흔들렸습니다.

"이, 이번에는 뭐야?!"

"봐! 저 녀석들의 배가!"

"무언가가 나온다!"

해적선 주위에서 물기둥이 거세게 솟구치나 싶더니 무언가가 수없이 튀어나와 배를 습격했습니다.

그것은 이쪽 배까지 뻗어와 근처에 있던 선원들을 휘감고 바다로 끌어들이려 했습니다.

"이게 어떻게 된 거야?!"

"사, 살려줘!"

"그렇게 두진 않을 겁니다! 환섬!"

검술…… 환류검의 기초. 검이 여러 개로 보일 정도로 빠르게 휘두르는 기술로 저는 수없이 뻗어온 그것들을 단숨에 절단했습니다.

그러자 휘감으려 했던 것들이 마물의 촉수라는 것을 알아냈을 때, 좀 전보다 커다란 물기둥이 솟구치며 그것이 나타났습니다.

"크다…… 저 괴물은 뭐야?"

"게, 겔스큐라?!"

"그게 뭐죠?"

"지금까지 많은 배를 가라앉혀서 우리 같은 뱃사람에게는 악마 같은 마물이야. 그런데 대륙에서 더 떨어진 바다에만 나타날 텐데…… 어째서 이런 곳에 있는 거지?"

"아마…… 피 때문일 거야. 바다에 가라앉은 해적들의 피가 불러들인 건지도 모르지."

수많은 촉수를 뻗어 해적선에 달라붙은 거대한 연체생물이 그 거대한 몸집을 해적선 갑판 위에 드러내고 있었습니다.

정말 크네요…… 거의 배와 비슷한 크기인데요.

저렇게 큰 괴물은 저희가 상대할 수 없겠죠.

선원들도 그 사실을 이해하고 있는지 무기를 집어넣고 해적선이 있는 곳에서 멀어지기 위해 키와 돛대를 움직이고 있었습니다.

저 마물은 해적선에 남아 있는 시체 때문에 정신이 없으니 함부로 자극하지만 않으면…….

"괴물 같은 놈!"

"내 마법으로 태워주마!"

하지만 마물의 거대한 몸집을 보고 냉정함을 잃은 모험자들이 하필이면 불꽃 마법을 날렸습니다.

중급 마법인 '플레임 랜스' 같은데, 그런 마법이 통할 리도 없고, 오히려 관심을 끌어버려서 다시 촉수가 우리 배를 덮쳐왔습니다.

"멍청한 자식! 무슨 짓을 하는 거야!"

"그, 그래도……."

"이야기는 나중에 하시죠! 촉수를 베면서 시간을 벌어주세요!"

아무튼 지금은 도망쳐야 합니다.

저희는 배가 통째로 끌려가지 않게끔 뻗어오는 촉수를 계속 잘라내고 있었습니다.

하지만 아무리 잘라도 촉수가 계속 뻗어와서 수적 열세로 인해 밀릴 뻔했을 때…… 뒤에서 거친 발소리가 들렸습니다.

"그러니까…… 시끄럽다고 했잖느냐!"

이제 돌아볼 필요도 없습니다.

배 안에서 달려온 영감님은 우리 머리 위를 뛰어넘어 해적선 갑판에 자리 잡고 있던 마물 쪽으로 뛰어갔으니까요.

무모하다고 소리 지르는 선원, 그리고 일부 모험자들이 기대하는 목소리를 내는 와중에 영감님이 검을 들어 올렸고…….

"강파…… 일도다아아아아아!"

포효하며 검을 내리치자 마물이…… 배가…… 그리고 바다까지 두 동강 나버렸습니다.

 그리고 두 쪽으로 쪼개진 마물과 배는 잘린 뒤 두 동강 났던 바다로 가라앉았고, 그 뒤에 남은 것은 배의 잔해와 절단된 촉수뿐이었습니다.

 저를 포함해 그 광경을 바라보고 있던 모든 사람들이 멍해진 와중에 잔해를 발판 삼아 배로 돌아온 영감님은 이렇게 중얼거렸습니다.

 "이런…… 완전히 잠이 깨버렸군."

 그 이후로 배가 순조롭게 나아가 겨우 목적지인 아드로드 대륙의 항구가 보이기 시작했습니다.

 사람이나 배가 무사하다고 할 수는 없지만, 항구가 보이자 배에 타고 있던 모두가 기뻐하며 소리 질렀습니다.

 하지만 누가 보더라도 영웅인 영감님은 너무 강한 모습 때문에 두려움을 사서 일부를 제외하면 다가가는 사람이 없었습니다. 이 배에는 검사가 별로 없었던 것 같습니다.

 그런 영감님이 혼자 쓸쓸하게 갑판에 서 있었기에 제가 다가가서 말을 걸었습니다.

 "저기……다들 겁을 먹었을 뿐이고, 영감님을 싫어하는 건 아니에요. 그러니 너무 신경 쓰지 마세요."

 "무슨 소릴 하는 게냐? 나는 그 마물이 맛있지 않을까, 그렇게 생각하고 있었을 뿐이다만. 신기한 마물이었으니 촉수 정도는 주워둘 걸 그랬지. 아깝단 말이야."

"…………"

응.

이 영감님은 이런 사람이라고 생각하면서 신경 쓰지 않는 게 좋을 것 같네요.

아무튼 마음을 다잡고 원래 목적으로 넘어가도록 하죠.

이제 졸리다고 하지도 않으니까 이번에야말로 이야기를 나눌 수 있겠는데요.

우선 영감님의 제자인 것 같은 레우스 군 이야기부터 시작해서 말을 꺼낼 계기를 만들자고 생각하고 있자니 저보다 먼저 영감님이 말을 걸었습니다.

"애송이. 네 검 말이다만, 그게 환류검이냐?"

"아…… 그렇습니다. 제 아버지는…… 검성이라 불리던 사람입니다."

"그렇군…… 역시나."

"그런 당신은 강검 라이오르 님이시죠?"

"……나는 이제 강검 라이오르가 아니다. 일기당천, 그저 힘만을 추구하는 늙은이야."

라이오르 씨는 어떤 남자에게 지고 나서 이름을 바꾸었다며 왠지 자랑하는 듯이 웃으면서 말해주었습니다.

이런 영감님이 지다니, 농담 아니냐고 묻고 싶지만…… 왠지 납득이 되기도 합니다.

싸워보았으니까 알 수 있습니다. 분명 라이오르 씨는 시리우스 씨에게…………, 제가 이길 수 없는 것도 당연하겠네요.

그래서 시리우스 씨의 이름을 말하자 영감님이 흥미를 보였기에 제가 투무제 때 있었던 일들을 이야기했습니다.

"그 녀석, 멋대로 떠들어대기는……."

"아뇨, 제가 가르쳐달라고 부탁했습니다. 그러니 제게도 아버지의 최후를 가르쳐주……."

"잠깐만 기다리거라. 그 전에 물어볼 게 있다."

"뭐, 뭔가요?"

제 질문을 가로막으면서까지 물어보는 걸 보니 매우 중요한 용건인 것 같습니다.

기분이 상하지 않게끔 조용히 말하기를 기다리고 있자니 왠지 모르겠지만 라이오르 씨가 안절부절못하면서 헛기침을 했습니다.

"저기…… 말이다. 그 녀석 근처에 있던 은랑족 여자애는 잘 지내던가?"

"여자애? 남자 레우스 군 말고요?"

"애송이는 어찌 되든 상관없다. 에밀리아라는 귀여운 은랑족 여자애는 어땠는지 묻는 거다."

"……음, 잘 지내는 것…… 같았습니다. 시리우스 씨의 애인이라 항상 달라붙어 있긴 했지만요."

"그래, 잘 지낸다면 됐다. 그런데…… 그 녀석의 애인이란 말이지. 그 녀석이라면 문제는 없겠지만…… 에밀리아와 함께 다닌다니 부럽군그래!"

왜 그렇게 에밀리아 양을 신경 쓰는 걸까요?

제자라 하기엔 에밀리아 양이 검을 쓰는 것 같지는 않았는데, 라이오르 씨와의 관계가 잘…… 설마?!

"저기, 아무리 그래도 당신 나이에 에밀리아 양은…….."

"애송이. 설마 내가 에밀리아에게 손을 대려 한다고 생각하는 건 아니겠지?"

"아뇨, 아뇨?! 그런 생각은 하지도 않았습니다!"

풍압이 생겨날 것 같은 살기 때문에 머릿속에 떠오른 의문이 순식간에 날아가 버렸습니다.

주위에 있던 선원들은 소리를 지르며 도망치기 시작했고, 갈매기들도 매우 급하게 날아올랐고, 물고기가 일제히 수면을 박차며 배 근처에서 멀어지기 시작했습니다.

저는 필사적으로 변명했지만, 라이오르 씨는 계속 캐물었습니다.

"정말이냐? 요만큼도 그렇게 생각하지 않는다는 게지? 솔직하게 말하지 않으면…… 벤다?"

"…………조금 그렇게 생각했습니다."

"좋다. 애송이, 네 실력을 보여다오. 어느 한쪽이 죽을 때까지 끝나지 않을 게다."

"여기서 모의전을 벌이시려는 건가요?"

"죽을 때까지 끝나지 않을 거라고 했을 텐데. 모의전일 리가 없지!"

겨우 강검 라이오르 씨를 만났는데 갑자기 살해당하게 될 위기에 처한 이유가 뭘까요?

"애초에 전장에서는 이유 같은 건 상관없다. 자, 검을 겨누도록 하거라."

"아……, 으……."

레우스 군. 당신이 강검에 대해 이야기했을 때 어떤 심정이었는지 지금은 이해가 되는 것 같습니다.

저는…… 살아남을 수 있을까요?

그날…… 아드로드 대륙의 항구 마을에 배 한 척이 매우 무참한 상태로 돌아왔다.

하지만 배의 관계자들은 다들 공포에 질려 입을 다물고 있어서 무슨 일이 있었는지 정확한 증언을 들을 수가 없었다고 한다.

그중에서 유일하게 모두가 한목소리로 한 말은…….

『세 자루의 검이 무지막지하게 날뛰었습니다.』

스승님과 만나고 피아의 고향을 출발한 뒤 며칠…….

우리는 지금도 별다른 목적지 없이 여행을 계속하고 있었는데, 엘프 마을과 숲에서 보충하기 힘든 물자가 얼마 남지 않았기에 숲에서 가장 가까운 마을로 향하고 있었다.

순조롭게 가면 내일쯤에는 마을에 도착할 것 같은 거리에서 야영하기로 한 우리는 각자 나뉘어 준비를 진행하고 있었다.

"소금은…… 아직 남아 있는데 이쪽 향신료는 별로 없네."

"그렇네요. 이쪽도 보충해두는 게 나을 것 같아요."

저녁 식사를 할 때까지 시간이 좀 있었기에 마차에 비축해두었던 물자를 에밀리아와 함께 확인하고 있었는데, 생각했던 것보다 더 불안한 느낌이다.

고기나 야채는 현지에서 조달할 수 있지만, 사람의 손으로 만들어야 하는 물건들은 마을에서 보급해야 하니까.

적당히 확인한 다음 작업을 마치고 슬슬 저녁 식사를 만들어볼까 생각하며 마차 밖으로 나오자 갑자기 나무를 때리는 듯한 소리가 들렸다.

그 소리를 듣고 돌아보니 멀리 떨어진 나무에 설치한 표적을 향해 화살을 쏘는 피아가 보였다.

스승님에게 활을, 아샤에게 활시위를 받고 나서 볼 수 있게 된 피아의 연습 풍경이다.

엘프들은 활의 명수라고 하는데, 피아는 바람의 정령마법을 사용할 수 있기에 활을 거의 쓴 적이 없어서 저렇게 매일 연습하고 있었다.

"좀 어때?"

"나쁘지 않아. 이제야 실전에서도 써먹을 수 있게 되었어."

솔직히 말해 처음에는 서투르다고 할 수밖에 없는 실력이었다.

활을 다루는 법은 알고 있긴 한데, 처음 스승님의 활을 시험해 보았을 때 결과는…… 열 발 중 두 발만 표적에 맞았다.

『그, 그야…… 나는 활을 쓰지 않아도 괜찮았으니까.』

그것이 피아가 침묵을 견디지 못하고 한 변명이었다.

개인적인 견해지만 성격 말고도 활 솜씨가 서투르다는 것도 엘프들 사이에서 붕 뜬 원인 중 하나가 아니었을까, 나는 그렇게 생각한다.

참고로 아샤의 활 솜씨는 마을에서 상위에 속하기에 그 덕분에 주위 사람들과 친해질 수 있었다고 한다.

뭐, 그런 일도 있어서 그런지 피아는 날마다 활 연습을 계속했고, 지금은 빗나가지 않고 표적을 노릴 수 있게 되었다.

자신의 작업을 마치고 피아를 도와주고 있던 리스가 회수한 화살을 들고 와서 칭찬하고 있었다.

"정말 대단하네. 그런데 피아 씨라면 바람을 써서 잘 노릴 수도 있을 것 같은데, 그쪽도 시험해보지?"

"그건 실력을 좀 더 쌓은 다음에. 이렇게 빨리 맞출 수 있게 된 것도 활이 좋아서 그런 거니까 나도 최소한 그에 맞는 실력을 쌓아야지."

바람의 정령과 활은 상성이 매우 좋으니까.

화살을 날릴 때 걸리적거리는 바람도 바람의 정령에게 부탁하면 비거리를 늘릴 수 있는 것뿐만이 아니라 궤도를 자유롭게 조절해서 장애물 너머를 노릴 수도 있을 것이다.

그렇게 생각하니 피아가 명중시키는 솜씨는 필요 없을 것 같긴 하지만, 상황에 따라서는 마법을 쓸 수 없을 때도 있을 테고, 나중에 활과 마법을 동시에 사용해 공격할 수도 있다고 생각하면 단련할 가치는 있다.

그리고 리스에게 화살을 받아든 피아는 다시 스승님의 활을 바라보고 있었다.

"그런데 정말 대단한 활이야. 아직 연습하는 도중이라 평범한 활하고 별로 차이가 없지만, 진짜 힘을 내면 대단한 힘을 발휘할 것 같아."

"스승님의 활이니까. 나는 저절로 움직이면서 싸운다 해도 놀라지 않을 거야."

"어머, 꽤 예리한데."

"……설마, 진짜로? 반쯤 농담으로 한 말인데."

"멋대로 움직이지는 않아. 하지만 이 활에는 의지가 있다는 걸 어제 깨달았어."

피아의 목소리에 부응하는 듯한 반응을 보여주고, 더욱 집중해서 귀를 기울이면 활의 목소리 같은 것도 느낄 수 있다고 한다.

한 번 화살의 위력을 높여보고 싶다고 부탁해보니 표적을 관통한 것뿐만이 아니라 그 너머에 있던 바위에 화살이 반쯤 박힐 정도로 강한 위력이 나왔다고 한다. 참고로 화살은 근처에 있던 나무를 깎아 만든 보통 화살이다.

"이 아이가 내가 하는 말을 순순히 잘 들어주긴 하지만, 조절이 서투른 구석이 있으니까 마치 이제 막 태어난 어린애 같아. 앞으로 여러모로 잘 가르쳐줘야지."

스승님이 준 거니까. 아마 피아 말고 다른 사람은 쓰지 못하게끔 하기 위해서이기도 할 것이다.

어찌 됐든 그녀가 강력한 무기를 얻은 거라 할 수 있다.

피아가 강해지는 걸 반대할 필요는 없으니, 본인 앞에서는 말할 수 없지만, 활을 준 스승님에게 고맙다는 마음도 있다.

"어서 이 아이의 힘을 활용할 수 있게끔 실력을 쌓아야지. 시리우스, 나중에 또 지도해줘."

"그래, 저녁 식사를 마치고 나면 봐줄게. 그럼 나는 저녁 식사 준비를 할 테니 적당히 마무리 짓고 와."

응석을 부리는 듯이 달라붙던 피아가 내게서 물러나 다시 연습을 하기 시작한 것을 확인한 다음 등을 돌렸을 때…….

"어라?! 잠깐!"

"시리우스 님?!"

"윽?!"

뒤에서 화살 한 발이 날아왔기에 재빨리 몸을 웅크려 피했다.

주위에 적의 반응은 없었기에 피아가 날린 화살이라고 할 수밖에 없는 상황인데, 여자들의 반응을 보니 나를 노린 건 아닌 모양이었다.

"미, 미안해! 그런데 이상하네……."

"피아 씨는 저쪽으로 화살을 날렸을…… 텐데?"

"네, 저도 확인했어요."

날린 화살이 갑자기 방향을 틀기 시작했고, 크게 원을 그리며 내 뒤를 노리고 날아간 모양이었다.

피아가 나를 노릴 것 같지는 않으니 범인이 있다고 한다면…….

"활에게 뭐라고 했어?"

"그럴 리가…… 설마?!"

뭔가 생각난 피아가 활에 이마를 대고 의지를 읽어내자 뜻밖의 범인을 알아낼 수 있었다.

"저기…… 말이지. 그녀가 시리우스를 노리라고 해서 그랬나 봐."

"그녀?"

"그 아이에게 받은 활시위."

아샤가 언니를 생각하는 마음은 물건에 깃들 정도로 강했던 모양이다.

그리고 활은 어린애처럼 솔직하고, 피아는 방금까지 내게 달라붙어 있었다.

다시 말해…… 활시위가 질투해서 나를 노렸다는 건가?

황급히 피하긴 했지만, 화살의 궤도를 따지면 내 볼을 스칠 정도였다. 하지만 위험한 건 마찬가지다.

"……제대로 말해둬야 해."

"무, 물론이지! 알겠니? 그 언니가 그렇게 말했다고 해서 저 사람을 노리면 안 돼."

그냥 두면 내게 다가올 수도 없기에 피아도 필사적으로 설득하고 있는 모양이다.

정말…… 스승님에게 감사하려고 하니 바로 이렇게 되네.

역시 그 양반이 얽히면 방심할 수가 없다고 생각하면서 나는 쓴웃음을 지으며 저녁 식사 준비를 하기 시작했다.

다음 날…… 해가 지기 전에 마을에 도착한 우리는 주위에 사람들이 많이 있는 느낌을 오랜만에 맛보고 있었다.

"조용한 것도 좋지만, 역시 이런 분위기도 나쁘지 않아."

"그만큼 골치 아픈 일도 늘어날 테니 경계를 게을리하지는 말고."

"그래. 훈련한 성과를 보여주겠어."

우리는 호쿠토 때문에 주목을 받았었는데, 이번에는 평소보다 시선의 숫자가 많았다.

피아의 신비로운 미모도 그렇지만, 지금 그녀는 엘프를 상징하는 긴 귀를 당당하게 드러내어서 주위 사람들이 그걸 눈치챘기 때문이다.

"역시 눈에 띄나 보네. 하지만 호쿠토 정도는 아니니까 신경쓰지 말고 여관을 찾아보자."

저번에 내가 만들어준 귀걸이형 변장 마도구 덕분에 피아의 귀는 인간족 귀처럼 보일 텐데, 지금은 그 마도구를 발동시키지 않고 있다.

성수…… 스승님이 그러지 말라고 했기 때문이다.

『앞으로는 모습을 감추지 말고 당당하게 살아. 너를 노리는 악당들 정도는 거기 있는 제자가 전부 쓸어버릴 테니까.』

뭐, 그런 이유로 피아는 변장은커녕, 후드조차 쓰고 있지 않았다.

애초에 자신이 눈에 띄어서 우리에게 폐를 끼치고 싶지 않다……고 말한 피아를 위해 만든 마도구이니 피아 자신이 신경 쓰지 않는다면 우리도 반대할 이유가 없다.

스승님 말대로 피아는 내가 지킬 테고, 애초에 그녀보다 더 눈에 띄는 호쿠토가 있으니 앞으로는 얼굴을 당당하게 드러내고 다닐 것이다.

"그런데 정말 이대로 괜찮을까요?"

"이미 숲에서 멀어졌으니 아무도 말하지 않으면 들키지도 않을 거야."

에밀리아와 리스는 휘말리거나 그런 이야기가 아니라 피아가 다른 사람들 눈에 띄는 것을 순수하게 걱정했지만, 정작 피아 본인은 미소를 지으며 두 사람의 머리를 쓰다듬어주기만 했다.

"역시 남몰래 얼굴을 숨기고 다니는 건 내 성격에 안 맞거든. 성수님의 명령이기도 하지만, 앞으로는 당당하게 시리우스에게 지켜달라고 할 거야."

"피아 씨가 그렇게 말한다면야……."

"응, 모두 함께 지키면 되니까."

"고마워. 그런데 너희들도 조심해야 해. 너희 둘도 잡아가고 싶어질 정도로 매력적이니까."

그런 훈훈한 이야기를 들으면서 마을 안을 걸어가서 비교적 큰 여관을 찾아낸 우리는 마차를 맡긴 뒤 여관 안에 있는 식당으로 와 있었다.

비어 있던 테이블에 앉아 배가 고프다는 남매인 리스와 레우스가 메뉴를 바라보며 고민하고 있었다.

"음…… 종류가 꽤 다양한데. 여기는 뭐가 맛있을까?"

"그렇다면 이 고기 요리를 추천할게. 저번에 먹었던 것들 중에서 가장 맛있었던 것 같으니까."

"아, 그렇구나. 피아 누나는 여기에 온 적이 있었다고 했지?"

"그래, 이 마을에서 마지막 일을 하고 나서 고향으로 돌아갔어. 여행이 끝나기 직전이었으니까 잠시 머무르면서 즐겼거든."

하지만 도중에 자금이 바닥나버린 피아는 마지막 술값을 벌기 위해 모험자 길드에서 의뢰를 받았다고 한다.

그렇게 돈을 번 것까지는 좋았지만, 그와 동시에 욕심 많은 녀석들에게 엘프라는 것을 들켜버려서 도망치듯이 고향으로 향한 것이다.

"그런데 그 녀석들이 쫓아와서 마지막에 실수했네……, 이렇게 생각했지만, 결과적으로는 시리우스와 만날 수 있었으니 잘된 거지. 그리고 음료수는 이게 맛있어."

피아는 예전에 있었던 일들을 떠올리며 추천하는 메뉴를 이것

저것 가르쳐주었는데…….

"그럼…… 이 메뉴판에 있는 요리를 전부 주세요."

"나도! 피아 누나가 말한 건 두 개!"

"전부 주문할 거니까 의미가 없지."

"……그랬지, 참."

피아는 쓴웃음을 짓다가도 와인이 나온 걸 보고는 신경 쓰지 않기로 했다.

그와 동시에 주위 사람들이 질색할 정도로 많은 요리가 테이블로 차례차례 나왔고, 처음 보는 요리를 맛있게 먹고 있자니 척 보기에도 우리들을 노리는 기척이 다가오고 있다는 걸 눈치챘다.

적의가 느껴지지 않았기에 경계만 하면서 눈을 돌려 보니 후드로 얼굴을 가린 사람이 피아 앞에 서자마자 소리를 질렀다.

"잠깐만…… 당신 제정신이야?"

몸집과 목소리를 보니 상대방이 여자라는 걸 알 수 있었다.

갑자기 소리를 지른 이유는 모르겠지만, 피아가 뭔가를 눈치챈 듯한 반응을 보였기에 나는 잠자코 지켜보기로 했다.

"누군가 했더니…… 캐롤라인이잖아. 너도 여기에 와 있었구나."

"나보다는 네가 문제지! 그렇게 얼굴을 가리지도 않고 당당히…… 무슨 생각을 하는 건데?"

"말이 너무 심하잖아. 자, 좀 진정하고 이야기하자."

너무나도 태연한 피아를 보고 기운이 빠졌는지, 캐롤라인이라는 여자는 에밀리아가 마련해준 의자에 얌전히 앉았다.

하지만 기분이 나쁘다는 감정은 감추려 하지도 않아서 방금까지 느끼고 있었던 온화한 분위기가 완전히 어디론가 가버린 상태였다. 여담이지만 리스와 레우스는 여전히 계속 먹고 있었다.

"그래서? 왜 그렇게 화를 내는 거야? 보면 알겠지만 나는 그냥 식사를 즐기고 있을 뿐인데?"

"그 골치 아픈 성격은 여전한 모양이네. 조금만 기다려. 금방 내 남동생이 올 테니까."

"남동생?!"

상대방과는 달리 여유를 보여주고 있던 피아가 캐롤라인에게 남동생이라는 말을 듣고 정말로 깜짝 놀라고 있었다.

슬슬 우리에게 소개해줬으면 좋겠다는 말을 꺼내려 하던 참에 이번에는 모험자 차림을 한 남자가 나타났다.

이제 막 청년이 된 듯한 나이로 보이는 남자였고, 묘하게 기가 약하고 못 미더워 보이는 것이 인상적이었다.

"캐, 캐로 누나. 갑자기 왜 뛰어간 거야."

"미안해, 테슬라. 그래도 이 사람을 보면 이유를 알 수 있을 거야."

"이 사람이라니…… 앗?!"

우리를 보고 경계하던 청년이 피아를 보고 나서 이해가 된다는 듯이 고개를 끄덕이고 있었다.

그때 피아가 우리가 있다는 걸 떠올렸는지 동요한 마음을 가라앉히고 나서 작은 목소리로 말하며 후드를 쓴 여자에게 손을 내밀었다.

"다들 이미 눈치챘겠지만, 그녀는 나와 마찬가지로 엘프야. 내가 조금 더 언니지만 말이야."

"당신하고는 10년 정도 차이밖에 안 나잖아. 연상 행세하지 말아줄래?"

엘프의 감각으로는 10년이 반 달 정도 차이인 모양이었다.

다시 말해 두 사람은 동갑 같은 거라서 이야기를 나누는데 전혀 거리낌이 없어 보였다.

"그런 건 지금 어찌 되든 상관없어. 셰미피아…… 숲으로 돌아간 당신이 어째서 이런 곳에 있는 거야. 아니, 그 이전에 당당히 얼굴을 드러내고 다니다니, 대체 무슨 생각인 건데!"

"성수님의 명령이니까."

"뭐어?! 어디 사는 누군데? 그런 바보 같은 말을 꺼낸 성수라는 녀석이……, 어? 성수……님?"

뭐, 당연한 반응이겠지.

엘프에게 지극히 높은 존재가 내린 명령이라고 생각하지도 못했을 테니, 피아가 한 말을 이해하는데 시간이 필요한 모양이다.

시간이 오래 지나지는 않았지만, 제자들은 음식을 다 먹었을 때쯤 돼서야 정신을 차릴 거기에 그때 일단 장소를 옮기자고 제안해봐야지.

애초에 피아가 있어서 눈에 띄긴 했지만, 캐롤라인이 소리를 질러댄 탓에 더욱 주목을 받는 상황이니까.

"그쪽도 식사는 아직 안 한 것 같은데, 먹고 나서 다시 만나는 게 어떨까? 서로 동료와 이야기를 나눌 필요도 있을 것 같고."

"캐로 누나……."

"그, 그래. 나중에 설명할 테니 그런 표정 짓지 마."

자기가 어떤지는 상관없이 옆에서 불안해하고 있는 청년이 걱정되어 결심한 모양이었다.

그렇게 다시 이야기를 나누기로 했는데…….

"당신들하고 계속 이야기를 하고 있다간 동료라고 생각하고 우리까지 노릴지도 모르니까. 아무도 보지 못하고 엿듣지 못하는 곳에서 이야기하고 싶은데."

"우리가 그쪽 방에서 이야기를 하면 되지 않나?"

"여관 사람들에게 폐를 끼치고 싶지 않아. 할 수 있다면 바깥에서 하고 싶은데."

두 사람은 이 마을에 한 달 정도 머무르고 있었고, 이 여관의 주인에게는 여러모로 신세를 져서 최대한 소동을 일으키고 싶지 않은 모양이었다.

그녀가 우리를 함정에 빠뜨리려 하는 가능성도 있겠지만, 피아가 경계하지 않는 걸 보니 믿을 수 있는 사람이라 봐도 될 것이다.

아버지와 아샤와는 달리 대등한 입장이라서 그런지 마음 편하게 대하는 것 같기도 하고.

일단 피아의 마법을 사용하면 우리의 목소리를 차단할 수 있긴 하지만, 상대방이 그렇게 하고 싶다면 맞춰주기로 하자.

그런데, 밖이라. 주위에 사람이 없고 악당들이 다가온다 해도 바로 알 수 있는 곳이라면…… 그곳밖에 없겠지.

"그럼 좋은 곳이 있어. 아무도 방해하지 않을 곳 말이야."

"그래, 우리 마차 안이야. 믿음직한 파수꾼도 있으니 미행만 당하지 않는다면 모습은 물론 목소리도 새어나가지 않겠지."

"……좋아. 잠시 후에 창고로 가면 되는 거지?"

"저, 저기. 그렇게 간단히 믿어도 되는 거야? 캐로 누나, 왠지 평소보다 너무 빨리 정하는 것 같은데……."

"마음에 들진 않지만, 이 사람을 잘 알고 있으니까 그렇지. 여기 있는 사람들이 억지로 시킨 거라 보기엔 평소와 마찬가지로 마음대로 행동하는 것 같고, 적어도 우리를 함정에 빠뜨리려 하는 것 같지는 않아."

"잘 아네. 그럼 잠시 후에 내가 연락할게."

"필요 없어. 식사를 마친 다음에 바로 창고로 갈 테니까."

캐롤라인이 그렇게 말한 뒤 등을 돌렸고, 피아가 가자고 말하면서 일어섰기에 우리도 그녀를 따라 자리에서 일어섰다.

그리고 주목을 받으면서 식당을 나선 우리는 좀 전에 정했던 것처럼 마차를 넣어둔 창고로 향했다.

가던 도중에 주위에 사람이 없는 것을 확인한 다음 캐롤라인에 대해 물어보았다.

"그래서, 그녀하고는 무슨 관계야?"

"갑자기 소리를 지르길래 깜짝 놀랐어. 피아 씨의 친구야?"

"간단히 말하자면 소꿉친구야. 사이가 그렇게까지 좋았던 건 아니지만."

"그래도 말이야. 피아 누나를 걱정해서 그렇게 화를 낸 거 잖아?"

"그래. 뭐라고 해야 하나, 서투른 아이야. 어렸을 때부터 너무 성실하다고 해야 하나, 내게 자주 따지고 들곤 했거든."

규율을 중시하는 성격인지 고향에서는 마음대로 행동하는 피아를 보다 못해 여러 번 주의를 준 모양이었다. 이야기를 들어보니 학교에서 스스로 나서서 반장을 맡은 여자 같은 느낌인 것 같다.

그런데 사이좋게 이야기를 나눈 적은 별로 없는 모양이라 솔직히 물과 기름 같은 느낌도 들긴 하는데……

"잔소리가 심한 사람으로 보일지도 모르겠지만, 자상한 성격이라 그래. 그리고 본인은 숨기고 있다고 생각하겠지만, 사실 캐로는 귀여운 걸 좋아해서 작은 동물들이나 새하고 노는 모습을 자주 보곤 했어."

이러쿵저러쿵해도 서로 진심으로 싫어하지는 않는 사이인 모양이다.

자세한 이야기를 들어보니 어렸을 때 나와 헤어진 피아와 고향으로 돌아간 뒤에 캐롤라인이 관습 여행을 떠났다고 한다.

"그래도 무사히 있어줘서 정말 기뻐. 잔소리도 여전한 모양이고, 조금 안심이 되긴 하는데……"

"남동생 말이죠? 그런데 아무리 봐도 그 남자는 인간족인 것 같던데……"

"맞아! 바깥에 남동생이 있다는 말은 처음 들었고, 아무리 생

243

각해도 여행하던 도중에 만난 것 같거든? 외부인에게 흥미가 전혀 없었던 그 애가 인간족으로 데리고 다니다니…… 자세히 이야기를 들어볼 필요가 있을 것 같아."

어떤 이야기가 나올까, 피아는 정말 기대된다는 듯이 웃고 있었다.

상대방이 보기에는 성수라는 이름을 꺼낸 시점에서 정말 신경 쓰여서 견딜 수가 없을 텐데.

그런 다음 부지 안에 있는 창고로 들어가 보니 마차와 함께 호쿠토가 앉아서 기다리고 있었다.

이곳 여관 주인은 인간족이고, 마구간에 넣으면 말들이 겁을 먹으니 그러지 말아달라……는 요청도 있었기에 호쿠토는 마차와 함께 창고에서 대기하게 되었다.

창고 문을 열자 호쿠토가 바로 다가왔기에 머리를 쓰다듬어주면서 상황을 설명했다.

"……그러니까 바깥에서 망을 봐줘."

"멍!"

"형님, 나도 밖으로 갈까?"

"레우스는 문 앞에서 부탁할게. 적이 와서 손을 대려 해도 쫓아내는 정도로만 하고."

그리고 상대방의 식사가 끝날 때까지 시간을 때우기 위해 나는 호쿠토를 빗질해주기 시작했다. 창고 안이라서 조금 먼지가 있긴 했지만, 빗에 몸을 맡기고 드러누운 호쿠토는 딱히 신경 쓰지 않는 모양이었다.

잠시 후 호쿠토뿐만이 아니라 남매의 꼬리 빗질까지 끝났을 무렵, 창고 문이 조용히 열리고 좀 전에 본 두 사람이 나타났다.

"오래 기다렸지. 설명하는데 시간이 오래 걸…… 테슬라! 물러나!"

"으앗?!"

하지만 호쿠토를 보자마자 두 사람이 재빨리 무기를 꺼내들었다.

하긴, 호쿠토는 거대한 늑대니까 습격당하면 어떻게 해볼 수도 없을 것 같은 실력과 박력을 겸비하고 있긴 하지만, 지금 같은 상황에서 그렇게까지 경계할 필요는 없을 것 같은데.

상대방을 바라보고 있긴 하지만, 드러누워서 빗질의 여운에 젖어 있는 모습은 오히려 치유되는 모습이라고도 할 수 있다.

그런 호쿠토의 모습을 보고 피아의 설명을 들으니 진정이 되었는지 두 사람은 바로 무기를 거두었다.

"질문할 내용이 더 늘어난 것 같네. 혹시 믿음직한 파수꾼이라는 게…….."

"그래. 이 녀석이야. 호쿠토, 부탁한다."

"멍!"

미리 정한 대로 호쿠토는 문을 열고 바깥으로 나갔다.

우선 창고 주변을 돌아다니면서 숨어있는 녀석이 있는지 조사해보고 있을 것이다.

그리고 레우스가 문 앞으로 가고, 에밀리아가 준비한 돗자리

위에 모두가 앉은 뒤 좀 전에 하던 이야기를 계속하게 되었다.

"아까 잘못 들었을지도 모르니까 다시 물어볼게. 당신이 다시 여행을 떠난 것도, 맨얼굴을 드러내고 있는 것도, 전부 성수님의 명령이라는 거지?"

"물론이지. 자, 이게 증거야."

마차에 놓아두었던 스승님의 활을 보여주니 캐롤라인은 깜짝 놀라면서도 금방 한쪽 무릎을 꿇은 채 고개를 숙였다.

하지만 그 표정은 괴로워 보이면서도, 시선만큼은 피아를 똑바로 바라보고 있었다.

"큭…… 왠지 당신에게 고개를 숙이고 있는 것 같아서 마음에 들지 않아."

"자잘한 건 신경 쓰지 마. 그래서, 내 말을 믿을 수 있겠어?"

"그런 걸 보여주면 믿을 수 밖에 없잖아! 아, 진짜, 왜 당신 같은 엘프가 성수님을 만날 수 있는 건데."

너무 이상해서 견딜 수가 없다는 듯이 머리를 감싸 쥐는 캐롤라인을 보고 테슬라라는 청년은 누나와 활을 번갈아가며 보면서 당황하기만 했다.

하지만 피아가 해야 할 말은 아직 남아 있었다.

"여러모로 우연도 있긴 했지만, 시리우스를 만난 덕분이겠지. 여기 있는 남자는 내 애인인데, 그도 성수에게 인정받았어."

피아가 눈짓을 보냈기에 나는 품속으로 손을 넣어 스승님에게 받은 나이프를 꺼냈다.

여전히 적당히 나무를 깎아 만든 나이프로만 보이지만, 캐롤라인의 반응은 좀 전보다 더욱 거칠어졌다.

"거, 거짓말…… 인간족이 성수님께 인정받다니. 게다가 셰미피아에게 애인?! 꿈이라 해도 농담이 너무 심한데. 설마…… 당신이 끌어들여서 고향을 통째로 집어삼킨 거 아니야?"

"그쪽이 더 농담 같지 않아? 당신이 아무리 눈을 돌린다 해도 눈앞에 있는 광경이 전부야."

"으으…… 믿을 수가 없어. 믿고 싶지 않아!"

"캐로 누나, 좀 진정해. 자, 내 얼굴을 봐."

테슬라가 이야기를 따라잡지 못하면서도 혼란스러워하는 누나를 달래려고 필사적으로 노력하고 있는 것 같았다.

"이야기를 알아듣기 힘들게 해서 미안하지만, 질문할 게 있으면 나중에 해줘. 지금은 엘프들끼리 의문을 해소하게 하고 싶으니까."

"아…… 네. 이해가 되지 않는 것들투성이지만 보여준 거나 여러분이 대단하다는 건 알 수 있으니까요."

만난 뒤로 계속 못 미더워 보이는 청년이긴 하지만, 상황 판단과 상대방을 파악하는 눈썰미는 나쁘지 않은 것 같다.

그런 테슬라의 헌신적인 행동으로 인해 정신을 차린 캐롤라인에게 피아가 우리에게 각각 손을 내밀며 소개해 주었다.

"다시 소개할게. 그가 시리우스, 저 애들이 내 여동생과 남동생이기도 한……."

피아는 그대로 제자들까지 소개를 간단히 마쳤지만, 이쪽을 보고 있는 캐롤라인의 눈초리는 날카로웠다.

"먼저 말해두겠지만, 나는 속고 있는 게 아니야. 그리고 시리우스는 아버지도 인정해줬으니까 걱정할 건 아무것도 없어. 자, 다음은 그쪽 차례야."

"으……, 으으…….."

"누나……."

"나도 알아. 셰미피아 말고 다른 여러분, 좀 전에는 시끄럽게 굴어서 미안해요. 내 이름은 캐롤라인이고, 이 아이는 테슬라야."

"으, 응. 테슬라입니다."

그제야 경계를 풀었는지 캐롤라인은 후드를 벗으며 이름을 가르쳐주었다. 엘프가 지니고 있는 신비한 분위기와 미모는 피아와 마찬가지였고, 긴 머리를 크게 세 갈래로 땋은 여자였다.

두 명이 간단히 자기소개를 마치자 캐롤라인은 어이가 없다는 표정으로 나를 보고 있었다.

"설마…… 셰미피아를 받아들일 수 있는 인간족이 있을 줄이야. 세계는 정말 넓구나."

"그건 당신도 마찬가지잖아? 거기 있는 테슬라 군에 대해서 자세히 설명해줄 거지?"

"……그리 즐거운 이야기는 아니야."

어디서 만났는지 기대된다는 듯이 대답을 기다리고 있던 피아가 캐롤라인의 진지한 표정을 보고 미소를 거두었다.

두 사람 사이가 좋아 보여서 그럴 거라 생각하지는 못했지만, 함께 있다고 해서 즐거울 거라는 보장은 없겠지.

"이 아이는…… 어렸을 때 내가 거두었어. 마물에게 습격당해서 멸망한 마을의…… 마지막 생존자야."

캐롤라인이 관습 여행을 떠난 지 얼마 지나지 않아 사람들을 피해 숲속을 걸어가고 있자니 작은 마을이 보였던 모양이다.

하지만 그 마을은 마물들에게 습격당했는지 인기척이 없었고, 캐롤라인이 불쌍하다고 생각하면서도 마을을 떠나려고 했을 때…….

"마을 우물에서 어린애의 울음소리가 들렸거든. 들여다보니까 이 아이가 있었어."

부모가 재빨리 우물로 던졌을 것이다. 그 덕분에 아이의 냄새도 흐려졌고, 마물들이 발견했다 해도 우물에 들어가지 못해서 포기했는지도 모르겠다.

내버려둘 수 없어서 아이를 구해내긴 했지만, 한나절 가까이 물에 잠겨 있던 아이는 매우 약해진 상태라 구조받은 뒤 안심하고 기절한 이후로 며칠 동안 깨어나지 못했다고 한다.

"살아남을 수 있긴 했지만, 깨어났을 때는 부모님은커녕 자신의 이름조차 기억하지 못했어. 그래서 테슬라라는 이름도 내가 멋대로 지어준 거야."

거두었을 때는 다섯 살 정도였다고 하니, 지금은 열다섯 살 정도인가?

키가 커서 나이가 더 많을 줄 알았는데, 생각했던 것보다 어리네.

"그래서 이 아이를 키우면서 여행을 하고 있었던 거야. 정신을 차리고 보니 나보다 키가 더 커졌는데, 아직도 내성적이라

곤란하다니까."

"그, 그러지 마. 나도 강해졌으니까."

"그럼 좀 당당하게 굴어. 강해졌다는 건 인정하지만 그렇게 못 미덥게 구는 건 여전하잖아? 정말…… 세월이 많이 흘렀는데도 눈을 돌릴 수가 없다니까."

말은 매서웠지만, 목소리는 부드러웠기에 누나라기보다는 어머니 같기도 했다.

귀여운 걸 좋아한다고도 했는데, 어린 테슬라를 보고 모성본능이 나온 건가?

"뭐…… 내가 할 수 있는 이야기는 이 정도야. 즐거운 이야기가 아니라 미안하게 됐네."

"아니, 들어서 다행이야. 엘프는 이렇게 살아야 한다, 그리고 외부인에게 마음을 허락할 생각은 없다, 그렇게 말하던 당신이 인간족 아이를 거두고 키울 줄은 몰랐네."

"……나쁜 건 일부뿐이고, 테슬라가 나쁜 건 아니니까."

캐롤라인은 볼이 붉어진 채 고개를 돌리면서 토라진 듯이 중얼거리고 있었다.

그렇구나…… 피아가 마음을 터놓았고, 나쁜 애가 아니라고 말할 만도 한 것 같다. 훌륭하게 자란 테슬라가 무엇보다 확실한 증거일 것이다.

그리고 테슬라도 과거에 얽매이지는 않은 모양인지 누나를 보고 부드러운 미소를 짓고 있었기에 그렇게까지 분위기가 무거워지지는 않았다.

"저기, 세미피아. 당신이 그 사람하고 함께 다시 여행을 떠났을 때 이야기를 자세하게 좀 해줄래?"

그러자 캐롤라인이 조금 진지한 표정을 짓고 이야기하라고 재촉했기에 피아는 나와 스승님 이야기를 간추려서 하기 시작했다.

그리고 시간이 조금 지나서 두 사람이 떠난 뒤, 우리는 창고에 남아서 이야기를 나누고 있었다.

"……꽤 어려운 이야기인데."

"그렇지. 비슷한 부분이 있다고는 해도 캐로는 좀 특수한 경우니까."

캐롤라인이 묘하게 성수와 우리의 관계에 대해 물어본다 싶었는데, 설마 의논까지 하게 될 줄은 몰랐다.

복잡한 이야기를 할 거라며 테슬라에게 나가 있으라고 한 다음 피아의 마법으로 목소리를 차단한 상태에서 이야기를 들어보니 캐롤라인은 외부인과 맺어지는 것이 어떤 기분인지, 그리고 성수를 만날 수 있는 방법에 대해 물었다.

"이제 반 달 정도 뒤에 캐롤라인 씨가 고향으로 돌아가야 한다고 했지?"

"한동안 이 마을에 머무르고 있었던 모양이니, 계속 고민하고 있었겠죠."

예전에 피아와는 달리 캐롤라인이 고향으로 돌아가는 건 문제가 없지만, 그녀에게는 숲으로 들어갈 수 없는 인간족인 테슬라가 있다.

다시 말해 더 이상 테슬라를 데리고 갈 수도 없고, 그렇다고 해서 자식처럼 여기고 있는 그를 두고 갈 수도 없기에 그녀는 한동안 이 마을에 머무르면서 계속 망설이고 있었던 것이다.

그런 와중에…… 우리가 나타났고, 그녀는 다른 가능성이 있다는 것을 알게 되었다.

그래서 피아처럼 성수 씨앗을 받고 다시 세계를 여행하는 사명에 대해 물어보았을 것이다.

"스승님이라면 간단히 씨앗을 줄 것 같기도 한데. 재미있을 것 같다면서."

"그럴 수도 있겠지. 하지만 문제는 그게 아니잖아."

"피아 누나와 똑같이 하면 앞으로도 테슬라와 함께 지낼 수 있으니까 더 기뻐해도 될 것 같은데. 그 누나는 정말 복잡한 표정이었지."

그렇다, 문제는 그런 상황에서도 캐롤라인이 망설이고 있다는 점이다.

엘프에게 절대적인 존재인 성수와 만난다는 부담감과 겨우 한 남자를 위해서 그런 소원을 빌어도 되는지……, 너무 성실한 성격이 발목을 잡아서 결심하지 못하는 것 같다.

결국 조금 더 생각해보겠다고 하며 이야기를 마무리 지었기에 성수와 만날 수 있는 방법을 알려주지도 못한 채 해산하게 되었다.

"그런데 테슬라 군은 어떻게 생각하고 있을까?"

"캐로에게 전부 맡기고 있는 것 같은데, 그래서 그 아이를 더욱 망설이게 만들고 있는 것 같아."

"레우스. 그런 이야기는 못 들었어?"

일시적으로 자리를 비웠던 테슬라가 문 앞에서 망을 보고 있던 레우스와 이야기를 나누는 모습을 보았다.

꽤 진지해 보였기에 캐롤라인에 대해 이야기를 한 건지도 모르겠다.

"안타깝지만 그런 이야기는 안 했어. 강해지려면 어떻게 해야 하는지, 검을 휘두르는 방법이나 몸을 단련하는 방법을 물어본 정도야."

"그래……."

그가 캐롤라인을 신경 쓴 나머지 말하기 꺼려하고 있을 가능성도 크니까 내일이 되면 따로 면담을 해보는 게 나을지도 모르겠다.

"꽤 열심히 생각해주는구나. 나는 기쁘지만."

"왠지 그 두 사람은 돌봐주고 싶어지니까."

내 경우에는 구해준 입장이지만, 어렸을 때 엘프와 만났다는 상황이 친근하게 느껴지기 때문이기도 하다.

무엇보다 피아의 친구니까 할 수 있는 범위 안에서는 힘을 빌려주고 싶다.

"한 가지 신경 쓰이는 게 있는데, 성수님과 캐롤라인 씨를 어떻게 만나게 해줄 생각이었어?"

"말을 전한다고 해도 엘프분들이 믿어줄 것 같지는 않으니 우리도 함께 숲으로 돌아가는 건가요?"

"그렇게 될 것 같은데, 출발한 뒤에 바로 돌아가는 건⋯⋯."

성수에게 말을 전할 수 있다면 우리처럼 8호가 데리러 와서
안내를 해줄 것이다. 하지만 아무리 스승님이라 해도 여기까지
뿌리를 뻗지는 않았기에 근처까지 가지 않으면 직접 전하는 건
힘들다.

나 혼자 숲 근처로 돌아가서 '콜'로 스승님에게 전할까 생각하
고 있자니 어느새 피아가 스승님의 활에 이마를 대고 있다는 걸
깨달았다.

"왜 그래? 뭔가 말을 꺼낸 거야?"

"성수님 자체는 힘들겠지만, 성수님의 생각은 들을 수 있다
고⋯⋯ 이 아이가 가르쳐줬어."

"피아 누나, 무슨 뜻인지 잘 모르겠는데."

무슨 수수께끼 같은 건가?

잘 모르겠지만 스승님의 생각을 들을 수 있다면 시험해볼까.

그 두 사람을 함부로 대하지는 않겠지만, 이 일에 대해 스승님
이 어떻게 생각할지 물어보고 싶기도 하다.

그래서 호쿠토와 합류한 우리는 피아의 안내를 받아 창고를
나선 뒤 부드러운 지면이 있는 곳으로 와 있었다.

"필요한 게 마석이었나?"

"그래, 땅바닥에 마석을 묻고 그 위에 당신의 나이프를 올
려줘."

피아가 말한 대로 적당히 판 구멍에 마석을 던져넣은 뒤 곧바

로 묻고 그 위에 스승님의 나이프를 꽂았다. 목제 나이프니까 심었다고 표현하는 게 더 정확할지도 모르겠다.

"토양을 마력으로 가득 채우기 위해 마석이 필요한 건가? 다음은?"

"나이프에 홍차를 붓는다……래."

"어째서?"

"글쎄?"

스승님답다……고 할 수도 있지만, 은근히 귀찮은 게 필요하네.

홍차라면 에밀리아가 나설 차례지만, 물을 끓이는데 시간이 조금 걸리기 때문에 그동안 그냥 물을 부어 봤다. 식물이라고 하면 물일 테니까.

"……아무 일도 없네."

"스승님은 수프도 먹던데, 간을 해보는 건 어때?"

"그럼 소금하고 후추를 섞어볼까."

소금은 식물의 천적이지만, 성수라면 상관없겠지.

그건 그렇고 리스, 네가 소금과 후추 이야기를 꺼냈으니 태클을 걸면 되나?

어떻게 반응해야 할지 망설이고 있던 동안 간을 한 물을 나이프에 부었지만…… 역시 아무 일도 일어나지 않았다.

어쩔 수 없으니 얌전히 기다렸고, 에밀리아가 준비한 홍차를 마셔보니……

『크앗~! 맛없는 홍차를 붓고 말이야! 시간을 단축시켜서 홍차의 맛이 제대로 배어 나오지 않았잖아. 내가 이런 걸로 만족할…….』

나는 나이프를 땅바닥에서 뽑아냈다.
"좋아, 오늘은 이제 자도록 할까."
"멍!"
"그래, 방으로 돌아가서 다시 한번 생각해보자."
피아도 스승님에게 어떻게 대처해야 하는지 이해하기 시작하고 있는 것 같다.
"자, 잠깐만요! 시리우스 님에게 드릴 홍차는 아니었지만, 저런 말까지 듣고 잠자코 있을 수는."
"아무리 그래도 이렇게 끝내는 건 좀 그런 것 같은데?"
"형님. 나중에 무서운 꼴을 당하게 될 테니까 제대로 해두는 게 나을 것 같은데."
말리는 사람도 있었기에 나는 한숨을 쉬면서 나이프를 원래 위치로 가져다 놓았다.
『……다른 사람으로 교체.』
"됐으니까 말을 할 거면 어서 해."
『어쩔 수 없네. 처음이니 서비스해줄 테니까 다음부터는 제대로 된 홍차를 준비하도록 해. 홍차가 없으면 한마디도 안 할 거니까.』
이제 와서 이게 말을 하는 것 정도로는 놀라지도 않는다.

원래는 캐롤라인과 테슬라에 대해 물어보려 했지만, 그보다 더 신경 쓰이는 게 생겨서 먼저 물어보았다.

"그래서…… 이건 뭐야? 이 나이프를 매체 삼아서 성수와 연결되어 있는 건가?"

『그건 아니야. 나는 성수의 의지를 복제한 거라서 독립된 존재이기도 하거든. 네가 알고 있는 단어로 말하자면 소형 단말기 같은 거지.』

항상 스승님이 곁에 있는 거나 마찬가지라니.

나도 피아처럼 어린애같이 순수한 의지를 지닌 무기를 받고 싶었는데. 나이프라고 하길래 받았더니 이상한 기능이 탑재되어 있어서 고소하고 싶을 정도다.

마음을 다잡고 원래 목적인 두 사람에 대해 물어보기로 하자.

『이야기는 듣고 있었으니까 설명할 필요는 없어. 그 두 사람은 흥미로운 아이들이던데.』

"스승님은 딱히 반대할 이유가 없다는 거지?"

『그래. 그 아이를 통해 세계를 여행하는 즐거움을 알게 된 모양이니 씨앗을 주는 건 상관없어. 단…….』

그렇게 말하고 입을 다문 스승님은 먼 곳을 바라보는 듯한 분위기를 풍기며 다시 입을 열었다.

『전부 다 엘프 아이가 어떻게 하려는 지에 달렸지. 본체가 있는 곳으로 오기 전까지 자신의 미래를 정해두라고 확실하게 전해.』

"알겠습니다. 캐로를 혼내서라도 결심하게 하겠습니다."

『그리고 내 본체에게 이번 일을 알리려는 방법 때문에 고민했었지? 그런 부분도 맡겨둬.』

때가 되면 스승님 쪽에서 뭔가 준비해줄 모양이다.

수고를 덜 수 있으니 맡기자, 생각하고 있자니 갑자기 나이프가 자기주장을 하려는 듯이 희미하게 빛나기 시작했다.

『아 참! 네게 부탁하고 싶은 게 있었는데.』

"홍차는 안 줘."

『그건 다음에 기대하도록 하고. 그게 아니라 나를 전투할 때 좀 더 써줘. 날뛰고 싶고, 살을 찢는 감촉을 듬뿍 맛봤으면 하거든.』

피를 원하는 요도냐.

저주받은 나이프 아닌가 하는 생각을 하며 구멍을 파서 마석을 회수하려 했는데…….

『응? 마석이라면 모래로 변해서 사라져버렸어. 파봤자 소용없을 거야.』

"뭐라고?!"

마석에 담겨 있던 마력을 나이프가 전부 빨아들여 버린 모양이다.

스승님에게 이야기를 들을 때마다 금화 수십 개 가치가 있는 마석을 잃게 되는 건가?

우리의 엥겔 지수가 귀엽게 보이니 스승님에게 이야기를 듣는 건 최대한 피해야겠다.

『다음에는 제대로 된 홍차를 기대할게. 그리고 보름에 한 번은 이야기하게 해줘…….』

"우리를 파산시킬 셈이야?"

이야기를 끝까지 듣지 않고 나이프를 회수한 나는 근처에서 기다리고 있던 호쿠토의 입에 나이프를 던져 넣었다.

애완견의 충치 예방 목적으로 사용하는 뼈 껌같이, 호쿠토도 힘조절을 해서 깨물 테고 튼튼한 나이프이니 딱 좋겠지.

스승님이라고는 해도 신입이나 마찬가지니 상하관계를 가르쳐주기 위해 벌을 주려는 목적도 있다.

잘만 되면 호쿠토가 스승님에 대해 품고 있는 공포를 줄일 수도…….

"크응……."

"……이런."

쇠도 종잇장처럼 찢어버릴 수 있는 백랑의 이빨로도 스승님의 나이프에는 흠집 하나 낼 수 없었다.

얼마나 대단한 나이프인 거야?

"형님은 스승님 이야기가 나오면 어린애처럼 변한단 말이야."

"어린애 같은 시리우스 님도 멋지세요."

"누나는 형님이라면 뭐든 좋은 거잖아? 코에 손가락을 넣고 있더라도…… 아야야얏?! 누나, 미안해!"

이쪽은 확실하게 상하관계를 잡고 있는데.

이야기를 듣기만 했는데 지쳐버린 우리는 곧바로 여관방으로 돌아가 쉬었다.

다음 날…… 평소보다 조금 일찍 깨어난 나는 에밀리아와 레우스를 데리고 여관 밖에 있는 우물 앞에서 세수를 하면서 오늘 일정에 대해 생각하고 있었다.

아침 식사를 한 다음에 그 두 사람과 만날 예정인데, 캐롤라인은 피아, 나는 테슬라, 이렇게 따로 이야기하는 자리를 가지며 각자 진심을 들어볼 생각이다.

옆에서 대기하고 있던 에밀리아에게 수건을 받아서 얼굴을 닦고 있자니 낯익은 기척이 우리 쪽으로 다가왔다.

"아, 안녕하세요."

"안녕. 너도 아침에 일찍 일어나는 편이야?"

"아침에는 검을 휘두르는 게 습관이라서요. 그리고 저를 테슬라라고 편하게 불러주세요."

우리와 마찬가지로 테슬라도 아침 일찍 일어나 훈련을 하는 모양이었다.

누가 시키지 않았는데도 스스로 시작한 모양이니 꽤 기특한 아이다.

"그럼 테슬라. 우리도 아침 훈련을 가볍게 할 건데, 같이 해보지 않을래?"

"그래도 되나요? 그럼 기꺼이 참가하도록 하겠습니다."

어젯밤에 이야기를 나누면서 우리를 경계하던 마음이 사라졌는지, 테슬라는 소년답게 천진난만한 미소를 지으며 다가왔다.

"우리의 가벼운 훈련은 장난이 아닐 텐데."

"바라던 바예요. 저는 여러분처럼 강해지고 싶으니까요."

우리가 투무제에서 활약했던 걸 레우스가 이야기해줬는지 동경하는 눈초리로 바라보니 쑥스럽다.

그렇게 테슬라와 함께 아침 훈련을 마친 다음, 나는 지쳐서 쓰러져 있던 테슬라에게 질문을 하고 있었다.

"테슬라가 강해지고 싶은 건 역시 누나를 위해서야?"

"네……, 네. 저는……강해져야만……, 허억……, 해요."

"그럼 캐롤라인 씨의 관습에 대해서는 들었어?"

"들었어요. 조만간…… 캐로 누나가 고향으로 돌아가야만 한다는 거죠?"

사정은 알고 있다……는 거지.

만난 지 얼마 지나지 않았을 무렵에 설명을 들었고, 헤어지게 될 때까지 강해지라는 말을 여러 번 들었다고 한다.

"너무 응석을 부리지 말라는 뜻이었겠죠. 그 이야기를 지금까지 여러 번 들었어요. 하지만…… 캐로 누나는 점점 그런 이야기를 하지 않게 되었고, 요즘은 전혀 하지 않아요."

이야기를 하지 않게 된 이유는 헤어질 때가 다가오자 캐롤라인이 망설이기 시작했기 때문일 것이다.

하지만 그런 누나의 망설임을 테슬라는 조금 다른 방향으로 해석하고 있는 것 같았다.

"분명 제가 믿음직스럽지 못하기 때문일 거예요. 제가 못 미덥게 굴기도 하고, 캐로 누나 뒤에 숨어만 있죠…… 지금은 혼자서도 살아갈 수 있는 실력을 갖추었는데."

"그런 부분은 제쳐두고, 테슬라는 캐롤라인 씨와 헤어지고 싶지는 않은 거지?"

"그건…… 당연하죠. 하지만 캐로 누나는 약속을 어기지 않는 사람이니까 엘프의 관습을 절대로 어기진 않을 거예요. 그러니까 저는 이제 괜찮다는 마음을 전하고 싶어요. 여기 계시는 동안이라도 좋으니 저를 단련시켜주시면 안 될까요?"

겨우 숨을 돌린 테슬라는 일어서자마자 고개를 크게 숙였다.

그를 단련시켜주는 건 전혀 상관이 없지만, 그 전에 할 일이 있다.

"사실 아침 식사를 한 다음에 피아가 캐롤라인 씨하고만 하고 싶은 이야기가 있다던데. 그때라도 상관없다면……."

"상관없어요. 그럼 저는 캐로 누나를 깨우고 올게요. 항상 착실한데 아침만 되면 그러지 못하거든요."

테슬라는 이제 일이 잘 풀릴 거라 생각하고 조금 안심한 듯한 미소를 지으며 여관으로 돌아갔다.

"형님. 어떻게 할 거야?"

"물론 약속한 대로 단련시켜줘야지. 짧은 기간 동안 확실하게…… 말이야."

"……죽지 않으면 좋을 텐데."

좋은 부분이든 나쁜 부분이든, 테슬라는 캐롤라인의 진지한 성격을 확실하게 이어받은 것 같다.

제3자이기 때문에 알아볼 수 있는 두 사람의 엇갈린 부분을 어떻게든 맞춰주고 싶다.

—— 셰미피아 ——

아침 식사를 마친 뒤, 나는 다른 사람들 몰래 캐로를 데리고 여관에 있는 어떤 방으로 와 있었다.

테슬라는 시리우스가 훈련을 시키기 위해 밖으로 데리고 나갔고, 다른 사람들은 다른 방에서 기다리고 있기 때문에 이 방에 있는 건 나와 캐로뿐이다.

그리고 바람의 정령에게 목소리가 밖으로 새어 나가지 않게끔 부탁하고 나서 나는 테이블 맞은편에 앉아 있던 캐로에게 물어보았다.

"이제 됐……다. 자, 어젯밤에 하던 이야기를 마저 해볼까? 어떻게 할지 정했어?"

"……정말 성수님과 만날 방법이 있어?"

"확실하게 가르쳐줄게. 하지만 말이야, 그 전에 제대로 해두고 싶은 게 있어."

이제 자잘한 건 제쳐두고, 앞으로도 테슬라와 함께 지내고 싶은지 어떤지를 캐물어야지.

그렇게 말하자 캐로는 불쾌하다는 듯이 노려보았지만, 내가 아무 말도 하지 않고 계속 바라보자 포기했는지 조용히 말하기 시작했다.

"……잘 모르겠어. 그 아이하고 헤어지고 싶지는 않은데, 요즘에는 똑바로 바라볼 수가 없을 때가 많아서……."

"싫어진 건 아니라는 거지?"

"그럴 리는 없어! 귀엽고 내버려 둘 수 없는 동생이잖아? 좋아하지 않는다면…… 함께 지내지도 않았겠지."

"좋아한다는 것도 여러 가지잖아? 누나와 동생, 그렇게 가족으로서 좋아하는 마음도 있고 남녀, 애인으로 좋아하는 마음도 있고."

"설마! 테슬라는 어린애잖아?"

"아직…… 그렇다는 거지? 인간족은 빠르게 성장하니까 금방 어른이 될 거야…… 저 애도."

캐로가 사랑에 대해 아무것도 모른다는 사실은 굳이 따질 필요도 없지.

어린애라고 생각하며 귀여워했는데, 청년으로 성장함에 따라 무의식적으로 남자라고 보기 시작한 거겠지. 특히 자기보다 키가 커진 게 영향을 줬을지도 모르고.

하지만…… 누나로서, 키워준 부모로서 대해온 캐로는 그 변화를 자각하지 못했다.

그리고 캐롤라인은 생명을 구해준 책임이나 엘프의 관습을 지켜야만 한다는 의무 때문에 생각을 정리할 수 없을 정도로 혼란스러워하고 있다.

그렇기 때문에 지금 확실하게 말해둬야 할 것 같다.

"지금 나는 당신이 이대로 고향으로 돌아가더라도 반드시 후회할 거라는 말밖에 할 수가 없어. 시간이 치유해줄지도 모르겠지만, 분명 100년 이상…… 아니, 당신 같은 경우엔 계속 괴로워할 거야."

"그럼 함께 지내라는 거야? 관습을 어기고, 성수님께 무례한 짓을 해서라도 함께 지낸 뒤에는……."

"그래, 우리와는 달리 인간족의 수명은 짧으니까."

"당신은 후회 안 해? 그 아이가…… 소중한 사람이 늙어서 죽는 모습을 보더라도 괜찮다는 거야?"

"울겠지. 시리우스가 죽으면 나는 분명히 울부짖을 거야. 하지만……."

마력을 해방시켜서 재해급 회오리를 만들어내 버릴 것 같기도 하지만…….

"후회만은 하지 않을 거야. 그 무렵에는 해야만 하는 일이 잔뜩 있을 테니까."

아이도 잔뜩 있을 테고, 그 아이들뿐만이 아니라 손주들까지 지켜봐야 한다는 중요한 일이 남아있다.

게다가 내게는 에밀리아와 리스도 있어서 아이들도 세 배니까 슬픔에 젖을 여유 같은 건 없을 것이다.

"그때가 되어봐야 알겠지만, 시리우스와 맺어진 것만은 후회하지 않아. 만약에 성수님께서 부정하시더라도 나는 올바르다고 말할 수 있어."

"뻔뻔하게 구는 거로밖에 보이는데. 하지만…… 조금 부러워. 그 인간족을 그렇게 좋아하는구나."

"뭐, 그렇지. 하지만 당신도 그렇지 않아? 그래서 망설이고 있는 거지?"

"…………."

"답은 당신 마음속에만 있어. 성수님께서는…… 저기, 여러 가지 의미로 마음이 넓으시니깐 간청한다 해도 벌을 내리시지는 않을 거야."

"……중간에 뜸을 들인 이유는 뭐야?"

"실제로 만나본 나를 믿어! 아무튼, 지금은 성수님이나 관습 같은 건 잊고 자신의 마음을 마주 보면서 답을 찾도록 해. 지금 당장!"

"지금 당장?!"

이제 슬슬 테슬라가 남자라는 걸 깨달을 때가 온 거야.

나처럼 되라는 말은 하지 않겠지만, 마음을 좀 편하게 먹도록 해.

엘프 마을로 돌아가야 하는 때가 다가오고 있으니 적어도 테슬라에 대한 답만은 정하라고 말하려던 때, 잠가두었던 문이 열리고 낯선 남자들이 들어왔다.

"여기 있다! 엘프 발견…… 응?!"

"뭐야, 두 명이나 있잖아! 그리고 이쪽은…… 항상 얼굴을 가리고 다니던 여자인데. 옷이 똑같으니까."

"설마 이쪽에 엘프였을 줄이야. 이거 횡재했는데."

척 보기에도 나를 노리고 온 무법자들인 것 같은데.

잠겨 있던 문을 아무렇지도 않게 연 것도 신경 쓰이지만, 가장 큰 오산은 캐로의 얼굴을 들켜버렸다는 점이겠지.

캐로는 엘프라는 걸 들켜서 한순간 동요하는 모습을 보이다가 곧바로 화가 난 표정을 지으며 침입자들을 노려보고 있었다.

"하찮은 남자들이라 생각하긴 했지만, 설마 방에 멋대로 들어올 줄은 몰랐어."

"아는 사람이야?"

"우리가 길드에서 의뢰를 받으려 할 때 몇 번 추근대던 녀석들이야."

엘프라는 걸 알지 못하더라도 캐로의 신비한 분위기에 이끌려서 꼬시려던 사람이 꽤 있었던 모양이다.

당연히 캐로는 전부 거절했지만, 그중에서 끈질긴 녀석들이 온 모양인데.

"당신들, 이건 엄연한 불법침입이거든? 바로 우리와 여관 주인에게 사과한다면 봐줄 수도 있어."

"아니, 아니. 여관 주인하고 이야기를 끝낸 다음에 방 열쇠를 빌린 거란 말이지."

"글쎄. 그렇게 정중하게 했을 것 같지는 않은데."

여관 주인을 협박했거나, 한 패거리일지도 모른다.

어찌 됐든 우리를 노리고 있다는 걸 알아냈으니 얼른 물리쳐야지.

이미 에밀리아와 다른 사람들에게 연락했으니 이 남자들을 협공해서 붙잡도록 할까.

레우스라면 금방 와줄 테니 캐로에게 시간을 벌라고 했는데……

"너, 너희들! 캐로 누나에게 무슨 짓을 할 셈이야!"

그 누구보다 빨리 구하러 나타난 사람은 시원스럽게 창문을 깨고 등장한 테슬라였다.

—— 시리우스 ——

짧은 시간이나마 테슬라를 훈련시켜주고 여관으로 돌아와 보니 소동이 벌어지고 있었다.

여관 근처로 돌아오자 위험한 분위기가 느껴졌기에 곧바로 '서치'를 발동시켜보니 피아와 캐롤라인이 있는 방에서 낯선 반응이 몇 개 포착되었다.

아마 피아를 노리고 왔을 거라고 테슬라에게 말하자 그는 끝까지 듣지도 않고 뛰어간 다음 건물 바깥쪽으로 돌아가 방의 창문을 깨고 들어갔다.

평소에는 못 미더워 보이지만 누나가 위험하다는 걸 알고 나니 단숨에 스위치가 켜진 모양인데.

바로 뒤를 따라가 보니 테슬라가 캐롤라인 앞에서 감싸려는 듯이 서서 험상궂은 남자 세 명과 마주 보고 있는 모습이 보였다.

"너, 너희들! 캐로 누나에게 무슨 짓을 할 셈이야!"

"뭐야? 누군가 싶었는데, 얼빠진 애송이잖아."

"저번하고는 달리 이번에는 놓칠 생각이 없거든. 얼른 침대에 들어가서 벌벌 떨기나 하라고."

"테슬라, 비켜. 저 녀석들은 내게 볼일이 있으니까 너는 물러서 있어."

훈련하다 들었는데, 두 사람이 이 마을의 길드에서 의뢰를 받으려 하다가 무서워 보이는 녀석들이 시비를 건 적이 있었던 모양이다.

당시 테슬라는 상대방에게 위압당해 버려서 아무것도 하지 못했고, 결국 캐롤라인이 쫓아보냈는데, 그 녀석들이 지금 눈앞에 있는 남자들인 모양이다. 실제로 지금도 테슬라의 다리가 조금씩 떨리고 있었다.

그 모습을 눈치챈 캐롤라인이 물러나라고 타일렀지만, 테슬라는 고개를 젓고 나서 검을 쥐고 있었다.

"……싫어. 이번에는 내가 캐로 누나를 지킬 거야!"

"테슬라?"

동생이 생각지도 못한 행동을 하자 캐롤라인은 깜짝 놀랐고, 테슬라는 앞을 향해 소리쳤다.

"잘 봐, 캐로 누나. 나는 이제 혼자서도 괜찮으니까…… 강해진 모습을 보여줄 테니까!"

"쳇, 주위가 소란스러워지기 시작했는데. 얼른 해치워버릴까."

"얼빠진 애송이가 귀찮게 굴기는. 우리에게 덤비겠다면 원하는 대로 해주마."

남자들이 검과 나이프를 꺼내 달려들었기에 테슬라는 캐롤라인이 말리는 것도 뿌리치고 앞으로 나서서 싸우기 시작했다.

한편…… 나는 깨진 창문을 통해 방안으로 들어가 계속 경계하고 있던 피아 옆에 섰다.

"멋진 모습을 보여줄 기회를 놓쳐버렸네. 당신은 돕지 않아도 돼?"

"피아야말로 가만히 있을 거야? 뭐…… 보면 알겠지만."

"그래, 도와줄 필요는 없을 것 같아."

세 명을 동시에 상대하고 있음에도 불구하고 테슬라는 들고 있던 검으로 멋지게 쳐내고, 때로는 반격을 가하며 상대방을 완전히 압도하고 있었기 때문이다.

얼빠진 애송이라는 말이 어울리지 않을 정도로 멋진 움직임이었다.

훈련한 덕분이라고도 할 수 있겠지만, 내가 한 건 별로 없다.

왜냐하면…… 테슬라는 이미 충분히 강했기 때문이다.

캐롤라인을 지키겠다고 필사적으로 단련해온 테슬라의 실력은 강했기에 눈앞에 있는 녀석들이 열 명으로 불어난다 해도 상대가 되지 않을 것이다.

그 사실을 알게 된 것은 오늘 아침에 함께 훈련했을 때였고, 적어도 레우스와 검으로 맞붙을 수 있을 정도의 실력을 갖추고 있다는 것을 알게 되었다.

그런 테슬라에게 부족했던 것은 배짱 같은 정신적인 요소였다.

예전에 마물에게 습격당했기 때문인지, 캐롤라인이 계속 지켜줬기 때문인지는 모르겠지만 반사적으로 상대방에게 겁을 먹어서 실력을 충분히 발휘하지 못했던 것이다.

그래서 나는 좀 전에 훈련할 때 거칠게 치료를 해주었다.

"이렇게 짧은 시간에 뭘 한 거야? 움직임이 완전히 달라졌는데."

"옷을 보면 알 거야. 레우스도 지나온 길이지."

"아…… 그런 거구나."

헤어졌을 때 보았던 것과 다른 바지를 입고 있다는 걸 눈치챈 모양이다.

테슬라에게 한 건 나와 호쿠토가 살기를 계속 쏟아부은 것뿐이다.

잘난 척하는 건 아니지만, 적어도 나나 호쿠토보다 강한 살기를 내뿜을 수 있는 사람은 이 세계에 몇 명 안 될 테니, 그 살기를 알아버리면 어지간한 잔챙이들은 무섭지 않을 것이다. 결국 익숙해지는 게 중요하다.

너무 지나치면 마음에 깊은 상처를 입고 정신에 지장이 생겨버릴 가능성도 있긴 하지만, 지금까지 테슬라를 보고 괜찮을 거라 생각하고 그렇게 한 것이다.

"누나 이야기를 하면서 다그치니까 기합과 끈기를 보여주던데."

내 살기를 견뎌낼 수 있다면 캐롤라인도 안심하고 너를 보내줄 거라 말하자 그가 멋지게 버텨내었다.

아직 약간 부족한 부분이 있긴 하지만, 테슬라는 우리가 예상했던 대로 무난하게 계속 싸웠고, 에밀리아와 다른 사람들이 방으로 달려왔을 때는 이미 전부 끝난 상태였다.

뒤늦게 나타난 원군 두 명까지 합쳐서 모두를 기절시키고 묶은 테슬라는 다친 곳도 없이 멀쩡하게 캐롤라인에게 다가가 웃었다.

"캐로 누나. 봤어?"

"……어느새 이렇게 강해졌구나."

"그런 모양이야. 시리우스 씨에게 이야기를 들을 때까지 눈치채지도 못했는데."

"당연하지. 항상 내 뒤에 숨어 있기만 했는데……, 아니, 내가 멋대로 앞으로 나섰을 뿐이겠지."

캐롤라인은 동생을 지키기 위해 항상 먼저 나서곤 했겠지만, 그 행동이 테슬라의 성장을 가로막고 있었다니, 참 아이러니하다.

하지만 이번 일로 인해 캐롤라인은 테슬라를 동생이 아니라 남자로 보게 될 것이다. 피아의 예상대로 대충 마무리된 건가?

아직 전부 끝난 건 아니지만, 지금은 우선 창문을 수리하고 여관 주인에게 사정을 설명해야지.

먼저 묶어둔 녀석들을 처리하려던 참에 갑자기 테슬라가 쓰러졌기에 캐롤라인이 허둥대며 안아 일으켰고, 리스가 몸 상태를 확인하고 있었다.

"……응, 지쳐서 잠든 것뿐이니까 괜찮아. 좀 자면 자연스럽게 깨어날 거야."

"긴장이 풀려서 그랬겠지. 좀 전까지 몇 번이고 죽음에 가까운 감각을 맛보고 있었으니까."

"잠깐, 당신, 테슬라에게 무슨 짓을 한 거야! 이 아이를 힘들게 하면……."

"자자, 그러면 안 되는 거야. 남자애가 노력하고 있으니 어른스럽게 지켜보는 것도 배우라니까."

"으……."

과보호라는 말을 듣고 아무 말도 할 수 없게 된 캐롤라인을 피아에게 맡기고, 우리는 정리를 하기 시작했다.

그 이후로…… 습격해온 남자들은 레우스가 끌고 가서 마을의 경비병에게 넘겼다.

그 뒤를 이어 여관 주인에게 확인해보니 남자들에게 협박당해 방 열쇠를 넘겼다고 했는데, 사실 진짜로 무서워했던 건 그 녀석들의 배후에 있는 존재인 모양이었다.

내가 독자적으로 조사한 결과, 그것은 마을에서 암약하는 조직 중 하나로 그 녀석들은 그 조직의 동료라는 것을 알아냈다.

그날 밤……, 나는 마지막 일을 끝내기 위해 그 조직과 접촉해서 조직의 우두머리인 남자와 이야기를 하고 있었다.

"……설마 유명한 녀석들이 직접 쳐들어올 줄이야. 솔직히 투무제의 우승자나 그런 괴물을 데리고 다니는 녀석들하고 엮이고 싶지는 않았는데…… 곤란하게 됐군."

상대방은 우리를 잘 알고 있는지 거친 태도를 보이면서도 덤빌 생각은 없는 것 같았다.

"골치 아픈 일은 빨리 처리하고 싶으니까. 그래서…… 당신은 엘프를 잡을 생각이 없었다는 거지?"

"그래, 나는 그런 명령을 내리지 않았어. 젊은 녀석들이 멋대로 움직인 거겠지."

이쪽 전력을 제대로 파악하지 못한 점도 그렇고, 조직치고는 습격을 하루 지난 뒤에야 한 점이 의문이었는데 역시 개인이 폭주한 게 분명한 것 같다.

273

캐롤라인과 테슬라의 반응에 따라서는 우리가 악역을 맡을 생각이기도 했으니 결과적으로는 습격당해서 잘된 건지도 모르겠지만, 뒤처리는 확실하게 끝내야지.

"괴물급 녀석들을 적으로 만들 생각은 없어. 엘프가 신경 쓰이긴 하지만 우리는 앞으로 손을 대지 않겠다고 약속하지."

"이야기가 잘 통하는 것 같아서 다행이군. 그리고 우리를 습격한 녀석들도 포기할 수 있겠지?"

"······마음대로 해. 그걸로 끝나면 싸게 먹히는 거지."

조직 전체가 입을 피해와 멋대로 행동한 자들의 목숨, 굳이 저울에 달아볼 필요도 없다는 건가.

조직의 우두머리에게 허락을 받은 다음, 나는 곧바로 그곳을 떠나 습격당한 녀석들이 있는 경비병 주둔지의 감옥으로 향했다.

내가 이렇게까지 하는 건 그 녀석들이 피아를 노린 것뿐만이 아니라 다른 이유도 있기 때문이다.

"그 두 사람이 위험해질 수도 있는 요소는······ 없애둬야지."

습격해온 녀석들은 캐롤라인이 엘프라는 사실을 알아버렸기 때문이다.

만약 그녀가 피아와 마찬가지로 다시 여행을 떠난다면 목격자가 별로 없는 편이 낫다.

나와 피아와 비슷한 처지인 두 사람은 최대한 편하게 여행을 해줬으면 좋겠다.

다음 날······ 습격했던 남자들이 경비병 주둔지의 감옥에서 죽은 채로 발견되었지만, 그보다 먼저 마을을 떠난 캐롤라인과 테슬라는 알지 못했다.

이른 아침…… 우리는 아직 아침 안개가 보이는 마을 외곽에서 여행을 떠나는 캐롤라인과 테슬라를 배웅하기 위해 모여 있었다.

"이렇게 아침 일찍 나서지 않아도 될 텐데."

"잡히기는 했지만, 그 남자들에게 내가 엘프라는 걸 들켰잖아? 일찍 떠나는 게 제일이야."

목격자는 처리했으니 급하게 나설 필요는 없지만, 그 경계심을 흐리게 만들 수는 없었기에 나는 아무런 말도 할 수가 없었다.

그 이후로 망설이는 마음을 조금이나마 떨쳐냈는지 어제보다 기운차 보이는 캐롤라인에게 피아가 작은 나뭇가지를 하나 건넸다.

"마을 근처에 도착하면 이 나뭇가지를 땅바닥에 꽂아. 그러면 성수님의 사자가 데리러 올 거야."

참고로 저 나뭇가지는 스승님의 나이프에서 돋아난 거고, 저게 바로 저번에 스승님이 말했던 성수 본체에 연락할 방법이다.

정보가 담긴 나뭇가지를 땅바닥에 꽂음으로써 뿌리가 나뭇가지의 정보를 읽어 들이고 성수 본체에 연락하는 방식, 전생에서도 보았던 메모리 카드와 비슷한 방식인 것 같다.

그 나뭇가지를 공손히 받은 캐롤라인은 다시 우리를 둘러보고 나서 천천히 고개를 숙였다.

"짧은 시간이나마 신세를 졌네. 정말 고마워."

"이쪽이야말로 나 때문에 휘말리게 해서 미안해. 그래도 결과적으로는 잘 되었으니 괜찮지?"

"에휴…… 당신에게는 고맙다는 인사를 하고 싶지 않지만…… 다시 만날 수 있어서 다행이라고는 생각해."

"솔직하지 못하기는. 그런 당신에게 선물을 하나 더 줄게."

피아가 귀걸이 한 쌍을 내밀었고, 캐롤라인은 고개를 갸웃거리면서도 받아들었다.

"그건 마도구인데, 끼고 발동시키면 귀를 감출 수 있게 돼. 지금 나보다는 당신에게 필요할 것 같으니 줄게."

그건 내가 피아에게 선물했던 귀걸이였고, 어젯밤에 이야기를 나눈 뒤 캐롤라인에게 주기로 했다.

두 사람이 계속 여행을 하게 될 경우, 캐롤라인과 테슬라는 일행의 숫자가 별로 많지 않으니 귀를 가리며 여행을 하는 편이 낫기 때문이다.

문제는 스승님이 귀를 가리는 걸 허락해줄지 여부인데, 어젯밤에 교섭을 통해 캐롤라인은 면제해주기로 했다.

마석을 하나 더 소비했고, 정기적으로 홍차를 공급할 예정이므로 약속을 꼭 지켜줬으면 좋겠다.

"당신…… 뭔가 꿍꿍이가 있는 거 아니야?"

"속고만 살았나. 됐으니까 얼른 받아둬."

"흥! 모처럼 주는 거니 고맙게 쓰도록 할게. 그럼 안녕, 세미피아."

아무리 봐도 헤어질 때 하는 인사 같지는 않지만, 두 사람은 항상 이런 느낌일 것이다.

양쪽 다 시원스럽게 웃고 있기도 하고, 캐롤라인이 등을 돌릴 때 조용히 고맙다고 하는 모습을 보니 왠지 훈훈하네.

마지막으로 테슬라가 고맙다는 인사를 하면서 고개를 숙였고, 엘프 마을을 향해 가는 두 사람을 보낸 뒤 우리는 여관으로 돌아가기 위해 걸어가기 시작했다.

"……캐롤라인 씨는 어느 쪽을 선택할까요?"

"글쎄? 테슬라와 다시 여행을 떠나거나 고향에 남는다고 해도 언젠가는 만날 수 있을 것 같으니 그때를 기다려 봐야지."

이제 그녀에게 달렸다. 우리가 할 일은 없다.

피아가 한 말대로 언젠가 알게 될 결과를 느긋하게 기다리도록 하자.

그렇게 여관으로 돌아오는 길이었다.

갑자기 캐롤라인이 떠난 방향을 돌아본 피아가 나를 보고 나서 아쉽다는 듯이 얼굴에 손을 가져다댔다.

"그건 그렇고 저 아이는 정말 나와 비슷한 상황이네."

"그렇긴 하지. 그런데 자잘한 부분은 꽤 다르잖아? 구해준 쪽이 엘프이기도 했고."

"내가 하고 싶은 말은 그런 게 아니야. 아…… 테슬라처럼 내게 응석을 부리는 시리우스를 보고 싶은데."

"그때 내가 어리광을 부렸다면 피아가 나를 좋아하게 되었을까?"

"그렇게 말하니 아닌 것 같기도 하네. 하지만…… 나는 어떤 당신이라도 좋아하게 되었을 거야."

근거 같은 건 전혀 없지만, 피아는 자신만만하게 대답했다.

그렇게 활짝 웃는 피아를 보고 덩달아 옆에 있던 에밀리아와 리스도 맞장구를 치는 듯이 고개를 끄덕였다.

"맞아요! 저도 피아 씨와 마찬가지예요."

"응, 나도 그렇게 생각해."

"이런 말로 정리해버리는 건 좀 그렇긴 하지만, 시리우스를 좋아하게 된 건 운명으로 정해져 있었을 거야…… 분명히."

──── 캐롤라인 ────

테슬라와 함께 지내게 된 것은 우물에서 구해낸 뒤 쓸쓸하고 무서워서 내게 달라붙은 것이 계기였다.

그렇게 귀여운 모습을 보니 저버릴 수가 없어서 언젠가 친절한 사람에게 맡기려고 했는데, 정신을 차리고 보니 함께 지내는 것이 당연하게 되었다.

바깥 세계에 별로 흥미가 없었지만, 맛있는 것을 먹고 웃는 모습, 신기한 경치를 보고 기뻐하는 테슬라를 보고 있자니 나도 흥미를 가지게 된 건 비밀이고.

"누나! 물러나!"

예전과는 비교도 할 수 없을 정도로 앞으로 나서서 싸우는 테슬라를 보고 나는 생각을 바꾸었다.

분명 지금 테슬라라면 내가 없어도 살아갈 수 있을 것이다.

하지만 역시 내버려 둘 수 없는 아이다.

아무리 강하다 해도, 아무런 생각 없이 그 남자들과 싸워댔고, 끝나자마자 기절해버릴 정도로 마무리가 어설프니까.

아직 내가 지켜봐 줘야 하는 아이야.

물론 세미피아가 과보호라고 따지지 않을 정도로만.

그리고…… 지금은 가족처럼 함께 지내고 있지만, 저 아이가 나를 여자로 보게 될 때가 오려나?

만약 저 아이가 사랑을 속삭인다면 나는…….

"꺄악?!"

"캐로 누나! 괜찮아?"

다른 생각을 하다 보니 돌에 발이 걸려 넘어졌다.

그런 내게 테슬라가 손을 내밀어주었기에 잠시 망설이면서도 나는 그 손을 잡았다.

예전에는 내 손으로 감싸주었던 테슬라의 손도 지금은 나보다 크다.

인간족의 성장은…… 정말 빠르구나.

그러니까 나도…….

※ ※ ※ ※ ※

그로부터 몇 년 뒤…….

성수님에게 받은 검과 활을 든 우리가 셰미피아 일행과 다시
만나 아이를 소개한 건…… 또 다른 이야기.

후기

여러분, 오랜만에 뵙겠습니다. 네코입니다.

개인적인 목표이기도 했던 10권이 드디어 발매되었습니다. 그와 동시에 이번 권부터는 표지 일러스트의 스타일도 바뀌었죠.

신비하고 매력적인 피아를 비롯해 많은 삽화를 멋지게 그려주신 Nardack 님. 제 부족함 때문에 매번 폐를 끼쳐드린 담당 편집자님과 책을 내는데 힘써주신 관계자 여러분. 그리고…… 이 작품을 읽어주신 독자 여러분, 정말 감사드립니다.

일단 쓸 수 있는 한 노력할 생각이니 앞으로도 잘 부탁드립니다.

이렇게 기념비적인 10권입니다만, 원래 WEB에 올렸던 내용이 얼마 되지 않아서 시리즈 중에서는 가장 페이지가 적기도 합니다.

아마 서적용으로 새로 집필한 내용이 가장 많았던 권일 겁니다.

사실 서적용 신규 집필 내용을 쓰고 있을 때는 마감이 꽤 촉박해진 시기라서 정말 쓸 수 있을지 불안하기도 했습니다.

하지만 스승님의 맛이 간 캐릭터에 도움받아 겨우 완성시킬 수 있었습니다. 거의 코미디 같은 내용이 되어버렸지만, 즐겨주셨다면 다행일 것 같습니다.

아직 여백이 있으니 뒷이야기를 하나 더.

이번 권에 처음 등장하게 된 시리우스의 스승님, 사실 다른 안도 있었습니다.

　수십 년 뒤의 미래, 시리우스가 어떤 초상현상에 휘말려서 전생의 세계로 날아가게 되는데, 날아갈 때 시간이 어긋나서 과거의 세계로 가게 됩니다.

　그리고 어린 시절 전생의 시리우스와 만나 미래가 바뀌지 않게끔 단련시킨다……, 이런 시간도약 같은 것도 생각해보았습니다.

　나중에 설정이 골치 아파질 것 같다……는 이유로 채용하지는 않았지만, 그밖에도 메모하는 걸 깜빡해서 묻힌 소재가 잔뜩 있을 것 같습니다. 요즘에는 건망증이 심해져서 곤란하네요.

　이번에는 이쯤에서 마무리를 지으려 합니다.

　다음에도 시리우스 일행의 이야기를 여러분께 전해드릴 수 있기를 기원하며…… 이만 줄이겠습니다.

역자 후기

안녕하세요. 천선필입니다.
이번 월드 티처 10권, 재미있게 읽으셨는지 모르겠습니다.

이 시리즈의 경우 9권까지 번역을 이승원 님께서 맡고 계셨으나 여러 가지 사정으로 인해 이번 10권부터, 그리고 조만간 출판될 만화 1권부터 제가 맡아서 번역을 진행하게 되었습니다.

다른 분께서 맡고 계시던 작품을 이어받아서 진행하는 경우가 드문 케이스는 아닙니다만, 그 과정에서 표현이 달라지는 이유 등으로 인해 독자분들이 혼란스러워하는 경우가 생기곤 하기에 번역을 함에 있어서 매우 조심스러운 것도 사실입니다.

그나마 이승원 님께서 작업하신 내용 등을 담당 편집자분께서 꼼꼼히 챙겨주신 덕분에 번역 작업에 들어가기 전, 미리 어느 정도 파악하고 준비를 할 수 있었던 것 같습니다. 독자 여러분께서 이 작품을 재미있게 읽으실 수 있게끔, 앞으로도 신경 써서 번역하도록 하겠습니다.

앞서 말씀드렸듯이, 이 작품을 번역하기 전에 내용을 전부 파악하기 위해 그동안 출판되었던 책들, 9권까지 전부 읽었는데요. 저는 제일 마음에 들었던 히로인이 피아였습니다. 그런데 마침 이번 10권은 처음부터 끝까지 거의 피아 관련 내용으로 가득 차 있어서 마음에 들기도 했습니다. 작가분 말씀대로 새롭게 바뀐 표지 일러스트도 피아 단독 샷(……)이어서 더 만족스럽네요.

감사의 말씀 드리고 후기를 마치려 합니다.

항상 폐만 끼쳐드리고 있는 담당 편집자분, 그리고 책을 내는 데 여러모로 신경 써주신 소미미디어 관계자 여러분, 그리고 아버지, 어머니, 누나, 매형 가족 여러분. 감사합니다.

그 누구보다 감사드리고 싶은 분은 독자 여러분입니다. 매번 후기를 통해 말씀드리고 있긴 하지만 제가 이렇게 번역을 하는 것도, 그리고 마치고 후기를 쓸 수 있는 것도 독자 여러분 덕분이라 생각합니다. 진심으로 감사드립니다.

지난 9권에서는 잠깐 레우스로 옮겨갔던 초점이 다시 시리우스에게 돌아온 10권이었습니다. 앞으로 어떤 이야기가 전개될지, 11권도 기대해주시면 감사하겠습니다.

행복한 하루 보내시길 바랍니다.
감사합니다.

천선필

World Teacher 10
©2019 by Koichi Neko
First published in Japan in 2019 by OVERLAP, Inc.
Korean translation rights reserved by Somy Media, Inc.
Under the license from OVERLAP, Inc., Tokyo JAPAN

월드 티처 이세계식 교육 에이전트 **10**

2019년 9월 24일 1판 1쇄 인쇄
2019년 10월 1일 1판 1쇄 발행

저   자 네코 코이치
일 러 스 트 Nardack
옮 긴 이 천선필
발 행 인 유재옥
본 부 장 조병권
담당편집자 김민지
편집 1팀 정영길 김민지 이성호 조찬희
편집 2팀 김다솜 이본느
편집 3팀 박상섭 김효연 임미나
라이츠담당 박선희 오유진
미   술 강혜린 박은정
디 지 털 최민성, 박지혜
발 행 처 ㈜소미미디어
인쇄제작처 코리아피엔피
등   록 제2015-000008호
주   소 서울시 마포구 토정로 222, 403호 (신수동, 한국출판콘텐츠센터)
판   매 ㈜소미미디어
마 케 팅 한민지 한주원
물   류 허석용 최태욱
전   화 편집부 (070)4164-3962, 3963 기획실 (02)567-3388
　　　　　　　판매 및 마케팅 (02)567-3388, Fax (02)322-7665

ISBN 979-11-6389-908-2 04830
ISBN 979-11-5710-455-0 (세트)

월드 티처

이세계식 교육 에이전트

네코 코이치 지음
Nardack 일러스트
천선필 옮김

10

닮은 사람들끼리

피아와 그녀의 아버지를 구해내고 엘더 엘프를 물리친 날 밤.

중상을 입은 두 사람은 시리우스와 리스의 치료를 받고 살아남았기에 지금은 피아네 집에 있는 각자의 방에서 잠들어 있었다.

시리우스는 피아 옆에서 그녀를 조용히 지켜보았고, 레우스는 호쿠토와 함께 집 밖에서 망을, 리스는 피아의 아버지를 살펴보고 있었다.

"응……, 이제 괜찮을 것 같네."

피아의 아버지가 피를 잔뜩 흘리긴 했지만 고비를 완전히 넘긴 것을 확인한 뒤, 리스는 집의 거실로 돌아왔다.

그곳에는 엘프들이 먹는 식재료를 확인하고 있는 에밀리아와 그것에 대해 설명하고 있는 아샤가 있었다.

"언니가 좋아하는 채소는 이거야. 삶아서 먹어도 좋고, 그냥 먹어도 맛있거든."

"전부 다 처음 보는 채소네요. 나중에 시리우스 님께 보고해야겠어요."

나이뿐만이 아니라 종족도 다른데 왠지 닮은 구석이 있는 두 사람의 뒷모습을 리스가 훈훈하게 바라보고 있었다.

그때, 리스가 온 것을 눈치채고 에밀리아가 돌아보며 말을 걸었다.

"돌아오셨군요. 그쪽은 어떤가요?"

"몸 상태는 안정되었으니 이제 안정을 취하기만 하면 자연스럽게 깨어날 거야."

"다행이야. 언니가 슬퍼하는 모습은 더 이상 보고 싶지 않으니까."

아샤는 보고를 듣고 진심으로 안심했지만, 곧바로 피아의 방이 있는 방향을 불쾌하다는 표정으로 바라보았다.

"저 남자…… 언니에게 장난을 친다면 그냥 두지 않을 거야."

"괜찮아. 피아 씨 몸 상태가 좋지도 않은데, 시리우스가 그런 짓을 할 리가 없으니까."

"……믿고 있는 모양이네."

"당연하죠. 저희가 그 누구보다 존경하는 분이니까요."

조금 사이가 좋아졌는지, 에밀리아와 리스는 시리우스와 만났을 때, 그리고 그가 구해주었을 때 있었던 일에 대해 간단히 설명했다.

그리고 목숨뿐만이 아니라 마음까지 구해준 은인이라고 이야기하자 아샤는 진지한 표정으로 고개를 끄덕였다.

"나는 바깥 세계에 대해서 잘 알지 못하지만, 두 사람이 저 남자와 함께 지내는 이유는 이해했어."

"그럼 아샤 씨는요?"

"피아 씨를 그렇게 잘 따르는 걸 보니, 뭔가 계기가 있었던 거지?"

"물론이지! 두 사람은 언니의 여동생 같은 거나 마찬가지니까

선배 여동생으로서 특별히 가르쳐줄게."

선배 여동생이라니, 좀 이상하긴 하지만 아샤는 으스대는 것 같은 표정을 지으면서 말하기 시작했다.

"어렸을 때 나는 뭘 하더라도 실수만 했고, 확실히 말하자면 다른 엘프들이 얕잡아 보던 아이였어."

당연하게도 알고 지내는 사람이 생기지도 않았고, 아샤와 같은 나이 또래도 없었기에 그녀는 혼자 지내는 경우가 많았다.

"그런 내게 언니가 자주 말을 걸어줬어. 주위에서 어떻게 보든 상관없이 계속 친근하게 대해주는 언니의 자상한 마음씨가 정말 고마웠지."

아샤는 점점 피아를 믿게 되었고, 어떻게 하면 모두와 잘 지낼 수 있을지 의논하게 되었다.

"그리고 언니가 이렇게 말했어. 너는 활솜씨가 좋으니까 그걸 더 단련하면…… 이라고. 자신이 있는 게 하나라도 생기면 분명 바뀔 수 있을 거라고 몇 번이고 격려해주었지."

실제로 다른 엘프들과 비교해서 피아의 활솜씨는 매우 서투르긴 했지만, 마법만큼은 누구에게도 지지 않을 정도로 강했다.

그녀는 정령을 볼 수 있었기에 당연하겠지만, 아무튼 피아는 아샤의 자신감을 키워주기 위해 열심히 돌봐준 모양이다.

"다시 말해 언니 덕분에 내 활솜씨를 더욱 키울 수 있었고, 다른 엘프들이 다시 보게 되었어. 그밖에도 여러 가지가 있지만 말이야."

"여러 가지라니?"

"멋지니까 그렇지! 누가 뭐라 하더라도 자신을 굽히지 않는 모습을 동경해!"

"그 마음, 저도 이해해요! 자신을 굽히지 않고 당당하게 살아가시는 시리우스 님께서는 최고로 빛나고 계시니까요."

뭔가 공감되는 것이 있는지, 서로 마주 보고 고개를 끄덕이는 두 사람을 본 리스는 조용히 고개를 끄덕였다.

"정말…… 닮았네."

"그런가요?"

"종족도 다르고, 나이도 다른데, 그건 좀 아니지."

"그럼…… 예를 들자면 말인데. 시리우스 씨와 피아 씨가 갑자기 적에게 공격당하면 어떻게 할 거야?"

"곧바로 섬멸할 거예요."

"굳이 말할 필요 없이 해치울 거야."

곧바로 대답했다.

"그럼 두 사람이 너를 싫다고 한다면?"

그렇게 묻자 두 사람은 눈을 감고 상상하기 시작한 뒤…….

""아, 아아아아아아아아앗──?!""

"……동작까지 똑같네."

동시에 머리를 감싸며 끙끙대기 시작했다.

공포의 놀이

※본편을 읽으신 뒤에 보세요

"간다, 호쿠토."

"멍!"

성수와 만나서 피아의 문제를 해결하고 여행을 다시 시작한 날 이른 아침…… 호쿠토 군은 주인인 시리우스 군과 놀고 있었습니다.

원래 숲으로 둘러싸여서 좁은 초원이 아니라 더 넓은 곳을 찾아서 놀 예정이었지만, 스승님과의 만남으로 인해 호쿠토 군에게 스트레스가 쌓였기에 조금이라도 풀어주려고 놀기로 한 것입니다.

"좋아, 가져와!"

"멍!"

호쿠토 군은 스승님이 근처에 있으면 겁을 먹지만, 딱히 스승님을 싫어하는 것은 아닙니다.

이러쿵저러쿵해도 주인과 함께 성장하는 것을 지켜봐주기도 했고, 주인이 자리를 비웠을 때는 식사를 마련해주기도 했으니까요.

하지만…… 처음 만났을 때, 요즘에는 개를 먹지 않았다고 말하면서 바라보던 스승님의 눈이 마음 속 깊게 새겨져 있어서 근처에 있으면 몸이 자연스럽게 떨리게 됩니다.

그렇기 때문에 최근 며칠 동안에는 주인의 곁에서 떨어질 수가 없었습니다.

하지만 지금은 성수 곁을 벗어났기 때문에 그런 걱정을 할 필요가 없습니다.

스승님을 겁내던 시간을 잊고 주인과 보내는 시간을 마음껏 즐기려고 호쿠토 군이 하늘 높게 날아간 플라잉 디스크를 잡아서 돌아와 보니…….

"착하다~, 착해. 외모가 바뀌긴 했지만 멋지게 조교되었는데."

"깨갱?!"

왠지 모르겠지만 주인뿐만이 아니라 스승님도 있었습니다.

꼬리와 귀를 곤두세우며 급하게 멈춘 호쿠토 군은 옆에서 어이없다는 표정을 짓고 있는 주인의 뒤에 숨었습니다.

"왜 여기 있는 거야? 당신은 성수가 있는 곳을 벗어날 수 없는 거 아니었어?"

"훗……, 어설프긴. 분신은 조금 벗어나도 괜찮아. 참고로 네게 준 나이프를 매체삼아 등장한 거고."

"잘 모르겠지만 왠지 이 나이프를 버리고 싶은 마음이 마구 드는데. 그런데, 일부러 우리 앞에 나타난 이유가 뭐야?"

"아니, 너희가 꽤 즐거워 보이길래. 나도 좀 해보고 싶어졌거든."

다시 말해 호쿠토 군과 플라잉 디스크를 가지고 놀고 싶다는 뜻이었고, 시리우스 군은 어쩔 수 없이 받아들여버렸습니다.

"미안해, 호쿠토. 힘들긴 하겠지만 잠시만 놀아줘."

"……멍."

함께 지옥에서 살아남은 주인의 마음을 이해할 수 있었기에 호쿠토 군은 어쩔 수 없이 스승님의 곁으로 갔습니다.

"그럼 던진다. 온 힘을 다해 잡으러…… 가!"

그리고 스승님의 손이 흔들렸다 싶었는데 플라잉 디스크는 원반이라고는 상상하지 못할 굉음과 충격파를 내뿜으며 아득히 먼 곳으로 날아갔습니다.

그 엄청난 기세가 백랑의 감지 능력을 완전히 초월했기에 호쿠토 군은 깜짝 놀라며 움직이지도 못하고 있었습니다.

그 결과…… 주인이 호쿠토 군을 위해 만들어준 플라잉 디스크가 없어져 버렸습니다.

"크응……."

"아, 힘조절을 제대로 못했네."

"그런 문제가 아니잖아! 봐, 호쿠토가 풀 죽었는데."

"괜찮아. 자, 내가 바로 대신 쓸 걸 만들어줄 테니까."

그렇게 말한 스승님이 손을 휘두르자 지면에서 뿌리가 돋아난 뒤 방금 던졌던 플라잉 디스크와 똑같은 물건이 생겨났습니다.

"이건 방금 던진 것보다 훨씬 더 튼튼해. 그리고 이번에는 제대로 힘을 조절해서 던질 테니까 확실하게 가져와야 한다."

"크응……."

"못 믿나 보네. 그렇지, 이번에는 거기 있는 개도 참가해봐라."

"어……, 나도?!"

"이것도 훈련이라는 거지. 참고로 못 가져온 쪽은 내가 벌칙을 줄 거야."

""?!""

그 순간, 호쿠토 군은 마력을 끌어올리며 임전태세를 취했습니다.

정말 온 힘을 다해서, 자신의 힘을 전부 쏟아부을 각오를 하며 자세를 낮춘 것입니다.

"호쿠토 씨가 온 힘을 다하면 내가 이길 수 있을 리가 없잖아!"

"이런이런…… 바로 패배를 인정한 시점에서 글러먹은 거야. 사람은 필사적으로 하면 뭐든지 할 수 있는 법인데, 어찌 됐든 죽을지도 모르니까 있는 힘껏 해봐."

"형님! 어떻게든 해줘~!"

"……미안."

스승님이 이렇게 나오면 멈추지 않는다는 것을 몸소 겪어봐서 알고 있는 시리우스 군은 무사히 끝나기만을 빌었습니다.

여담이지만 스승님이 던져서 저 멀리 사라진 플라잉 디스크는…… 건너편 대륙에 닿기 직전에 공중 분해되어서 흔적도 없이 사라졌다고…….

내가 규칙이다

레우스에게 형님…… 시리우스는 누구보다 존경하는 사람이다.

자신이 아무리 강해지더라도 미치지 못할 실력과 부모처럼 애정을 주는 자상한 마음씨를 갖추고 있는 시리우스는 레우스에게 최고의 스승이다.

그리고 오늘…… 그 시리우스를 키워주었다는 스승님과 레우스가 만났다.

레우스가 최강이라 생각했던 시리우스가 여러 번 졌다는 사람이라고 들었기에 레우스는 바로 도전했지만…….

"아야야야야야얏?! 어째서 이렇게 간단히…… 팔이!"

『하하하, 로프를 잡으면 놔줄 수도 있지만, 여기에는 로프가 없으니까.』

레우스는 아무 것도 해보지 못하고 졌다.

자신이 단련해온 검이 전혀 통하지 않는 것뿐만이 아니라, 일방적으로 관절기에 당해서 져버렸다.

몇 분도 지나지 않아 축 늘어져버린 레우스는 가엾게 바라보고 있던 시리우스에게 손을 뻗으며 도움을 요청하고 있었다.

"형니임…… 내가 뭘 잘못한 거야?"

"미안하지만 모든 점에 있어서 다르다는 대답밖에 못하겠는데. 그건 직접 경험해서 알게 되었지?"

레우스가 온 힘을 다해 내려치면 총알만큼 빠른 검을 맨손으로 흘렸고, 온 힘을 다해 저항했는데도 관절기에서 빠져나올 수가 없었다. 기술뿐만이 아니라 힘도 뒤처진다는 건 분명하다.

"으으……, 확실하게 알게 되었어. 나보다 팔이 가녀린데도 마치 거대한 나무에게 붙잡혀 있는 줄 알았다고."

"실제로 본체는 거대한 나무이긴 하지."

"그건 그렇고 그 달라붙는 기술은 대체 뭐야? 그런 건 처음 봤어."

"내 전생에 있었던 대인용 기술이야. 내가 가끔 쓰는 아이언 클로 같은 거지."

마물 상대로는 도저히 써먹을 수가 없는 기술이기에 이 세계에서는 관절기를 거의 연구하지 않아서 모르는 사람이 훨씬 많다.

그런 기술을 모의전 때 쓸 거라는 생각은 하지도 못했기에 레우스는 매우 당황했다.

하지만 레우스는 완패했다고 해서 곧바로 포기할 만한 남자가 아니다. 천천히 일어서면서 시리우스에게 다가가고 있었다.

"형님! 형님이 쓰던 프로 레슬링 기술이라는 걸 가르쳐줘. 빠져나오는 방법을 익혀서 다음에는 제대로 싸울 거야."

"상관없긴 한데, 알아봤자 결과는 마찬가지일 거야."

"그래도 형님이 지나온 길이잖아? 그렇다면 나도 지나가고 싶고, 만약 이기지 못한다 해도 조금이나마 오래 싸웠으면 좋겠어."

그런 의욕에 찬물을 끼얹는 건 아깝다고 생각한 시리우스가 쓴웃음을 지으면서도 프로 레슬링 기술에 대해 최대한 가르쳐주었다.

잠시 후 회복된 레우스는 다시 스승님에게 도전했지만…….

"끄아아아아악──?! 그, 그쪽은 안 구부러지는데?!"

『후후후, 어설프구나. 한순간의 방심이 목숨을 앗아가는 법이지.』

어차피 벼락치기로 배운 지식이라 초인적인 힘과 기술을 지닌 스승님에게서 벗어날 수 있을 리가 없었기에 레우스는 다시 관절기의 먹잇감이 되었다.

그리고 역 새우 꺾기로 약하게 만든 다음 초크 슬리퍼를 당해서 억지로 일어나게 된 레우스 앞에는……

『자, 지금부터가 진짜다!』

"어라?! 왜 두 명이나 있는 거야?!"

『태그 매치라는 거지.』

『규칙이 없는 잔혹 파이트라는 거야!』

스승님이 한 명 더 나타나 있었다.

하긴, 일대일로 싸운다…… 라는 규칙을 정하지는 않았지만, 아무리 그래도 그건 아니지라고 생각한 시리우스는 어이가 없었다. 그야말로 내가 규칙이다 같은 상황이다.

정신을 차리고 보니 레우스를 중심으로 식물 뿌리로 만든 링 같은 것까지 생겨나 있었고, 관객으로 엘더 엘프들도 모여들었다.

여담이지만 엘더 엘프들의 표정은 하나같이 무표정해서 스승님이 억지로 모이게 한 것 같았다는 사실을 추가로 말해둔다.

그리고 두 번째 스승님은 로프(뿌리)의 반동을 이용해 마치 로켓 같은 드롭킥을 가하며 레우스의 의식을 날려버렸다.

"형님! 규칙이 통하지 않는 상대에게 이길 수 있는 방법을 가르쳐줘!"
"……이제 슬슬 장난감 취급당하고 있다는 걸 눈치챌 때가 되지 않았나?"

8호들의 비밀

에밀리아가 스승님에게 홍차 끓이는 방법을 배우고, 레우스가 관절기에 당하고 있을 무렵, 리스는 홍차를 끓이고 있던 8호에게 말을 걸고 있었다.

"홍차를 드시고 싶으시면 조금만 더 기다려주십시오. 아직 물의 온도가……."

"아, 그게 아니라 물어보고 싶은 게 좀 있어. 레우스가 신경 쓰던데, 어째서 당신의 이름이 8호인 거야?"

엘더 엘프는 성수가 만들어낸 존재이며, 시리우스에게 성수…… 스승님이 이름을 기억하지 못하는 사람이라는 이야기도 들었다.

그래서 번호로 이름을 붙이는 건 이해할 수 이지만, 눈앞에 있는 엘더 엘프가 8호라면 다른 번호는 어떻게 된 건지 궁금했던 것이다.

리스가 그렇게 말하자 8호는 어떤 방향을 바라보며 이야기해 주었다.

"당신께서 상상하신 대로 제 이름이 8호인 것은 현재의 성수님께서 여덟 번째로 만드신 존재이기 때문입니다."

"그럼 1호부터 7호는?"

"이 성역에 있습니다. 저쪽…… 65번 나무를 손질하고 있는 게 3호입니다."

8호가 손가락으로 가리킨 곳에는 수없이 늘어서 있는 나무 중 한 그루를 전정가위로 손질하고 있던 엘더 엘프가 있었다.

그런데 3호는 지금까지 봐왔던 엘더 엘프들과는 달리 일체형 작업복에 밀짚모자, 그렇게 엘프 같지 않은 차림새였다.

"3호는 50번부터 75번 나무까지 담당하고 있습니다. 그리고 저쪽에 보이는 7호는 120번부터 150번 나무를 손질하고 있습니다."

"저기……복장 때문에 그런 건지는 모르겠지만, 번호가 붙어 있는 사람은 다른 엘더 엘프하고 뭔가 다른 거야?"

"네. 홍차에 관한 지식과 기술이 뛰어나죠."

"……그게 다야?"

"그것뿐입니다."

모시기만 하는 것이 아니라 성수에게 최고의 홍차를 바친다……그것이 8호처럼 번호가 붙어 있는 엘더 엘프의 숙명인 모양이었다.

스승님의 취향이 바뀌고 새로 만들어 낼 때마다 기술이 향상되는 모양이라 지금 시점에서는 8호가 가장 홍차를 잘 끓일 수 있는 엘더 엘프라는 뜻이다.

원래 엘더 엘프들은 성수를 지키기 위해 태어나는 병사인데, 리스는 단지 그것만을 위해 태어난다는 게 가엾다는 생각이 들었다.

"당신이 그런 표정을 지을 필요는 없습니다."

"미, 미안해. 기분이 상했어?"

"그렇게 생각하시는 것도 어쩔 수 없을지도 모르죠. 하지만 저희는 성수님께서 만드셨고 성수님을 모시는 것이 전부니까 어떤 식으로 대하시더라도 상관없습니다. 성수님의 변덕 때문에 질색하는 경우는 자주 있지만요."

감정의 희박할 텐데, 스승님이 멋대로 굴어서 한숨만 나올 경우가 많은 모양이다.

"참고로 당신들을 습격한 동포가 있었던 것처럼 과거에는 성수님께 반항했던 번호도 있었습니다. 그게 저쪽에 있는 6호입니다."

그 말을 듣고 거대한 성수 뒤쪽을 보니 땅바닥에서 돋아난 기둥의 손잡이를 잡고 기둥 자체를 계속 돌리고 있는 엘더 엘프가 보였다.

"저건…… 뭐하고 있는 거야?"

"그냥 돌리고 있을 뿐입니다. 대충 60년 넘게 돌리고 있습니다."

"……돌리는 이유는?"

"없습니다."

다시 말해 벌을 주기 위해 그냥 돌리게 하고 있는 것 같다.

"요즘에는 생각하는 것을 그만두었는지 거의 정신없이 돌리고 있네요. 저희는 애초에 감정이 희박하긴 하지만, 지금 시점에서는 6호가 제일 희박할 것 같습니다."

리스는 너무 심한 처사 같긴 하지만 자신들과 똑같은 기준으로 생각하면 안 된다고 여기기로 했다.

그와 동시에 레우스의 단말마가 울려 퍼진 걸 보니 여러 번에 걸친 승부가 끝난 모양이다.

"으으…… 리스 누나아…… 회복……."

『꼴사납기는. 자, 이 이파리를 하나 먹으면 기운이 날 테니 얼른 먹어. 단, 매우 쓰거나, 맵거나, 신맛이 날 테니 잘 생각하고 골라.』

"맛을 바꿀 수 있다면 맛있는 걸 만들 수도 있지 않나……."

『편하게 회복하려 하다니, 응석 부리지 마!』

"그럼 차라리 화를 내면서 말하라고! 웃고 있잖아!"

여전히 어린애처럼 신이 난 스승님을 본 8호는 크게 한숨을 쉬면서 먼 곳을 바라보았다.

"어서 9호를 만들어주셨으면 하는데요. 다른 번호들처럼 느긋하게 손질 작업을 하고 싶으니……."

"고생이 많으시네요."

지금 리스가 할 수 있는 말은 그것뿐이었다.

삼자(?)면담

피아의 문제가 해결되고 스승님과 함께 내 전생 이야기를 마친 다음에 있었던 일이다.

이야기를 마무리 짓고 우리가 이곳에서 묵기 위해 잠자리를 마련하고 있자니 레우스와 모의전을 하고(놀고) 있던 스승님이 갑자기 나를 불렀다.

"뭐야. 슬슬 저녁 식사 준비를 하고 싶은데."

『아니, 네가 데리고 있는 제자들에 대해 알고 싶어서. 한 명씩 불러줄래?』

다시 말해 삼자면담 같은 건가?

뭐, 내 제자들에 대해 알고 싶다니 싫지는 않았기에 나는 테이블을 두고 스승님과 마주보고 앉은 뒤 우선 에밀리아를 불러 옆에 있는 의자에 앉혔다.

"이야기는 들었는데요, 저희가 뭘 하면 될까요?"

『내가 질문을 할 테니 대답하면 돼. 너희가 내 제자를 따라갈 수 있을지 없을지 알아보려 하는 거니까.』

"중요한 용건처럼 말하고 있긴 하지만, 그냥 심심한 거지?"

『그게 뭐 잘못됐어?』

여전히 본능에 충실하게 사는 것 같다.

스승님은 내가 한숨을 쉬는 걸 무시하고 즐겁게 웃으면서 맞은편에 앉아 있는 에밀리아에게 질문하기 시작했다.

『우선…… 여자 강아지, 이 녀석이 낮이고 밤이고 만족시켜주고 있나?』

"네! 저는 몸도 마음도 만족스럽고, 시리우스 님 곁에 있을 수 있어서 행복해요."

"갑자기 무슨 질문을 하는 거야?!"

아니, 에밀리아도 태연하게 대답하네!

『흐음……. 당당한 태도, 흥미로운데. 합격이야.』

"감사합니다."

"그걸로 충분한 거냐고……."

그다음에는 스승님과 놀다가 기절했던 레우스였는데, 반쯤 억지로 깨어나서 의자에 앉게 되었다.

『이쪽 강아지는…… 뭐, 됐어. 바보 같을 정도로 솔직하고 단순하다는 건 잘 알고 있으니까.』

"그래? 왠지 엄청 복잡한데……."

"그럼 일부러 깨우지 말라고."

주먹을 맞부딪히기는커녕, 일방적으로 관절기를 걸었을 뿐이지만 레우스는 충분한 모양이었다.

참고로 후계자 후보인 피아는 이미 인정했기 때문에 마지막으로 리스 차례가 되었는데…….

『왠지 다른 아이들과는 다르게 어중간한데. 정말 네 제자야?』

"아, 아하하…… 에밀리아 같은 애들하고 비교하면 눈에 띄는 구석이 없긴 하겠지만."

"리스는 힘과 자상함을 겸비하고 있는 멋진 여자야. 스승님은 리스의 매력이 뭔지 모르겠어?"

"맞아요. 리스가 저희를 구해준 적도 여러 번 있으니까요."

"맞아! 맞아! 리스 누나는 대단하다고!"

내가 한 말에 힘을 실어주려는 듯이 근처에서 이야기를 듣고 있던 남매가 끼어들었지만, 스승님의 반응은 여전히 싸늘했다.

『호오……, 대체 어떻게 대단한데?』

"리스 누나는 물의 정령을 볼 수 있다고! 리스 누나가 온 힘을 다하면 물로 전부 쓸어버릴 수도 있어!"

『그래서?』

"아니…………, 대단……하잖아?"

스승님의 실력으로 보면 정령 같은 건 대단한 존재가 아닌 모양이었다. 실제로 스승님이라면 어떤 마법을 날리더라도 정면으로 돌파할 수 있을 테니까.

뜻밖의 반응에 깜짝 놀란 레우스는 리스를 보면서 필사적으로 생각하고 있었다.

"그, 그것뿐만이 아니야. 리스 누나는 정말 자상하고, 밥도 많이 먹고……, 음……, 누나?"

"거기서 저한테 넘기나요?! 맞아요, 식사와 정령 말고 대단한 점은……, 대단한 점은……."

"이제…… 그만 하지? 나도 슬퍼지는데."

누구보다 식사를 맛있게 하고, 있는 것만으로도 자연스럽게 분위기를 풀어주니 내게는 몸과 마음을 치유해주는 소중한 여자다.

그렇게 말하려 했는데, 먼저 스승님이 움직였다.

『아무튼 식사 쪽으로 대단하다는 거자? 그럼 이걸 먹어봐.』

스승님이 그렇게 말하고 작은 과일을 꺼냈기에 리스는 고개를 갸웃거리면서도 그 과일을 먹었다.

"뭐지? 달고…… 새콤하고…… 맵지만 하나 더 먹어보고 싶은 맛이려나?"

"……스승님. 대체 뭘 먹인 거야?"

『실험삼아서 단맛과 신맛, 매운맛을 극도로 강하게 만든 열매야. 아…… 8호조차 끙끙대던 걸 설마 하나 더 달라고 할 줄이야. 합격이다!』

"그러니까 재미있으면 되는 거야?"

『개성은 중요하잖아!』

태클을 걸 구석이 많긴 하지만, 깊게 생각해봤자 소용없겠지.

나는 모두가 인정받았다는 사실을 기뻐해야 할 거라고 생각하며 리스의 머리를 쓰다듬었다.

코치와 학생

피아와 성수의 문제가 무사히 해결되고 엘프가 사는 숲 밖에서 출발한, 이른 아침에 있었던 일이다.

평소보다 조금 일찍 깨어난 피아는 성수에게 받은 활을 쏘는 연습을 하려고 근처에 있던 나무에 표적을 매달고 있었다.

"이제 됐다……. 활은 오랜만에 쏘니까 조금 긴장되네."

"힘내세요, 언니!"

"오, 바로 연습하는구나. 실력을 봐야겠는데."

"너무 기대하지 마."

일반적으로 엘프들은 활의 달인이라고 한다.

그래서 피아가 쓴웃음을 지은 이유를 알 수가 없었기에 구경하러 온 시리우스 일행은 고개를 갸웃거렸지만…… 그 이유는 바로 드러나게 되었다.

날린 화살이 열 발 중 두 발만 표적에 맞았기 때문이다.

"그, 그야…… 나는 활을 쓰지 않아도 괜찮았으니까!"

누구나 못하는 건 있는 법이니 더 이상 아무 말도 하지 말자, 시리우스 일행은 그렇게 생각하고 입을 다물었다.

하지만 받은 것을 쓰지 않으면 의미가 없기에 피아는 모두가 지켜보더라도 상관없다는 듯이 계속 연습했지만, 성과는 별로 좋지 못했다.

"에휴…… 역시 활은 잘 못 쏘겠네. 아샤, 요령이든 뭐든 좋으니까 가르쳐줄래?"

"제게 맡겨주세요!"

기다렸다는 듯이 고개를 끄덕인 아샤는 욕망으로 가득찬 표정을 한순간 드러내면서 피아에게 다가갔다.

"원래는 어떤 자세라도 노릴 수 있어야 하지만, 우선 맞추는 것부터 시작해야겠네요. 올바른 자세로 시작해보죠."

"그래, 일단 노린 곳에 맞추는 감각을 익혀야지. 또 신경 써야 할 게 있어?"

"활시위를 당긴 뒤에는 목표를 바라보면서 꾸욱, 집중해주세요."

"…………이렇게?"

"아니에요. 이렇게, 꾸욱……요!"

말한대로 최대한 해보고 있었지만, 아샤의 감각으로는 뭔가 다른 모양이었다.

그 이후로도 여러 번 퇴짜가 이어졌고, 겨우 집중에 대해 인정받았지만…….

"그런 다음에는 화살의 끝부분과 상대방의 급소를 빤히 바라보면 희미한 감각이 생겨나니까 그걸 확실히 볼 수 있게 되면……."

"시리우스, 요령 같은 거 없어?"

"끄헉?!"

피아는 안 되겠다고 포기했고, 마찬가지 심정으로 바라보고 있던 시리우스에게 가르침을…… 아니, 도움을 요청하고 있었다.

절망한 아샤를 안타깝게 여기면서도 시리우스는 피아의 몸에 달라붙는 듯한 형태로 노리기 편한 자세와 움직임을 가르쳐 주었다.

"다리는 이 정도만 벌리고, 팔과 활의 각도는 이 위치를 유지하도록 해. 그런 다음 날리기 직전에 숨을 멈추고 떨리는 걸 막는 것도 중요하지."

"별생각 없이 부탁했는데, 활을 쏘는 법도 잘 아는구나."

"그렇게까지 잘 아는 건 아니지만, 조준하는 건 마찬가지니까."

활은 총과 달리 큰 소리가 나지 않고 상황에 따라서는 암살에도 적합하기 때문이다.

그리고 자연에 있는 물건으로도 만들 수 있기에 전생의 시리우스는 무기를 잃었을 때 사용한 적도 있었다.

"그리고 피아는 다른 사람의 방식을 너무 의식하지 말고 자기 나름대로 집중법을 찾아내는 게 좋을 거야."

"정말 그래도 될까?"

"너는 생각하기보다 감각으로 익히는 타입이니까. 계속 연습하다 보면 자연스럽게 요령을 익힐 거야."

"그러고 보니 그렇지. 그런데 조금만 더 이대로 함께 연습해 줄래? 자, 내 몸을 써서 표적을 노려봤으면 하는데."

몸으로 가르쳐주기 위해서라고는 하지만, 시리우스와 밀착해 있는 상태라 즐거워진 모양이었다.

자연스럽게 뜨거운 커플처럼 분홍색 공간이 생겨났고, 그 모습을 본 아샤는…….

"크윽…… 저런 방법이 있었다니! 나도 할 걸 그랬네!"

무릎을 꿇으며 쓰러진 뒤 땅을 치면서 후회하고 있었다.

"그런데 말이야, 피아 누나하고 아샤 씨는 키가 많이 차이나니까 달라붙어서 가르쳐주는 건 힘들지 않을까?"

"입 다물어!"

그리고 레우스가 숨통을 끊었다고 한다.

World Teacher 10
©2019 by Koichi Neko
First published in Japan in 2019 by OVERLAP, Inc.
Korean translation rights reserved by Somy Media, Inc.
Under the license from OVERLAP, Inc., Tokyo JAPAN

월드 티처 이세계식 교육 에이전트 **10** 초판 한정 소책자

2019년 9월 24일 1판 1쇄 인쇄
2019년 10월 1일 1판 1쇄 발행

저　　　자	네코 코이치
일 러 스 트	Nardack
옮 긴 이	천선필
발 행 인	유재옥
본 부 장	조병권
담당편집자	김민지
편집 1팀	정영길 김민지 이성호 조찬희
편집 2팀	김다솜 이본느
편집 3팀	박상섭 김효연 임미나
라이츠담당	박선희 김슬비
디 지 털	최민성 박지혜
발 행 처	㈜소미미디어
인쇄제작처	코리아피앤피
등　　　록	제2015-000008호
주　　　소	서울시 마포구 토정로 222, 403호 (신수동, 한국출판콘텐츠센터)
판　　　매	㈜소미미디어
마 케 팅	한민지 한주원
물　　　류	허석용 최태욱 김희민
전　　　화	편집부 (070)4164-3962, 3963　기획실 (02)567-3388
	판매 및 마케팅 (02)567-3388, Fax (02)322-7665

ISBN 979-11-6389-908-2 04830
ISBN 979-11-5710-455-0 (세트)